아
가

아 雅
가 歌

이문열 장편소설

RHK
알에이치코리아

서문

　『아가』는 내 소설 가운데서도 좀 특이한 표석(標石) 같은 소설이다. 작가로서는 이래저래 마뜩잖던 대하소설 『변경』을 마침내 정리해 12권 전집으로 출간하고 내 나이 50대로 접어들던 1998년의 일이었다. 이제 나도 성년(成年)의 오후에 어울리는 작품을 낼 때가 되었다는 생각에서 오래 머릿속에서만 익혀가던 옛 고향의 '당편'이를 주인공으로 소환하고, 그럴듯한 만사(輓詞)한 구절 없이 해체되어 버린 우리 낡은 공동체를 재구성해 보았다.

　하지만 당시로는 빼내기 쉽지 않은 한해를 모두 허비해 장편한 권을 써놓고 보니 이번에는 너무 지각한 시대물이 아닌가, 하는 걱정과 아울러 은근한 자괴감까지 들었다. 군데군데 제법 반들거리는 현대적 감각으로 윤색하기는 했지만, 본질적으로는 낡고 객쩍은 감회와 이제는 아무도 기억해 주지 않는 시대의 잔영을 혼자 감동하며 얽어내 때늦은 청승을 떨고 있는지도 모르겠다는 자괴였다.

그 우려는 책 출간 뒤 오래잖아 세상의 메아리로 드러났다. 특정 사투리를 쓰는 지역과 별난 신분 환경을 공유한 계층의 드문 공감과 애도뿐, 쓰는 동안 나를 사로잡은 열정과 감동은 오히려 장애인 비하나 전통적 여성성의 왜곡 같은 혐의로, 대놓고 욕을 퍼붓지는 못하지만 돌아서 입을 비쭉거리는 듯한 느낌만 받았다. 다만 감격으로 기억하는 것은 어떤 젊은 사회학 교수의 60매 가까운 〈아가-노래 중의 노래〉의 사회학적 분석 논문이었다.

하지만 이제 나는 모 학회 일로 미국에 온 김에 내가 있는 버클리까지 찾아와 그 작품을 분석한 긴 논문을 전해 주고, 감동과 열정으로 그 논문을 쓰게 된 경위와 과정을 도표까지 그려가며 들려주던 그 교수의 번쩍이던 눈빛뿐, 그 이름도 그 논문의 제목도 제대로 기억하지 못한다. 아마도 내가 연전에 받은 치매증후 진단이 제대로 진행되고 있는 모양이다.

마지막 교정교열 판이 될지 모른다는 느낌으로 사사롭고 감상적이 된 서문을 그래도 뺄 수 없어 또 한 번 사적인 감회를 덧붙이며 알에이치코리아(RHK) 출판사의 최종판 서문을 맺는다.

2021년 8월 29일
이천 부악 기슭에서
이문열

작가의 말

참으로 오랜만에 새 책을 낸다는 기분이다. 1998년 『변경』을 완간했고, 1997년에도 『선택』을 냈는데, 내 주관적인 감회로는 1991년 『시인』 이후에 처음인 것 같다. 『변경』은 30대 후반에 구상된 작품이라서, 그리고 『선택』은 강한 전기성(傳記性) 때문에 새 작품을 내었다는 느낌이 적었던 탓이리라.

이 작품을 쓰고 나서 먼저 생각해 보게 되는 것은 소설의 주인공에 관한 낡은 문예이론의 물음이다. 곧 소설의 주인공은 작가 자신인가, 모델인가, 창조물인가, 하는.

이 소설의 주인공 당편이는 바로 그 이름으로 내 고향에 실재했던 인물이다. 그러나 그녀의 삶과 소설 속 당편이의 삶이 일치하는 것은 막연한 인상과 두세 개의 에피소드뿐이다. 나머지는 소설적 상상력에 의해 창조되거나 다른 민담에서 변형되었다. 그런데 그 창조와 변형은 또 철저하게 작가인 나의 세계관, 나의 주제의식의 지배 아래 있었다.

결국 이 작품에서 주인공은 그들 셋 모두가 답이 되기도 하고, 또한 셋 모두가 답이 되지 못하기도 하는 셈이다.

이 작품을 쓰기 시작할 때 나를 사로잡은 것은 변화의 열정이었다. 나는 상위모방(上位模倣)의 긴장에서 벗어나고 싶었고, 과도한 개입에 요구되는 부담도 지지 않을 작정이었다. 교양 욕구에 지나친 배려를 보내는 일, 미문(美文)의 만연(蔓衍)함에 도취하는 일도 피해 보려 했다. 그러나 다 써놓은 지금에 보니 열정은 열정으로만 끝난 것 같다. 변하고 싶었지만 변하고 싶은 만큼 변하지는 못했다.

하지만 그래도 내게 위안은 있다. 한 시도로서 전혀 무용(無用)하지는 않았다는 느낌이 그러하다.

지난 삼 년 내 내면은 실로 괴이쩍은 질풍노도에 휩쓸려 있었다. 틀림없이 소모이고 낭비였지만, 이제 그것들이 진지한 문학적 투입으로 전환되는 날도 기대해 본다.

이번 작품의 출간은 전에 없이 여러 사람을 피로하게 했다. 단순한 기술 편집이나 교열 교정의 수준을 넘어 이른바 문예 편집의 역할까지 떠맡아 준 민음사 문학팀에 특히 감사한다.

2000년 3월 15일

이문열

차
례

누가 당편이를
모르시나요

이제는 부르는 쪽도 불리우는 쪽도 꺼려하는 환유(換喩)들이 있다. 앉은뱅이 절름발이 곰배팔이 귀머거리 벙어리 청맹과니 용천뱅이 곱사등이 언청이 외팔이 땅딸이 난쟁이 키다리같이 신체적인 흠결(欠缺)이나 질병의 후유증으로 그 사람 전체를 이름하는 말들이 그러하고, 미치광이 반편이 비렁뱅이 바람둥이 덜렁뱅이 허풍선이 억보 떼쟁이 악바리 맹추 숙맥이 오입쟁이같이 정신적인 장애 혹은 불균형을 들어 비유의 대상을 갈음하는 말들이 그러하다.

　그 환유들의 임자도 요즘 세상에서는 만나보기 쉽지 않다. 예전에 그들은 우리 곁에 있었고 우리와 함께 세상을 이루었다. 우리와 그들을 구분짓는 것은 그러한 갈음의 말뿐이었다. 그때는 누구도 그들을 우리와 다른 별난 존재로 여기는 법이 없었고, 더군다나 그들이 격리되거나 소제되어야 한다고는 생각조차 하지 않았다.

그런데 언제부터인가 그들은 우리 곁에서 하나둘 사라졌다. 정신병원과 각종 수용소, 재활원, 보호소 같은 시설들이 그들 중 생산 능력이 없으면서 사회의 미관(美觀)과 편의만 해치는 이들을 먼저 골라 데려갔다. 그리고 예전의 환유 대신 구호 대상자, 정신병자, 심신미약자(心神微弱者), 장애인, 지체부자유자 같은 전문화되고 기능적인 호칭을 그들에게 부여한 뒤 우리가 볼 수 없는 곳에 감추어 버렸다.

남은 사람들은 남은 사람들대로 예전의 환유를 거부하였다. 반편이는 자신을 반편이로 인정하지 않고, 덜렁뱅이나 허풍선이더러 덜렁뱅이 허풍선이라고 하면 화를 내기 시작했다. 억보도 악바리도 떼쟁이도 그렇게 불리기를 거부하고 맹추와 숙맥이도 마찬가지였다. 옛날로 보면 틀림없는 바람둥이 오입쟁이가 오히려 능력이 있느니 염복(艶福)이 있느니 하며 은근히 으스대는 세상이 되었으며, 어떤 같잖은 물건은 예술적 영감(靈感) 어쩌고 하며 파렴치한 엽색(獵色) 행각을 원천적으로 변호하려 들기까지 한다. 그들이 기를 쓰고 마다하니 우리도 그렇게 부르기에 마땅하지 않고 그렇게 옛 환유와 함께 그들은 모두 사라져 갔다.

예전 그들이 우리 곁에서 어떤 역할을 하면서 함께 어울려 살았는지는 분명하지 않다. 그러나 어쩌다 머릿속에 그들의 모습과 행적을 떠올리면 까닭 모를 미소가 입가에 함께 떠오르고 때로는 가슴 깊이 뭉클 그리움까지 치솟는 걸 보면, 그들이 단순히 성한 우리들의 짜증 섞인 동정 위에 더부살이한 것 같지만은 않다. 지금보다 훨씬 살기 어려운 시절에도 그들을 부양하기 위해 추가된 부담을 마냥 힘들어하지 않은 것이며, 그들 환유의 특성이 우리 삶에 끼치는 여러 불편이나 혼란을 웃음으로 참아 넘긴 것도 어쩌면 그게 우리가 그들에게 해 주어야 할 당연한 보상이었기 때문인지 모른다.

우리 당편이도 그런 그들 중의 하나였다. 하지만 그녀는 가장 늦게까지 우리 곁에 남아 있어 오히려 우리가 남겨두고 떠나지 않을 수 없었던 예외였다. 그렇다. 몸이 떠났든 마음이 떠났든 먼저 그녀를 떠난 것은 우리였다.

우리 — 여기서 우리의 범위는 줄어든다. 이제부터 우리는 몇백 년 고향을 같이해 온 산골 동족부락(同族部落)의 또래들이다 — 가 당편이를 다시 찾게 된 것은 그녀를 떠난 지 하마 이십 년이 넘은 지난 가을이었다. 더러는 일찍 청운의 꿈을 좇아 떠나고 늦은 축들도 70년대 말에는 산업화의 그늘에서 뿌리뽑힌 자가 되어 도회로 끌려나간 우리가 어느새 저마다 귀밑머리 희끗한 중년이 되어가고 있을 무렵, 갑자기 날아든 초등학교 동창회 초대장이 우리를 고향으로 불렀다. 배운 자도 되고 못 배운 자도 되고, 가진 자도 되고 못 가진 자도 되고, 짓밟기도 하고 짓밟히기도 하는 사이에 속절없이 흘려보낸 세월을 무슨 사나운 꿈처럼이나 여기며 우리는 거기서 퍼뜩 깨어난 듯 고향으로 달려갔다. 어느새 쉰을 바라보게 된 나이도 허세(虛勢) 같은 여유를 주어 더 많은 우리를 모이게 했다.

졸업한 지 삼십 년이 넘은 모교 교정에서 벌어지는 동창회의 풍속에 대해서는 여기저기서 들은 말이 있을 것 같아 길게 말하지 않겠다. 그 끝에 벌어지는 한두 차례의 술자리도 그냥 넘어가기로 하자. 그리하여 그 마지막에 살았던 동네를 같이하고 특히 많은 추억을 같이하는 일고여덟만의 조촐한 술자리가 되었을 때 벌써 혀가 꼬부라진 우리 중 하나가 모두를 향해 불쑥 물었다.

"그런데 말이따. 오늘 종일 장터거리를 돌아댕기도 당편이가 안 비네(보이네). 요새 당편이는 어예(어떻게) 됐노?"

그러자 누가 먼저랄 것도 없이 모두가 한꺼번에 받았다.

"맞다, 당편이는 참 어예 됐노?"

그렇게 되묻는 우리 중에는 그때껏 고향을 지키고 있던 셋도 들어 있었다. 떠나 있던 우리 중에 하나가 그들을 보며 냅다 소리를 질렀다.

"이 숙맥들아, 너어가 모르면 누가 아노? 아이, 그래, 한 구덩이에 묻히(묻혀) 살면서 당편이가 어예 됐는지도 모른단 말가?"

그 영문 모를 결기가 옮았던지 떠나 있던 모두가 그를 거들어 남아 있던 셋을 개 몰듯 몰아세웠다. 그런데 알 수 없는 것은 남아 있던 셋의 반응이었다. 처음에는 떠나 있던 우리의 추궁을 영문 모르겠다는 투로 받던 그들이 시간이 갈수록 정말로 죄지은 사람처럼 수그러들어 우물거리기 시작했다. 그러다가 그중 하나가 무슨 대단한 공이라도 세우고 있다는 표정으로 말했다.

  "아, 맞다! 맞아! 인제 기억났다. 당편이는 죽었다."

  그리고는 떠나 있던 우리와 한패가 되어 남아 있던 둘을 몰아 댔다.

  "느그 일마들아, 기억 안 나나? 거 언제로? 난데없이 죽지도 않은 김일성이 죽었다꼬 난리치던 해, 그해 안 죽었나? 왜 그 마른고기쟁이(건어물 장수) 영감이 알라들 꺼 같은 관을 지고 짤쑴거리며(절룩거리며) 앞산에 갖다 묻었잖나?"

  그러자 둘은 완연히 죄지은 듯한 표정이 되어 우물거렸다.

  "그랬나? 듣고 보이 그랬던 거 같기도 하고…… 맞아, 그런 소리 들은 거 같다."

  뒤이어 떠나 있던 우리의 비난이 그런 둘에게 소나기처럼 퍼부어졌다.

  "사는 게 아이라 삐치는(뻗대는, 시간을 끄는) 거라 카디, 일마(인마)들 보이 참말로 그랬던가베. 사람이 죽고 산 것도 모르고 있으이……."

"등신이 같은 것들이 — 누마리(누깔)에 명태 껍데기를 덮어썼나? 너어는 관이 나가도 비지 않드나?"

"고마, 촤라. 그래 살라꺼든. 사람의 정이 어예 그 모양이로? 그래문 당편이가 죽었는데 문상도 안 갔단 말 아이라?"

그때 당하고만 있던 둘 중에 하나가 갑자기 고개를 기웃거리다가 당편이의 죽음을 기억해 낸 동창을 건너보며 물었다.

"그런데 말이라…… 가마이 생각해 보이, 니 뭘 잘못 기억한 거 아이가? 그때 나간 알라(어린애)들 꺼 같은 관 말이라, 그거 당편이 관이 아이고 짜리몽땅한 그 영감쟁이 관 아이랬나? 당편이하고 살던 마른고기쟁이 영감 말이라. 그 관을 지고 간 거는 동꾼(洞一)으로 일 나온 택수랬고……."

"그래믄 당편이는 어예 됐노? 살았으믄 어디 갔노?"

상대가 지지 않겠다는 듯 그렇게 반문했다. 하지만 그렇게 자신 있는 말투는 아니었다. 자신 없기는 당편이가 죽지 않았다고 말한 쪽도 마찬가지였다.

"그거사 모리겠다마는, 그때 죽은 거는 암만캐도 당편이가 아이라 그 영감쟁이 같다꼬."

그러자 떠나 있던 축이 왁자하게 양쪽 모두에게 타박을 주었다.

"이것들이 킹캉하게(오락가락 혹은 허황되게) 뭔 소리 하는 기고? 참말로 촌에 처박히 살디 이눔아들 대가리까지 띠미해져 뿌랜(투미해져 버린) 모양이쎄."

"언놈이 수까마구고 언놈이 암까마군지 당최 알 수가 있어야지. 너어 일마들아, 바로 함 말해 봐라. 도대체 당편이가 어예 됐단 말고? 죽은 기가 안 죽은 기가?"

이어 한동안 술자리는 당편이의 죽음을 놓고 시비답지 않은 시비로 시끌벅적했다. 얼마쯤이나 그렇게 보냈을까, 진작부터 그 화제 자체를 탐탁잖게 여기던 친구가 달아 있는 분위기에 찬물을 끼얹듯 짜증을 냈다.

"인제 고마 됐다. 당편이가 너어 어마이가? 너어 할매가? 죽었으믄 어떻고 살았으믄 어떻노? 그노무 얘기로 밤 새우고 말래?"

그제서야 우리도 머쓱해졌다. 아직 미진한 데는 있지만 당장 그 친구를 받아칠 말이 떠오르지 않아 술자리는 그가 이끄는 대로 흘러갔다. 이미 털어놓을 만한 것은 다 털어놓은 추억을 되씹다가 유행가 가락으로 이어지는 순서였다.

하지만 우리 모두가 끝내 당편이를 잊은 것은 아니었다. 노래가 몇 바퀴 돌고 흥이 오른 친구들이 다투어 목청을 높일 무렵이었다. 한 친구가 숟가락이 꽂힌 빈 맥주병을 요란하게 흔들며 일어나 가사를 바꾼 유행가를 불러젖혔다.

누가 당편이를 모르시나요
얌전한 걸음에 귀 위로 솟은 어깨
누가 우리 당편이를 모르시나요……

몇 년 전까지 괜찮은 신문사에 나가고 있었지만 무슨 일인가로 그만두었다는 소문을 들은 뒤부터 서울에서는 만날 수 없었던 친구였다. 시인 지망생이었던 젊은 시절의 감상이 도진 것인지 아니면 뜻 같지 못한 근년의 삶이 이끌어낸 감회 탓인지 그 목소리가 구성지기 그지없었다.

우리들 중에 이미 취해 버린 몇은 갑작스레 당편이를 불러내 치솟던 흥을 깨어버린 그 친구를 못마땅한 듯 흘겨보았다. 그러나 나머지 우리들은 이내 무슨 암시에라도 걸린 것처럼 모두에게 공통된 당편이의 기호, 그녀의 유별났던 걸음걸이와 생김새를 떠올리며 앞에 놓인 술잔들을 쫓기듯 비웠다.

옛날 함께 살 때 우리는 당편이가 이제 곧 발걸음을 떼어놓으리라는 것을 그녀의 표정으로 먼저 읽을 수 있었다. 무슨 심각한 결의를 하고 있는 사람처럼 얼굴이 굳어지는가 싶다가, 크게 활갯짓하듯 오른팔이 휘익 앞으로 나가고 이어 왼발이 철퍼덕 소리를 내며 뒤따른다. 이때 몸이 약간 왼쪽으로 기우뚱하게 되는데, 그걸 바로 잡으려는 듯 다시 왼팔이 휘익 앞으로 내던져지고 다시 철퍼덕 오른발이 나아가 간신히 처음의 균형을 회복한다. 그러면 표정도 득의(得意)를 드러내며 잠시 정상을 회복했다가 이내 두 번째 발걸음을 떼어놓기 위한 심각한 결의에 들어간다.

그런 당편이의 걸음걸이는 가까이서 보면 사람이 두 발로 서서 걷는다는 게 매우 비장하고 때로는 거룩하기까지 한 위업(偉業)이라는 느낌을 주었다. 하지만 그녀가 무언가로 바쁘고 보는 사람도 약간 떨어져서 보고 있으면 이번에는 중국 무술의 어떤 우스꽝스런 초식(招式)을 잇달아 펼치는 것 같았다. 그게 그 친구가 노래한 당편이의 '얌전한' 걸음걸이였다.

그녀의 그런 걸음걸이는 온전치 못한 그녀의 몸에서 비롯된 것이었다. 아마 어렸을 적 가벼운 소아마비를 앓은 탓이겠지만 그녀는 손발의 움직임이 자유롭지 못했다. 또 구루병의 증상도 있었던지 목이 짧고 등이 굽어 어깨가 귀 가까이 솟아 있었다. 키도 제대로 자라지 않아 그녀는 성년이 된 뒤에도 초등학교 상급반이었을 때의 우리보다 작았다. 거기다가 유인원(類人猿)을 연상시키는 길쭉한 얼굴이 가슴께까지 묻혀 있어 어깨가 귀 위로 솟은 듯할 뿐더러 어떤 때는 얼굴 길이가 그녀 키의 삼분의 일은 되는 듯 느껴졌다.

우리는 그런 그녀를 결코 아름답게 여기지는 않았지만 특별히 못생겼다거나 기괴하게 느끼지도 않았다. 어쩌면 그녀는 애초부터 미추(美醜)의 관념과는 무관한 존재였기 때문이었는지도 모른다. 그 친구가 '귀 위로 솟은 어깨'를 소리 높여 노래할 때에도 우리가 느낀 것은 다만 오래 잊고 있었던 기억을 되살릴 때의 애잔함과 그리움뿐이었다.

풀씨

당편이가 옛 고향으로 흘러들어와 자리잡았던 것은 우리가 태어나기 여러 해 전의 일이었지만, 우리는 나서 보고 들은 어떤 일보다도 소상하고 생생하게 그 경위를 알고 있다. 길고 긴 유년의 겨울 밤 라디오 텔레비전은커녕 읽을거리조차 시원한 게 없던 할머니와 어머니들이 모여 앉아 늦도록 두런거리던 얘기 속에서 그녀는 이미 살아 있는 전설이 되어 있었다.

　나이 든 고향사람들 말로 '대동아 전쟁' 말기의 어느 춘삼월 새벽의 일이었다고 한다. 그때까지만 해도 문중에서 가장 형세가 좋았던 녹동댁(庇洞宅) 대문께에 한 흐느적거리는 생명체가 부려졌다. 바로 열대여섯 살쯤으로 추정되는 때의 당편이었다. 그때 그녀는 뒷날처럼 뼈와 살이 굳지도 않은 데다 그곳에 이를 때까지의 굶주림과 피로가 겹친 탓인지 몸조차 제대로 가누지 못했다. 때 묻고 해진 무명 치마저고리에 싸여 구겨진 휴지처럼 버려져 있는 그녀의 모습은 남자인지 여자인지뿐만 아니라 사람인지 아닌지조차 분간하기 어려웠다.

그녀를 처음 발견한 것은 녹동댁 행랑아범인 삼산(三山) 영감이었다. 아침 일찍 대문을 열던 삼산 영감은 문설주에 늘어진 듯 기대앉은 그녀를 보고 자신도 모르게 놀란 소리부터 내질렀다. 그녀의 기괴한 모습보다도 '화등잔 같은' 눈길 때문이었다는 것인데, 그것은 아마도 그녀에게 깃들인 생명이 내뿜고 있는 간절한 생존의 염원 때문이었을 것이다.

하지만 삼산 영감은 곧 자신이 보고 있는 게 무엇이며 그게 왜 그곳에 부려져 있는가를 알아차렸다. 누군가 그 생명체를 맡아 기르던 이가 드디어는 기진맥진하여 인근에서 형세 좋고 인심 좋기로 소문난 그 집에 떠맡기려 한 것임에 틀림없었다. 험한 세상 바람을 탄 가없은 풀씨 하나가 녹동댁 기름진 텃밭으로 날아들었구나 — 그게 정말로 그때 그가 한 말인지는 알 길이 없지만, 어쨌든 삼산 영감이 짐작한 일의 진상은 그랬다.

해방된 종이면서도 옛 주인을 떠나지 않고 행랑아범으로 눌러앉아 다시 한 세대를 보낸 것으로도 알 수 있듯이 삼산 영감은 원래 심성이 그리 모진 사람이 아니었다. 녹동댁도 대를 이어 '살림 천 석, 인심 천 석'이란 말을 들었을 정도로 어려운 사람들에게 박

하지 않았다. 이미 세상이 개화된 뒤에도 과객을 받을 줄 알았고 흉년이 들면 기민(饑民) 먹이기를 마땅히 할 일로 삼았다.

하지만 그때는 벌써 그것도 옛일이었다. 동경 유학까지 다녀온 외아들이 정체모를 건국사업을 한답시고 서울에 눌러앉아 논밭을 뭉텅뭉텅 줄여대는 데다가 토지개혁의 풍문마저 흉흉히 돌고 있었다. 거기다가 시절은 벌써 두 해째 내리 흉년이고 겨우내 수그러들었던 호열자(虎列刺: 콜레라)가 봄이 되자 다시 일고 있다는 소문이었다. 이런저런 안팎 형편을 잘 아는 삼산 영감은 그렇게 하는 게 바로 기울어져 가는 주인댁에 자신이 바칠 수 있는 충성이라 생각하여 들고 나온 싸리비를 휘두르며 마음에 없는 성난 표정까지 지어 그 흐느적거리는 생명체를 을러댔다.

"마판(馬板)이 안 될라 카이 당나구 새끼만 모옛는다 카디, 여기가 어디라꼬 사람 같지도 않은 게 새벽부터 들누워(드러누워) 찡짜(억지 시비)를 붙노? 절로(저리로) 가거라. 훠이! 훠이!"

그러다가 상대가 알아듣는 기척은커녕 손끝 하나 움직이지 않자 더는 모진 소리를 못하고 대문께만 대강 쓴 뒤 혀를 차며 안으로 들어가 버렸다.

두 번째로 그날의 당편이를 본 사람은 드난살이를 하던 곽산이네였다. 그녀도 처음에는 놀란 비명부터 질렀다.

"에이코, 어매야! 이게 뭐로? 사람이가? 귀신이가?"

매일같이 드나들던 집이라 무심코 대문께에 들어서던 그녀에게는 당편이의 검고 큰 두 눈에서 뿜어져 나오는 생명의 열기가 귀기(鬼氣)처럼 느껴졌던 것 같다. 그러나 이내 앞뒤를 짐작한 그녀는 삼산 영감과 달리 당편이 앞에 걸음을 멈추고 궁금한 몇 가지를 물었다.

"니 누고?"

"……."

"어디서 왔노?"

"……."

"여다는 어예 왔노?"

"……."

나중에 알게 되겠지만 그때 당편이가 대답을 못한 것은 벙어리였기 때문이 아니었다. 누군가 그녀를 그곳에 업어다 놓은 때가 한밤중인 데다 업고 올 때 이미 그녀는 성치 못한 몸이었던 듯했다. 그런 몸에 무명 홑옷으로 봄 새벽 추위를 견딘 터라 그때는 이미 신열로 제정신이 아니었다. 거기다가 몸과 함께 입도 얼어붙어 설령 제정신이었더라도 묻는 말에 대답하기는 어려웠을 것이다.

당편이가 거기서 한밤을 새웠으며 그때는 거의 혼절 상태라는 것은 잔정 많고 세심한 안강댁이 달려나오고 나서야 알려졌다. 안강댁은 몇 해 전에 세상을 떠난 내당마님의 일가붙이로 자식 없는 과수댁이었는데, 그때는 그 집 침모(針母) 겸 안잠자기로 있었다.

"아이고, 춘삼월이라 캐도 아직 추븐데, 한데서(집 바깥에서) 밤을 새웠는갑네. 옷이 새벽 이슬에 다 안 젖었나."

이미 곽산이네한테서 들은 말이 있어서인지 별로 놀라는 표정 없이 당편이를 살피던 안강댁이 문득 당편의 이마에 손을 대 보고 소리쳤다.

"어매야. 이 열 함(한번) 봐라. 펄펄 끓는데이. 이걸 우야믄 좋노?"

하지만 그러는 안강댁도 함께 나온 곽산이네도 다같이 남의집 살이를 하는 사람들이라 당장은 어찌할 바를 몰랐다. 마당을 다 쓸고 여물 솥에 불을 지피던 삼산 영감도 다가와 머리만 절레절레 흔들 뿐이었다. 그때 그 집 상머슴 건동이가 물지게를 덜렁거리며 나오다가 둘러싼 사람들 어깨 너머로 당편이를 흘금흘금 살피더니 평소 같지 않게 미욱하고 인정머리 없이 나왔다.

"이거 안 되겠구마는. 씰데없이 영장(송장) 치지 않을라 카믄 어디 멀찌기 꺼다(끌어다) 매삘어야(내버려야) 될씨더. 하마 호열자인 동도(인지도) 모리고……."

호열자라는 말에 먼저 곽산이네가 한 발이나 물러섰다. 안강댁도 움찔했다. 속으로 젊은 안주인에게 빌어 더운 음식이라도 먹여 보내려 했던 그녀였으나 그 끔찍한 병명에 다시 어찌할 바를 몰라 하며 주위를 둘러보았다.

그 사이 안채에서 몇 사람이 더 몰려나왔다. 방간(주방) 일을 보는 칠보네와 부엌 허드렛일을 하는 을순이, 그리고 주로 사랑채 잔심부름을 맡은 창길이가 큰 구경이라도 생긴 듯 달려나왔다. 그러다 보니 절로 작은 웅성거림이 일어 대문께가 소란해졌다. 보는 사람이 여럿이 되자 건동이는 그것도 호기라고 여기는지 자신의 인정머리 없는 주장을 더욱 큰 소리로 되풀이했다.

"글세, 할 수 없다 카이요. 영장 안 칠라 카믄 멀찌기 꺼다 매삘어야 한다꼬요. 거다가 호열자 그거 무서븐 병이라 카든데. 그거함 들어오믄 동네가 몰살이라 카이……."

말뿐만이 아니었다. 그 일을 처리할 씩씩한 남자는 자신뿐이라는 듯 힘으로 끌어내기 전의 마지막 조치로서 엄중한 경고까지 했다.

"어이, 사람인동 뭔동 몰따(모르겠다)마는 니 잘 듣거래이. 좋은말 할 때 고마 일라라(일어나라). 니 정(정히) 말 안 듣고 미련대믄내가 개 끌듯이 끌어낸데이."

그때였다. 모두가 다 들을 만큼 크고 뚜렷하게 딱, 하는 소리가났다. 그게 꼭 굵은 밤으로 마른 바가지를 때리는 소리 같았다고한다. 그리고 그 소리와 함께 건동이가 아쿠, 하며 머리를 싸쥐고주저앉았다. 그 바람에 그가 지고 있던 물지게에 걸려 있던 함석물동이가 요란스런 소리와 함께 대문께를 뒹굴었다.

그 뜻밖의 사태에 모두가 놀라 돌아보니 어느새 왔는지 긴 담뱃대를 쥔 녹동 어른이 서 있었다. 이미 일흔이 넘고 근래에 와서는자리보전하는 일이 잦았지만 그날은 정정하게만 보였다. 금방이라도 다시 담뱃대를 내리칠 듯 건동이를 노려보는 눈길이나 입을 열기도 전에 푸들거리는 수염이 예사 아닌 분노를 드러내고 있었다.

오래잖아 머리를 싸쥔 손을 풀고 앉은 채로 그 모진 불의의 타격을 날린 범인을 찾던 건동이가 그런 녹동 어른을 의문과 원망 가득한 눈길로 올려보았다. 곧 건동이의 머리 위로 불호령이 떨어졌다.

"니가 아무리 미련하기가 소 같은 머슴놈이라 카지마는, 어째 주인 낯을 깎아내라도 이래 여지없이 깎아내룰라 카노? 나는 새도 궁해 품안으로 날아들믄 안 잡는다 카는데 니가 사람 껍데기를 쓰고서, 그래, 명색 사람이 찾아온 거를 어예 이래 박대할 수 있노? 보이 하마 내 집인 줄 알고 찾아온 거를, 그것도 살리달라꼬 찾아온 거를, 뭐라? 꺼다 매삔다꼬? 개 끌듯 끌어낸다꼬? 예라이, 이 숭악하기가 도척 같은 눔아!"

이어 딱, 하고 아까보다 더 선명하고 큰 소리가 나며 건동이가 다시 머리를 싸안은 채 대문께를 설설 기었다. 녹동 어른은 그런 건동이를 거들떠도 보지 않고 다시 삼산 영감을 향했다.

"삼산이 자네도 글타. 이 집에서 나 이 집에서 머리를 허옇게 덮어쓰도록 살면서 어예 그리 집주인을 모르노? 내 집이 망해 가기는 한다마는 언제 죽어가는 사람이 살려달라고 찾아온 거를 꺼다 매삘더노? 그것도 사람의 소리라고 듣고 그래 뻔히 서 있었나?"

그리고는 이어 누구에게랄 것도 없이 역정을 냈다.

"여 삥 둘러서서 뭐하노? 사람 죽어가는데 무슨 큰 구경 났나? 어서 사랑으로 안아들라라. 건넌채 갓방에 불 뜨끈하게 때놓고 ……."

겁먹어 굳어 있던 사람들이 화들짝 깨어나듯 당편이를 안아 사 랑방에다 눕히자 녹동 어른은 손수 맥까지 짚었다. 의원은 아니어 도 유생(儒生)의 교양을 넘는 의술이 있어 가끔씩 맥도 짚고 화제(和 劑)도 내는 어른이었지만 그날은 유별난 데가 있었다.

"허기에 한기가 겹쳐 일시 기혈이 고르지 않은게따. 호열자 같 은 거는 걱정하지 말고 방 다는(따뜻해지는) 대로 건넌채 갓방에 갓다 눕해라. 약은 남(南)약국에 사람 보내 이대로 지어오믄 되고."

잠시 후에 안채로 내려온 녹동 어른은 손수 쓴 화제를 며느리 닭실댁[鷄谷宅]에게 내밀며 말했다.

당편이가 주는 느낌이 그저 막연하게 흐느적거리는 생명체에 서 스스로 장소 이동이 가능한 생물로 한 단계 상승한 것은 녹동 댁에 든 지 이틀 만이었다. 광목 이불 홑청에서 눕는 내가 나도록 텁틴 건넌채 갓방에서 하루를 죽은 듯이 늘어져 있던 그녀는 이 튿날 역시 녹동 어른의 처방 중의 하나인 조당수 한 그릇을 마시 고부터 몸을 움직이기 시작했다.

그녀의 첫 이동은 뒷간에 가는 일이었다. 주인어른의 엄명이 있 어 업어다 눕히고 약을 다려다 주기까지는 했지만 그 집안 사람들은 저마다 바빠 하루 종일 그녀 곁에 붙어 있지는 못했다. 그 바람에 그녀는 홀로 건넌채 축대에 의지해 뒷간으로 옮겨갈 수밖에 없었는데, 그 모습은 마치 커다란 애벌레가 굼실거리며 기어가는 듯했다고 한다. 그리고 그로부터 그녀가 온전하게 회복될 때까지 그 집에서 일하는 사람들은 필요할 때마다 그렇게 이동하는 그녀를 연민도 아니고 혐오도 아닌 애매한 기분으로 바라보았다. 희미하지만 흐뭇함을 드러내는 미소를 짓는 것은 사랑채에서 내려보는 녹동 어른뿐이었다.

당편이가 벙어리가 아닐뿐더러 예닐곱 아이 정도의 지능은 가지고 있다는 것도 차츰 알려졌다. 정신을 차린 뒤로 그녀는 사람들이 부르면 어김없이 응했고 짧은 물음에는 어눌한 대로 답변까지 했다. 그녀가 입을 떼자 사람들은 당연히 그녀가 누구이며 어디서 왔는지를 궁금히 여겼다. 그러나 을순이와 곽산이네가 번갈아 물어보아도 알아낸 것은 당편이란 어원(語源) 불명의 이름뿐이었다. 부모의 이름이나 고향은커녕 자신의 성조차 그녀는 끝내 기억해 내지 못했다.

다른 일에서 보이는 지능과는 달리 당편이의 신원이나 과거에 대한 기억이 그토록 깨끗이 지워져 버린 것에 대해 두 가지 다른 견해가 있다. 하나는 그녀를 버린 사람들이 그렇게 시킨 탓으로 보는 것이고, 다른 하나는 그녀가 원래 성도 고향도 없이 떠돌아 다니던 천민의 씨라 그랬다고 보는 것인데, 아마도 뒤엣것이 옳을 듯하다. 왜냐하면 신원이나 과거를 밝혀도 쫓겨나거나 할 걱정이 없어진 후에도 그녀는 여전히 자신의 성과 고향을 대지 못했기 때문이다.

당편이가 얼마 만에 자리를 걷고 일어났는가에 대해서도 말하는 사람에 따라 상당히 큰 차이가 난다. 어떤 사람은 대엿새라고 하는가 하면 어떤 사람은 석 달하고도 열흘이 지나서였다고 한다. 아마도 녹동 어른의 흔치 않은 온정을 기리는 감정의 차이가 날짜의 더하고 덜하는 것으로 나타난 것 같다.

어쨌든 자리를 걷고 일어난 당편이가 보기에도 불안하게 휘청거리며 집 안을 돌아다니게 되면서 비로소 그녀의 거취가 문제되었다. 몸이 온전히 회복된 뒤에도 그녀가 그 집안에서 할 수 있는 일이란 아무것도 없었다. 아직 뼈와 살이 굳지 않아서인지 조금이라도 무거우면 들지 못했고, 가볍다 해도 뒷날보다 훨씬 더 불안했던 걸음걸이 때문에 운반을 맡기기 어려웠다. 예를 들면, 물 한 사발을 떠오게 해도 오는 도중 넘어져 사발을 깨거나, 요행 사발이 무사해도 물은 불안정한 걸음걸이 때문에 거의 쏟아져 사발 바닥조차 제대로 덮을 수 없었다. 그녀가 할 수 있는 것은 다만 남의 도움 없이 제 한 몸을 가눌 수 있는 정도였다.

그런 당편이를 그대로 머물게 하는 것은 지속적인 자선(慈善)이나 보시(布施)와 다름없었다. 그러나 이미 말한 대로 녹동댁 형편이 예전 같지 않다 보니 모두들 녹동 어른이 어떤 결정을 내릴지 궁금하게 여겼다. 그중에서도 당편이를 집안에 들이면 나중에는 결국 자신이 그녀를 떠맡게 될 며느리 닭실댁이 더욱 그랬다. 한동안 시아버지의 눈치만 살피다가 방간 칠보네를 시켜 넌지시 속을 떠보게 했다. 녹동 어른의 대답은 간단했다.

"어예기는 어예? 하마 내 품에 날아든 새를. 당편이는 우리 식구라. 그러이 여러 소리 말고 낑가조라(끼워줘라). 너들하고 한 쌈에 여주라(넣어주라), 이 말이따. 타고난 게 들쭉날쭉해도 이래저래 빈줄랴(더하고 빼고 맞춰) 어울래 사는 게 사람이라."

뿌리내리기

녹동 어른이 그렇게 당편이를 고향에 받아들인 일을 소상히 얘기하는 것은 자칫 그 어른이 번성을 누렸던 옛 체제와 질서의 관대함을 과장해 드러내는 것처럼 들릴지도 모르겠다. 그리하여 심하게는 이미 몰락해 버린 시대에 대한 어쭙잖은 향수와 동경으로 의심받거나, 있지도 않은 과거의 이상화로 몰릴 수도 있다.

　하지만 그 뒤 당편이가 우리 고향에 편입되는 과정을 보면 녹동 어른의 그런 결정이 반드시 옛 체제나 질서와 연관을 맺고 있는 것 같지는 않다. 그보다는 그 시절만 해도 우리네 부락공동체의 구조와 심성에는 당연히 그런 당편이가 들어앉을 자리가 있었고, 녹동 어른은 그저 그것을 공인해 주었을 뿐이라는 편이 옳다.

　그 시절 고향의 부락공동체를 도형으로 그리면 지름을 달리하는 동심원(同心圓)들의 겹 또는 양파의 횡단면(橫斷面)과 비슷하게 될 것 같다. 크게는 하나의 원이지만 그 안에는 기능과 성격을 달리하는 구성원들이 만드는 작은 원들이 여러 겹 들어 있다. 양파를 함께 떠올리는 것은 그 마지막에 따로 고정되고 일체화된 중심이 있는 것 같지 않기 때문이다.

맨 바깥에 있는 원은 문둥이의 오두막과 거지의 움막집, 백정의 도살장 같은 것들을 잇는 선이 된다. 마을과 다소간 거리를 두고 있지만 그래도 어김없는 공동체의 일부였다. 말라 벗겨져 나갈 때까지는 양파의 맨 바깥 껍질도 양파의 일부이듯이.

그 안쪽에는 흔히 미치광이로 불리는 심신상실자(心神喪失者)와 백치 그리고 생산에는 전혀 참여할 수 없는 중증(重症)의 불구자들로 이루어진 원이 있다. 그들은 마을, 혹은 보다 안쪽 동심원의 누군가로부터 부양을 받아야만 살아갈 수 있는데, 그러나 그 때문에 공동체 성원의 자격까지 박탈당하는 법은 없었다.

그다음 원은 흔히 반편이로 불리우는 심신미약자(心神微弱者)나 박약자(薄弱者), 또는 정신이 온전한 신체 장애자들이 만드는 원이다. 그들에게도 공동체의 동정이나 호의는 여전히 필요했다. 하지만 그래도 부분적으로는 생산에 참여하여 성한 사람들이 맡은 기능들의 틈새를 메워주었다.

마지막 원은 바보로 대표되는 지려천박자(智慮淺薄者)들이나 무슨 '둥이' 무슨 '쟁이' 하는 가벼운 편집증후군(偏執症候群)의 원이다. 그들은 그런 정신적 흠결 때문에 하급 노동에 돌려지기도 하고 세상살이에서 여러 가지 불리를 입지만 그래도 생산에서는 하나의 독립된 기능을 할 수 있었다. 대개는 가장 머릿수가 많고, 이탈과 편입이 잦은 동심원이 된다.

그다음은 몸과 마음이 모두 성한 사람들이 모여서 만드는 중심이다. 솔직히 말하면, 현대를 살아갈수록 그런 중심내 존재에는 의심이 간다. 이기(利己)만이 거대하게 부푼 이런 시대에는 중심을 이루는 그 개인들이 모두 또다른 동심원이 되어 양파의 속처럼 하나하나 벗겨지면 나중에는 아무것도 남지 않을 것 같은 느낌이 든다. 그러나 그 시절만 해도 사람들은 그 중심의 고정되고 일체화된 실체를 믿었다.

당편이는 그 세 번째 동심원에서 우리 고향에서의 삶을 시작했다. 그것은 그녀가 바깥으로 두 개의 다른 동심원을 무슨 든든한 보호막처럼 겹으로 둘러치고 시작했다는 말도 된다. 옛 고향에 애초부터 그녀가 들어앉을 자리가 있었다는 것은 그때까지도 유지되고 있던 그런 부락공동체의 구조를 두고 하는 말이다.

당편이를 받아들인 옛 고향의 심성이란 것도 특별히 미화하거나 예찬할 필요는 없다. 사람들이 요즘처럼 물신(物神)에 홀려 있지 않고 생산을 유일한 소비의 권리로 삼는 야박한 논리로 비정해지기 전이라는 점만 상기해도 그때의 정황을 이해하기는 어렵지 않다. 그때 그들이 그녀를 받아들이게끔 한 것은 거드름 섞인 자선이나 보시(布施)의 심리가 아니라 거부하기 어려운 의무감이었을 것이다.

그렇지만 당편이가 우리 사이에 자리잡아 가는 과정은 결코 순탄치 않았다. 어떤 사람이 한 공동체에 편입된다는 것은 먹을 것과 입을 것과 살 곳을 확보하는 데서 비롯되고 그 성원들로부터 특정의 기호(記號)로 인지되는 데서 완성된다. 그런데 당편이가 그런 조건들을 충족시켜 가는 과정은 듣기에도 눈물겨운 데가 있다.

이제는 별로 기억하는 사람이 없지만 70년대까지만 해도 고향에는 '당편이 밥죽'이란 그곳만의 말이 있었다. 곧 비빔밥도 아니고 국밥도 아니고 그렇다고 죽은 더욱 아닌, 밥과 반찬과 국을 적당하게 휘저어 만든 걸쭉한 음식을 가리키는 말이다. 그때의 고향 사람들은 솜씨가 없거나 성의가 모자라 그 비슷한 음식이 나오면 어김없이 그 말을 비유로 써서 타박을 주었다.

"에이고, 이것도 음식이라꼬 디미나(들여놓나)? 꼭 당편이 밥죽 같다."

"이게 뭐로? 날 뭘로 보고 이 당편이 밥죽 같은 걸 내놓노?"

당편이는 일생 그 음식으로 외롭고 고단한 몸을 기르고 유지했는데, 그런 형태가 결정된 것은 바로 녹동댁에서였다. 처음에는 당편이도 일단 그녀가 소속된 안채에서 부엌 아낙들과 함께 밥상을 받았다. 방간 바닥이면 방간 바닥인 대로, 먹다 남은 상이면 먹다 남은 상인 대로, 밥과 국과 반찬이 따로따로인 밥상이었다. 그러나 자유롭지 못한 그녀의 손발이 그녀들과의 겸상을 불가능하게 했다.

어둔한 젓가락질이 나물이나 김치 이파리를 곁에 앉은 을순이의 머리 위에 덮어씌우고 서툰 삽질 같은 숟가락질이 된장찌개와 생선국물을 맞은편 곽산이네와 칠보네의 앞섶에 퍼붓자, 그때까지 평온하던 그녀들의 밥상은 끼니 때마다 작은 전쟁터같이 되었다. 딴에는 조심하느라 굳어진 얼굴로, 짠 김치나 매운 찌개 국물처럼 눈으로 날아들면 무시무시한 고통을 줄 수도 있는 비행 무기들을 쉴새없이 날려보내는 당편이는 얼핏 보면 호전적이면서도 당당한 공격자 같았다. 그런 당편이에 비해, 주인의 엄명에다 자신들의 무던한 심성이 더해져 어쩔 수 없이 밥상을 함께해야 하는 부엌 아낙들은 불리하기 짝이 없는 방어자들이었다. 제한된 공간 안에서 아무런 조짐이나 예비 동작도 없이 날아드는 비행 무기들을 피하기 위해 머리를 수그리다가 밥상 모서리에 이마를 짓쩧는가 하면 급히 몸을 틀다가 같은 위험을 느끼고 몸을 트는 곁엣사람과 머리를 부딪기도 했다.

거기다가 딱한 일은 공격자인 당편이 자신도 일쑤 그 공격의 피해자가 된다는 점이었다. 남에게 퍼부은 만큼은 아니더라도 그녀 또한 자신이 날린 비행 무기에 피해를 입어, 밥과 국뿐만 아니라 그날 먹은 반찬이 모두 형형색색의 흔적을 남기고 있는 그녀의 얼굴은 다른 사람들과의 겸상에 더욱 치명적이 되었다.

예닐곱 살 어린 나이로 녹동댁에 들어와 부엌 잔심부름으로 벌써 처녀 꼴이 나도록 자란 을순이도 그러하거니와 마흔이 넘도록 드난살이를 하는 곽산이네나 남의 집 방간을 벗어나지 못하는 칠보네도 언제나 그윽한 분위기에 마뜩한 상만 받으며 끼니를 이어 온 사람들은 결코 아니었다. 하지만 그렇잖아도 이물(異物)스런 당편이의 모습에 더해진 그 별난 분장은 뒷간 곁에서도 아무렇지 않게 밥상을 받을 수 있는 그녀들의 먹성까지 해쳐 버렸다. 그녀들은 한결같이 당편이와 같은 상에서 먹을 수 없다는 구실로 그 더러움이나 역겨움을 댔지만, 정말로 그녀들을 목메이게 한 것은 어쩌면 그런 그녀의 모습 뒤편에 어른거리는 희극이면서도 또한 비극인 삶의 진상이었는지도 모른다.

그리하여 당편이가 녹동댁 부엌으로 든 뒤 정확히 사흘 만에 그녀는 홀로 밥상을 받게 되었다. 흔히 과객상이라고 말하는 개다리소반에, 남긴 밥과 국을 대강 모아 담고 찌꺼기 반찬 몇 개 놓아 따로 먹게 한 것이었다.

하지만 그것도 오래가지는 못했다. 절반은 퍼흘거나 뒤집어쓰며 무슨 힘든 싸움을 하듯 밥을 먹고 있는 그녀를 그대로 보아넘기지 못한 을순이와 칠보네가 다시 머리를 짰다. 반찬 집는 수고를 덜어주기 위해 비빔밥 형태로 하되, 함부로 퍼흘지 않게 긴 나물 같은 건더기를 많이 섞고, 또 너무 묽지도 되지도 않게 해서 만든 게 바로 그 '당편이 밥죽'이었다.

그런 밥죽을 이번에는 곽산이네의 충고에 따라 되도록 그릇 가까이 대고 퍼먹으니 당편이가 밥을 먹는 모습은 절로 사나워질 수밖에 없었다. 밥죽은 어쩔 수 없이 개먹이를 닮게 되고, 그게 담긴 놋양푼에 머리를 처 박듯이 하고 먹는 당편이 꼴도 먹이를 먹는 개와 비슷해 보기에 민망스러울 정도였다. 하지만 그로써 당편이 때문에 벌어진 녹동댁 부엌의 작은 소동은 사라지고 그녀는 불편 없이 자신의 끼니를 해결하게 되었다. 그녀를 두고 식탁의 예절과 미학(美學)을 따지는 자, 앙화가 있을진저.

당편이가 자신의 거처를 확보해 가는 과정도 더듬어 보면 애처롭기 그지없다. 처음 그녀가 업혀든 건넌채는 녹동댁으로 보면 객사(客舍)에 해당됐다. 귀한 손님이야 사랑채에 재우지만 녹동 어른과 함께 잘 만한 처지가 아니거나 손님의 수가 많으면 건넌채로 모시게 마련이었다. 따라서 당장 급해 업어다 눕히기는 했어도 건넌채 갓방이 그대로 그녀에게 돌아갈 수는 없었다.

몸이 나은 당편이가 젊은 주인마님 닭실댁으로부터 처음 거처로 지정받은 곳은 당연히 부엌방이었다. 그러나 당편이가 그 방에 들게 되면서 원래부터 그 방을 써오던 을순이와 칠보네에게는 밥상머리에서보다 더하면 더했지 덜하지는 않은 재난이 닥쳐왔다.

먼저 그녀들을 괴롭힌 것은 당편이의 몸과 머리칼에서 나는 냄새였다. 서민층에게는 여름의 개울가를 빼면 이렇다 할 목욕 시설이 없었던 시절인 데다 손발까지 자유스럽지 못해 더욱 씻지를 못하는 당편이고 보면 몸 냄새가 지독할 수밖에 없었다. 거기다가 옷은 또 언제 빨아 입었는지 모를 단벌이라 악취를 더하니 함께 방 안에 있기가 어려울 지경이었다.

후각이 인체의 감각 중에 가장 빨리 마비되는 감각이 아니었다면 을순이와 칠보네는 벌써 첫날 초저녁에 당편이를 내보내든가 그녀들이 나가든가 결판을 냈을 것이다. 주인의 엄명 때문에 참고 받아들이기는 했지만 당편이를 발치에 뉘고도 한참이나 코를 싸쥐고 있던 그녀들은 후각의 마비를 기다려서야 잠을 이룰 수 있었다.

하지만 그날 밤 을순이와 칠보네는 끝내 편히 잘 수 있는 팔자가 못 되었다. 고된 하루 일에 곯아떨어진 그녀들은 한 식경도 안 돼 또다른 종류의 재난으로 곤한 잠에서 불려나와야 했다. 발치의 당편이가 갑자기 흉내 낼 수도 없는 괴상한 고함을 지르며 몸을 버둥거려댄 까닭이었다.

어른이 되어서도 아주 없어지지는 않았던 그 같은 발작의 원인은 밝혀진 바가 없다. 그 광경을 본 사람들에 따르면 간질 증상과 비슷한 것 같은데, 침을 흘리지 않고 경련도 없었던 것으로 미루어 간질은 아니었던 것 같다고 했다. 그 무렵의 증상이 훗날보다 훨씬 심했던 것은 괴롭고 힘들게 자라오는 동안 의식 속에 축적된 고통의 기억이나 공포 같은 것들이 몽마(夢魔)가 되어 아직 덜 여문 그녀의 영혼을 짓눌러댄 까닭인지도 모르겠다.

어찌 됐거나, 상처 입은 짐승의 신음소리 같기도 하고 말로만 듣던 귀신의 울음소리 같기도 한 괴성에 이어 뻣뻣한 팔다리로 좁은 방안을 휘저어대면 아무리 깊은 잠에 떨어진 사람이라도 깨지 않을 수 없었다. 거기다가 하룻밤에 한 번도 아니고 서너 번씩 소동을 일으키니 함께 방을 써야 하는 이들에게는 말 그대로 재난이었다.

그 이튿날부터 을순이와 칠보네는 당연히 그 재난에서 벗어날 궁리에 들어갔다. 그녀들이 주인댁 눈에 띄지 않고도 자신들의 평온한 잠자리를 지킬 수 있는 방법으로 생각해 낸 것은 부엌방에 붙은 방간 마루를 활용하는 것이었다. 하룻밤을 더 기다려 당편이의 증상이 쉬 없어질 것이 아니란 걸 확인한 뒤에 그녀들은 방간 한구석을 치우고 당편이를 그곳에 재웠다.

하지만 이번에는 행신(行身) 바르고 정갈하기로 이름난 젊은 마님 닭실댁이 질겁을 했다.

"보소, 칠보네. 방간이란 거는 이 집안 중한 음식이 다 있는 곳이라. 아무리 덮어놓고 싸놓고 한다 카지마는 머리카락하고 사람 비늘을 어쩔라꼬 여다가 당편이를 재울 생각을 하노? 더군다나 몸도 성찮은 거를……."

그 바람에 그녀들은 다시 당편이를 부엌방에 재우지 않을 수 없었다. 그런데 그 이튿날 새벽이었다. 전날 밤 지친 몸들이라 쉽게 잠에 빠져들면서도 언제 다시 불려 나올지 모른다는 불안 속에 눈을 감았던 그녀들은 뜻밖으로 깊고 편안한 잠에서 깨어날 수 있었다. 뿐만 아니라 발치에서 느끼던 불편함도 없고, 조금만 의식하면 머리가 지끈거릴 정도로 고약하던 냄새도 나지 않아 아랫목을 보니 거기 있어야 할 당편이가 보이지 않았다.

화들짝 일어난 두 사람은 서둘러 옷을 걸치고 당편이를 찾아보았다. 그러나 멀리 갈 것도 없었다. 거적을 둘러쓴 당편이가 열어놓은 부엌 아궁이를 끌어안듯 부뚜막에 기대 졸고 있었다. 녹동 어른이 보았으면 한바탕 불호령이 떨어질 판이었다. 거기다가 남의 불편을 헤아려 스스로 잘 자리를 찾을 줄 아는 게 대견스럽기도 해 두 사람은 서둘러 당편이를 부엌방에 데려다 뉘었다.

그 뒤로도 며칠 을순이와 칠보네가 말리는 데도 불구하고 새벽마다 그 비슷한 실랑이가 되풀이됐다. 그러다가 '당편이 밥죽'이 대략 형태를 갖출 무렵 그녀의 거처도 자리를 잡았다. 외양간에 붙은 헛간이었는데, 그곳이 뒷날 그녀가 그 집을 떠날 때까지의 잠자리가 된 경위는 대강 이랬다.

그날 새벽잠에서 깨어난 을순이와 칠보네는 당편이가 또 부엌에서 청승을 부리는 것으로 알고 짜증을 내며 가보았으나 당편이는 그곳에 보이지 않았다. 놀란 두 사람은 먼저 안채부터 뒤졌다.

그러나 고방과 다락에서 마루 밑까지 당편이가 몸을 넣을 만한 곳은 모두 뒤졌지만 그녀는 눈에 띄지 않았다. 두 사람은 차츰 낭

패스런 기분이 되어 건넌채를 뒤졌다. 그곳에도 없어 행랑채를 뒤지게 되니 삼산 영감을 비롯해 그 사이 깨어난 바깥 일꾼들도 모두 당편이가 없어진 걸 알게 되었다.

"그 몸 가지고는 대문 빗장도 못 열 께고 담도 못 넘는다. 그러이 집안 구석구석 다시 함(한번) 살펴봐라."

삼산 영감의 말에 사람들은 이제 안방과 사랑채만 남겨두고 다시 집 안을 샅샅이 뒤지기 시작했다. 그런데 행여, 하며 외양간으로 간 창길이가 헛간 문을 열어놓고 놀랍다기보다는 신기하다는 목소리로 외쳤다.

"헤에, 당편이가 여다 있네!"

녹동댁 외양간은 한창 형세 좋을 때의 그 집 살림에 어울리는 규모로 지어진 것이었다. 기와를 덮고 흙벽을 바른 별채로, 말을 위한 마구간이 한 칸에 소를 위한 외양간이 두 칸 이어져 있고 그 끝에 다시 마구와 여물을 넣어두는 헛간이 달려 있었다. 그때는 이미 말이 없어지고 소도 한 마리뿐이어서, 헛간에는 보습과 길마 같은 농구(農具)에 여물로 쓸 짚과 콩깍지 따위가 쌓여 있었는데 당편이는 바로 그 짚더미 위에서 거적을 뒤집어쓰고 자고 있었다.

성난 을순이와 칠보네가 선잠에서 깨어난 당편이를 몰아세웠다. 그리고 삼산 영감을 비롯한 바깥일꾼들에게 하소연하듯 자신들만 야박해 보이게 만든 당편이를 흉보았다. 그녀로 말미암아 자신들이 겪어야 하는 괴로움을 늘어놓는 일도 빼놓지 않았다. 듣고 있던 삼산 영감이 지긋한 나이와 무던한 심성에 걸맞게 둘을 위로하며 제안했다.

"글타 카믄 당편이를 사무(사뭇) 여다가 재우는 것도 생각해 볼 일이라. 맞다. 칠보네. 이래 하자. 칠보네는 닭실댁한테 바로 말해라. 이러이러해 당편이하고 한방 쓰기 고약하고, 당편이도 저래 불편해하이(하니) 따로 거처를 마련해 보자꼬 말이라. 그래믄 내가 여다가 어예튼동(어쨌든) 사람이 거처할 만하게 우부리(얽어)보꾸마. 터진 흙벽 막고 안으로 미세(흙미장)라도 하믄 이 헛간도 방같이 맹글 수 있다. 여다 있던 보습하고 길마, 여물거리는 저쪽 빈 마구로 옮기믄 되고……."

을순이와 칠보네가 삼산 영감이 시키는 대로 하면서도 걱정한 것은 녹동 어른의 성화였다. 그런데 일은 뜻밖에도 쉽게 풀렸다. 무얼 헤아렸는지 며느리로부터 일의 전말을 들은 녹동 어른은 선선히 허락했다.

"당편이 지가 편타 카믄 그래 해조라(줘라)."

그래서 뒷날 '당편이 방'이라고 이름 붙은 독특한 헛간방이 생겼다. 짚더미 위에 멍석을 깔아 일본식 다다미 비슷해진 바닥에다, 틈새를 종이로 바른 판자문이 하나뿐이어서 밤낮없이 어두컴컴한 방이었다. 원래 바닥은 겨울이 오면 구들을 놓아주기로 했으나 당편이가 질화로로 난방을 스스로 해결해 가을마다 깔린 짚을 갈아주는 것으로 구들을 대신했다.

먹을 것과 잘 곳에 비해 입을 것은 이렇다 할 말썽 없이 해결되었다. 잔정 많은 침모 안강댁이 헌옷가지를 줄여 보기 싫지 않게 입성을 대주었고, 명절이나 설날에는 광목이나 인조견(人造絹)으로라도 새옷을 지어주었다. 그것도 솜씨 좋기로 이름난 바느질에다 입을 사람의 뒤틀린 체형을 자상하게 살펴 지은 옷이라 당편이를 사람답게 보이도록 만들어주는 데 가장 큰 몫을 했다.

하지만 그렇게 당편이의 의식주가 그들 속에 자리잡았다고 해서 옛 고향으로의 편입이 완료된 것은 아니었다. 이미 말했듯, 자신만의 기호로 다른 성원에게 인지되어야 어떤 집단 혹은 생활 단위로의 온전한 편입이 이루어지는 법인데, 그녀가 그 과정을 채우는 데는 좀더 긴 세월이 필요했다.

사람과 사람을 변별하는 기호로 가장 흔히 쓰이는 것은 이름이지만 보다 뚜렷하고 인상 깊게 인지되는 것은 흔히 환유로 대치되는 육체와 정신의 기호들이나 생산과 연관된 사회적 기능일 것이다. 이름은 오히려 그러한 기호들과 기능의 형태를 재인(再認)하는 계기에 지나지 않는다.

뒷날 상당히 나이가 들어서까지도 크게 변한 게 없는 당편이의 육체적 기호가 확정된 것은 그녀가 녹동댁으로 든 지 두어 해 뒤가 된다. 먹고 입고 자는 게 안정되면서 뼈와 살이 굳고 발육의 마지막 단계가 앞당겨진 것인지, 어딘가 흐느적거리고 위태해 보였던 그녀의 걸음걸이는 그 무렵부터 뒷날의 그 진지하고 비장한 형태로 확정되었고, 사람의 것임을 선뜻 인정하기 어려울 정도로 애매했던 얼굴과 체형의 선도 그때부터 일생 가는 그녀의 육체적 기호로 굳어졌다. 많지 않은 머리숱에 좁은 이마와 미간, 깊고 어두운 눈, 길게 휘어진 콧대를 가졌으면서도 결국은 들창코로 끝나버린 코, 두툼한 입술을 가졌으면서도 큰 입, 그리고 가슴 깊숙이 비스듬하게 꽂힌 듯한 턱, 무릎까지 닿을 듯 긴 팔에 비해 지나치게 짧은 두 다리, 그러나 옛 고향 사람들 그 누구도 미추(美醜)의 관념을 곁들여 떠올려본 적이 없는 기호였다.

당편이의 정신이 그녀만의 기호를 획득해 가는 과정에는 좀더 길고 다채로운 이력의 축적이 있었다. 그녀의 정신이 온전치 못했다는 것은 이미 말한 바 있다. 하지만 그녀의 정신적 기호를 반편이란 말만으로 간단히 규정하는 것은 우리에게는 불만스럽기 그지없는 일이 된다. 당편이란 이름이 되새기게 하는 그녀의 정신적 기호는 그 애매한 말로는 다 덮어 버릴 수 없는 색감과 명암으로 우리 기억에 각인되어 있다.

자, 어디서부터 시작할까. 그래, 끝내 당당했던 당편이의 말투에서부터 시작하자. 얼른 믿기지 않겠지만 옛 고향에 들어설 때부터 사라질 때까지 그녀는 어느 누구에게도 존대말을 써본 적이 없었다.

"물…… 물 좀 다고."

건넌채 갓방에서 처음 신열에서 벗어난 어린 당편이가 마흔이 넘는 자신에게 그렇게 말했을 때만 해도 곽산이네는 대수롭지 않게 들어넘겼다. 남의 집 드난살이를 하다보니 '해라'에 익숙한 데다 당편이가 아직 병줄에서 놓여나지 못해 제정신이 아닌 탓으로 여긴 까닭이었다. 그러나 나중에 자리를 걷고 일어난 뒤에도 곽산이네와 을순이, 칠보네 같은 부엌 사람들뿐만 아니라 일흔이 다 돼가는 행랑채 삼산 영감에게까지 말을 놓자 적지않이 말썽이 되었다.

당편이가 말투 때문에 받은 수난은 결코 가벼운 것이 아니었다. 무엇보다도 아무런 신분적인 근거도 없이 '해라'를 당하게 된 녹동댁 안팎 일꾼들이 가만히 있지 않았다. 가장 나이 많은 삼산 영감으로부터 막내격인 창길이까지 그들은 한결같이 그런 하대(下待)에 오래 시달려와 그만큼 한도 많은 사람들이었다. 거기다가 시절은 이미 해방 뒤의 민주요 평등이라 아무리 심성들이 착하다 해도 그런 당치않고 난데없는 모욕을 그냥 참아내지는 못했다.

삼산 영감은 눈을 흘기거나 혀를 끌끌 차며, 곽산이네나 칠보네는 매섭게 나무라며, 그리고 건동이는 한 발길질씩 안겨가며 당편이의 말버릇을 고쳐보려 애썼다. 특히 저도 모르게 당편이의 입사(入社: 집단이나 기구, 제도에 들어가는 의식) 교육을 떠맡게 된 을순이는 더했다. 그녀는 다른 나이 든 사람들의 은근한 압력에 구석구석 당편이를 끌고 가 꼬집고 비틀어가며 고참의 소임을 다했으나, 그 무슨 종류의 해괴한 언어 장애인지 당편이는 존칭 접미사나 존칭 보조어간은커녕 간단한 존경형 어미(語尾)조차 활용하지 못했다.

하지만 오래잖아 당편이의 말버릇을 고치려는 사람들의 노력도 끝날 날이 왔다. 그날 아침도 말버릇 때문에 자신의 헛간방으로 끌려가 을순이에게 한바탕 호된 교육을 받은 당편이가 오랜만에 의관을 정제하고 출타하는 녹동 어른을 허우적거리듯 따라가며 말했다.

"노, 녹동…… 어른아, 녹동아."

"……?"

창길이의 부축을 받으며 대문간을 나서던 녹동 어른이 말없이 그런 당편이를 돌아보았다. 당편이가 겁먹은 눈길로 소리를 높였다.

"니 대가리에…… 니 머리 꼭대기에, 벌거지 있데이."

녹동 어른은 그게 무슨 말인지 몰라 멀거니 당편이를 쳐다보기만 했다. 그때 녹동 어른의 갓 쓴 머리를 살피던 창길이가 갑자기 놀란 소리를 냈다.

"녹동 어른 가마이 계시이소. 꼼짝 마시고요."

그리고는 대문께에 기대 있던 싸리비를 들어 녹동 어른의 갓에서 무언가를 급하게 털어내 밟았다. 창길이가 발을 떼는 걸 보니 어른 손가락 길이가 넘는 지네였다. 칠순 노인에게는 치명적이 될 수도 있는 독을 지녔을 만한 크기로, 갓 상자에 들어 있다가 갓에 묻어 나왔거나 사랑채에서 나오는 길에 갓 위에 떨어진 것인 듯했다.

"그 눈도 가죽 모자래(모자라) 째진 거는 아인 모양이다."

녹동 어른이 빙긋이 웃으며 당편이를 보고 한마디 했다. 그러자 그녀가 수줍음을 드러낼 때 짓는 특유의 비트는 듯한 고갯짓과 함께 한마디 덧붙였다.

"그래도…… 녹동 어른…… 니맨치로(너처럼)…… 누마리(눈깔)는 안 까졌데이."

"허엇, 그년 참…… 어른, 어른 카지 말든지, 상말로 사람 욕 비지(뵈지) 말든지."

녹동 어른이 혀를 차며 그렇게 말하다가 갑자기 파안대소를 하며 덧붙였다.

"오냐, 요년아. 말 잘 났다. 들고 있기 무거울 껜데 말 콰악 잘 났뿌랬다."

그런데 바로 그 순간이 당편이에게는 그때껏 존비(尊卑)가 엄하기 그지없었던 고향의 언어 체계에서 풀려나는 순간이었다. 그날 이후로 녹동댁 사람들은 물론 마을 사람들까지도 말버릇으로 당편이에게 시비를 거는 일은 없었다.

그다음으로 기호화(記號化)할 수 있는 당편이의 정신적 특징은 소유에 대한 그녀의 관념이 될 성싶다. 그녀는 일생 단 한번도 '나의'라는 소유격 대명사를 써본 적이 없었다. 어떤 사변(思辨)의 경위를 통해 그리 되었는지는 알 수 없지만, 세상에 존재하는 모든 것은 언제나 다른 사람의 것이었다. 심지어는 소유의 대상이 될 수 없는 것들도 그것이 자기 것이라 주장하는 사람이 있으면 그의 것이 되었다. 이를테면 해와 구름은 그게 제 것이라고 우긴 동갑내기 창길이의 것이었고 달과 별은 을순이의 것이었다.

그래서 해가 떠도 '에헤이! 창길이네 해가 떴네'였고, 달이 밝아도 '하이고, 을순이네 달이 참 밝기도 하다!'였다.

어쩌다 아무도 그 소유를 주장하지 않거나 명백하게 그녀의 소유로 확정된 것이라도 그녀는 조심스레 '우리의'라는 복수 소유격을 썼다. 하지만 이때도 '우리'의 범위는 그녀가 아는 모든 세상 사람이 다 들어갈 정도로 넓어 실제적인 소유의 관념하고는 거의 무관했다.

이를테면 길가의 민들레나 동구 밖 미루나무 위의 까치가 '우리 민들레'나 '우리 까치'였고, 그녀의 것으로 쥐여준 물건이나 입은 옷 같은 게 '우리' 것이었지만 누구든 소유를 주장하는 사람이 있으면 내어주는 점에서는 아무 차이가 없었다. 그녀의 것이 아니라 모든 사람의 것이었기 때문이다. 그 바람에 그녀는 일생 경제적 가치를 지닌 물건을 가지고 바깥심부름을 해 본 적이 없었다. 도중 어디선가 누구든 달라고 하는 사람이 있으면 내줘 버리는 그녀의 습성을 부리는 사람들이 잘 알고 있었기 때문이었다.

요즘은 그런 말을 들을 수 없게 되었지만 우리가 어릴 적만 해도 어디서 난데없이 짐승의 터럭이 타는 노린내가 나면 사람들은 빙글거리며 말했다.

"이게 무신 냄새로? 당편이가 강생이(강아지) 꿉나?"

당편이가 추위에 떠는 강아지들을 아궁이 속에 넣어주었다가 생화장을 시킨 일을 두고 하는 말이었다. 섣달 추위가 매서운 어느 겨울 밤 그녀는 전날 어미가 쥐약을 먹고 죽어 저희끼리 오들오들 떨며 밤늦도록 깽깽거리는 강아지 세 마리가 불쌍해 따뜻한 부엌 아궁이를 열고 그 안에 넣어주었다. 그래놓고 잠이 든 그녀는 이튿날 아침 그 아궁이에 불을 때고 있는 을순이에게 엎어지락 자빠지락 달려와 소리쳤다.

"강생이! 우리 강생이들!"

하지만 때는 이미 늦은 뒤였다. 그대로 둘 수 없어 구들장을 파보니 강아지 세 마리는 형체도 알아보기 어렵게 그을린 채 죽어 있었다.

어떻게 보면 그 참사는 당편이를 여느 반편이와 구별할 필요가 없게 하는 결정적인 근거가 될 실례(實例)일지 모르겠다. 그러나 옛 고향이 그 일에서 주목한 것은 끔찍한 결과를 빚은 그녀의 낮은 지능이나 일관성 없는 사려가 아니라, 처음 강아지들을 아궁이에 들여놓을 때의 착한 심성이었다. 그녀가 의식했건 못했건 그때 그녀를 내몬 것은 이 세상 모든 목숨붙이들이 받는 고통에 대한 연민과 동정, 좀더 삼엄하게 말하면 생명에 대한 외경(畏敬)이었음에 틀림이 없다. 그래서 그녀에게 성내고 나무라기보다는 악의 없는 우스갯거리로 길이길이 보존하였다.

비슷한 얘기로는 '당편이 삐갱이(병아리)꼴 났다'는 게 있다. 도와준다고 한 짓이 결과적으로는 일을 아예 망쳐 버릴 때 쓰는 말인데, 그 또한 당편이의 그런 심성에서 빚어진 참사에서 비롯되었다.

어느 해 이른 봄 녹동댁 씨암탉이 병아리 한 배를 내린 일이 있었다. 어미닭이 여남은 마리의 병아리들을 거느리고 마당에서 모이를 찾다가 갑작스런 봄 소낙비를 만났다. 어미닭은 급하게 피한다고 피했으나 워낙 마당이 너른 데다 빗발은 또 봄비답지 않게 굵어 병아리들이 가까운 외양간 처마 아래로 모였을 때는 깃털들이 함빡 젖어 있었다. 워낙 여린 목숨이라서인지 병아리들은 갑작스레 체온이 떨어지면 대개는 그대로 죽고 마는데, 그날도 그랬다. 자신의 거처로 가던 당편이가 그 병아리들을 보았을 때는 벌써 몇 마리가 가물거리는 목숨을 꼰들거리는 졸음으로 드러내고 있었다.

당편이가 무슨 재주로 여남은 마리나 되는 병아리들을 자신의 거처로 몰아넣었는지는 알려진 바 없다. 어쨌든 그런 다음 젖은 깃털을 닦아주고 이불을 펴 덮어준 것까지는 좋았는데 그 뒤가 끔찍했다. 함께 이불 속으로 들어가 자신의 체온으로 병아리들의 언 몸을 녹이려다가 깜박 잠이 든 그녀가 다시 깨어났을 때는 살아 있는 게 한 마리도 없었다. 절반은 당편이의 몸에 깔려 죽고 절반은 두터운 솜이불 때문에 질식해 죽은 까닭이었다.

그밖에 이 세상 모든 목숨붙이들을 향한 당편이의 연민과 동정을 보여주는 실례는 더 있다. 그녀는 살아 있는 목숨들이 받는 고통뿐만 아니라 그것들이 떠나며 남긴 껍질들까지도 그대로 보아넘기지 않았다. 길짐승 날짐승부터 작은 풀벌레에 이르기까지 죽어 버려진 것들은 모두 그 온전하지 못한 팔다리로 정성껏 땅에 묻어주었다.

그런데 알 수 없는 것은 그런 일에 대한 옛 고향의 평가다. 끔찍한 결과를 수반하는 일이 없는데도 왠지 사람들은 그 일을 좋게 보아주지 않았다. 쓸데없는 짓을 하는 사람에게 핀잔을 줄 때 쓰는 '당편이 장사(장례) 치르듯이 아무데나, 되고 말고……'라며 혀를 차는 것이 그 한 예다. 아마도 엄격한 옛날 사람들에게는 그런 당편이가 청승맞거나 사위스럽게 보인 듯하고, 스스로 똑똑하다고 믿는 그 뒷사람들에게는 그런 수고의 무용함이 반편이 짓으로만 비친 듯싶다.

이런 일도 있었다. 녹동 어른이 돌아가시기 전해 늦봄이었다고 한다. 사랑방에 있던 난분(蘭盆) 중에 마침 꽃대가 피어오르는 것이 있어 햇볕과 공기를 쐬게 하려고 사랑 마루에 내놓았는데 저녁에 거둬들이려고 보니 꽃대가 모두 뽑혀 있었다. 노환(老患)으로 기동도 잘 못하는 시아버지를 대신해 난분을 밖으로 들어냈던 닭실댁은 깜짝 놀라 그 몹쓸 짓을 한 범인을 찾아보았다. 어렵지 않게 그게 당편이임이 밝혀졌는데, 더 기막힌 것은 그녀가 꽃대를 뽑은 이유였다.

"노, 녹동…… 어른한테…… 빨리 나, 난초꽃 비(보여)줄라꼬……."

화사하기로 소문났던 녹동댁 뒤란의 작약밭을 결딴 낸 것도 당편이였다. 며느리 닭실댁은 해마다 공들인 포기나눔으로 원래 몇 포기 안 되던 앞뜰의 작약을 불려 뒤란 담 밑에다 제법 여남은 평은 되는 작약밭을 만들었다. 그해 유월에도 흐드러진 작약꽃이 참으로 볼 만했는데, 여름이 채 다 가기도 전에 작약밭 태반이 누렇게 마르는 변괴가 일어났다. 놀라 뿌리께를 파보니 그때만 해도 귀하기 짝이 없던 요소(尿素) 비료가 한 움큼씩 묻혀 있었다. 어디선가 비료가 식물에 좋다는 말을 들은 당편이가 마침 제 방에 재어진 비료 부대에서 몰래 빼내 그렇게 파묻은 까닭이었다.

그 두 가지 일에 대해서도 옛 고향 사람들은 당편이를 충분히 이해한 것 같지는 않다. 전형적인 반편이 짓으로 여겨 가벼운 놀림거리로 넘기고 말았다. 하지만 가만히 그녀의 의도를 헤아려보면 거기서도 성한 사람들에게조차 흔치 않은 그녀의 품성을 유추할 수 있다. 난초 꽃대를 뽑고 작약 뿌리에 독한 요소 비료를 퍼부은 것을 아름다움을 기리고 그 성취에 갈급해하는 마음으로 해석한다면 터무니없이 그녀를 미화하는 것이 될까. 거기다가 그 난초나 작약은 모두 녹동 어른이 아끼던 화초들이었고, 녹동 어른은 그때 병들어 죽어가고 있었다. 그녀가 한 일을 죽어가는 은인에게 바친 갸륵한 정성으로 해석해 주는 것도 지나친 감상이나 비약이 될까.

몸놀림도 자유롭지 못하고 정신도 온전함과는 거리가 멀어 경제적 생산에는 거의 가담하지 못하는 당편이가 어떤 기능으로 먼저 녹동댁의 식구로 자리잡고 마침내는 우리 옛 고향의 한 구성원으로 어울려 살 수 있게 되었는지에 대해서는 들은 바가 별로 없다. 우리가 당편이 얘기를 동화처럼 듣고 자라던 시절에는 기능이나 전문화라는 말이 잘 쓰이지 않았고, 검증이니 분석이니 하는 말도 책 속에나 갇혀 있었다. 따라서 여기서 말하는 당편이의 기능은 어떤 사람의 사회적 혹은 생산적 기능이 그를 특정하는 중요한 기호가 된 뒷날에 우리가 추정해 본 것들이다.

그 시절 당편이에게 어떤 기능이 있었다면 가장 먼저 들 수 있는 것은 앞서 말한 바 있는 그 기능과 기능의 틈새를 메우는 기능일 성싶다. 녹동댁에 자리를 잡은 뒤에도 당편이에게는 특별히 맡겨진 일이 없었을뿐더러 그 대강의 영역조차 결정되어 있지 않았다. 곧 그녀는 닭실댁과 안강댁을 중심으로 한 안방에도, 곽산이네와 칠보네와 을순이로 구성된 부엌에도, 녹동 어른과 창길이가 있는 사랑채에도, 삼산 영감과 건동이가 대표하는 행랑채에도 속하지 않았다.

하지만 그녀는 항상 몸을 움직여 무언가 하고 있었는데 일터는 그런 영역들을 가리지 않았다. 안채 마루에서 안강댁의 실패가 되어 버린 두 손바닥에 실타래를 두르고 있다가 을순이에게 불려나가 부엌에서 불을 때고, 다시 칠보네가 시키는 대로 타작마당에 있는 건동이에게 새참을 먹으러 들어오라는 말을 전했으며, 어떤 때는 거꾸로 새참을 타작마당으로 내달라는 건동이의 주문을 가지고 돌아오기도 했다.

자발적으로 일할 때도 마찬가지였다. 삼산 영감을 거들어 마당 한구석을 쓰는가 하면 창길이를 대신해 녹동 어른의 수발을 들었고, 넓은 안채 대청을 걸레질한다고 물칠갑을 하는가 하면 건동이가 짜개놓은 장작을 까치 둥지같이 얼기설기 재기도 했다. 따라서 그런 그녀의 기능에 굳이 이름을 붙인다면 기능과 기능의 틈새를 메우는 것, 혹은 분리된 영역과 영역 사이를 연결하는 일이라고 할 수밖에 없다.

그 밖에 그녀의 기능으로는 보다 현대적이고 정교한 설명을 필요로 하는 것과 어느 만큼 신비적 요소를 끌어 대야 할 부분이 있는데 그것들은 나중에 때가 되어 얘기하는 것이 나을 듯싶다.

어찌 됐거나 이렇게 하여 어디서 날아왔는지도 모르는 당편이라는 풀씨는 녹동댁이라고 하는, 그때로 봐서는 제법 괜찮은 텃밭에 그 가늘고 긴 뿌리를 내렸다.

봄, 봄

기호는 그것을 가진 자의 것이 아니라 인식하는 자의 것이다. 당편이의 성별(性別) 기호도 마찬가지다. 그녀가 여자란 것은 진작부터 여러 가지 특징적인 기호로 드러나 있었지만 의미를 가지기 위해서는 인식해 주는 사람을 기다려야 했는데 그 첫 번째는 아마도 녹동 어른이었을 것이다.

　녹동 어른이 몸져눕기 전, 당편이가 열일곱인가 열여덟 되던 해 단오 무렵의 어느 날이었다. 큰 함지를 인 방물장수 아주머니가 녹동댁을 찾아들었다. 장날을 기다려 장터로 나가거나 대처의 상회(商會)를 찾아가기 전에는 요긴한 물건들을 구하기 어렵던 시절이라 곧 녹동댁 안채 마루에는 작은 난전이 펼쳐졌다.

　먼저 젊은 마님 닭실댁이 자루 달린 손거울 하나를 고르고, 이어 안강댁이 바느질에 필요한 실을 골랐다. 흔히 광목실이라 불리우던 이불 홑청 시치는 데 쓰는 굵은 무명실과 틀실이라고 하는 나무실패에 감긴 옥양목실, 그리고 비단 꿰매는 데 쓰는 당사실 따위를 방물함지에서 들어내는데 부엌에서 칠보네 곽산이네와 을순이가 우르르 몰려왔다. 칠보네는 참빗과 머릿기름을 집어들었고, 곽산이네는 나이 찬 딸애를 위해 둥글수틀과 색실을 흥정했으며, 을순이는 가짜 우데나 구리무(크림)에 탐내는 눈길을 보냈다.

그때 당편이는 부엌에서 점심밥을 짓기 위해 불을 때고 있는 중이었다. 자신을 빼고 집안의 여자란 여자는 모조리 모여 그 법석을 떠는데도 그쪽에는 아무 관심 없다는 듯 부지깽이로 부뚜막을 두드리며 노래를 부르고 있었다.

가앗데 — 구루마 — 동태(바퀴) — 누가 돌렸노
집에 — 와서 — 생각하니 — 내가 돌렸네⋯⋯

옛날 일본 군가에 아이들이 멋대로 가사를 붙인 노래를 뜻도 모르며 흥얼대고 있는 게 자못 초연해 보이기까지 했다.

녹동 어른이 안채 마당으로 들어선 것은 마루 귀퉁이에서의 난전이 한창일 때였다. 가볍게 헛기침까지 했건만 여자들은 모두 물건에 정신이 빠져, 그리고 당편이는 당편이대로 제 흥에 겨워 그 소리를 듣지 못했다. 무엇 때문엔가 한동안 못마땅한 눈길로 마루 쪽과 부엌을 번갈아 돌아보던 녹동 어른이 갑자기 눈길을 풀며 며느리를 불렀다.

"이것들아, 사람 인심이 어째 그렇노? 당편이도 낑가조라(끼워줘라). 저것도 명색 여자 꼬리를 단 물건이라."

놀라 돌아보는 닭실댁과 안채 아낙들에게 깨우쳐주듯 그렇게 말한 녹동 어른은 그대로 마당에 머물러 서서 그녀들이 하는 양을 지켜보았다. 닭실댁이 마지못해 당편이를 불러 방물함지에서 마음에 드는 물건을 하나 고르게 했다.

제 노래에 취해 있다 갑자기 부엌에서 불려나온 당편이는 자신이 갑자기 끼여들게 된 그 상황을 얼른 이해하지 못한 듯했다. 한참이나 방물함지 곁에서 쭈뼛거리다가 두 번 세 번 재촉을 받고서야 휘익 낚아채듯 댕기 하나를 집어들었다. 번들번들하게 금박 무늬가 박힌 자줏빛 갑사 댕기였다. 녹동 어른은 당편이가 부신 듯한 눈길로 그 댕기를 이리저리 비쳐보는 것을 턱짓하며 한마디 덧붙이고야 안채 마당을 나갔다.

"봐라. 내 말이 틀리는강. 저 물건도 영락없는 여자라 카이."

아무도 보지 못한 것을 녹동 어른만이 보았음은 잠시 뒤 더욱 명백해졌다. 갑사 댕기를 들고 어딘가로 사라졌던 당편이가 다시 나타났을 때는 숱이 작아 손가락 굵기도 안 되는 그녀의 머리채 끝에 그 댕기가 길이대로 늘어져 울긋불긋, 번들번쩍하고 있었다.

물론 그 치장의 효과에 대해서는 말들이 많았다. 닭실댁은 어이없다는 듯 혀를 차며 친정아버지에게서 들은 문자로 평을 대신했다.

"그것 참, 가관(可觀)일세. 아이, 가관이 아이라 기관(奇觀)이따."

칠보네와 곽산이네는 노골적으로 타박을 주었다.

"그거 띠라(떼라). 꼭 꽁지(꼬리) 빠진 무종새(물총새)에 장끼 꼬랑대기털(꼬리 깃) 처매놓은 거 같다."

"니 그 꼴 보문(보면) 대국(大國)년도 시껍(질겁)을 하고 나자빠질따. 여 어디 철갱이(잠자리) 시집가나?"

철갱이 시집간다는 것은 잠자리를 잡아 몸통 아래를 떼어내고 마른 짚대궁이나 풀대로 원래보다 훨씬 더 긴 꼬리를 만들어 날려 보내는 아이들의 철없는 장난을 말한다. 그러나 그 댕기가 얼마나 당편이의 머리 치장으로 어울리지 않았는가는 사랑채 일꾼들의 반응에서 더 잘 드러났다. 건동이와 창길이는 그걸 보자마자 배꼽을 잡고 주저앉았고, 무던한 삼산 영감까지 짜증 섞어 내뱉었다.

"당편에이(아), 지발 그 댕기 촤라(치워라). 정신 시끄럽데이."

그런데 이번에도 녹동 어른은 달랐다. 여기저기서 구박을 주어도 고집스레 그 댕기를 매단 채 집안을 휘젓고 다니던 당편이를 본 녹동 어른은 마음에 없는 말을 할 때의 망설임이 조금도 들어 있지 않은 투로 말했다.

"에, 그년 참 곱다. 우리 당편이 댕기 해놓이(놓으니) 한 인물 더

난다."

　뒷날 녹동 어른의 장례 때 당편이가 보인 슬픔은 두고두고 옛
고향 사람들에게 얘기됐을 만큼 유별난 데가 있었다. 아무리 권해
도 사흘이나 물 한 모금 넘기지 않았으며, 그동안 그녀가 그 크고
검은 눈으로 흘린 눈물은 닭똥 같다는 표현이 오히려 모자랄 만
큼 굵고 그침이 없었다고 한다. 좀 감상적인 집안 아저씨뻘 하나
는 세상에서 가장 굵고 맑은 눈물 방울을 그때 보았다고 단언했
다. 또 아주 오랜 세월 뒤, 그러니까 그로부터 이십 년이 더 지난
후까지도 뒷실[後谷]에 있는 녹동 어른의 산소 부근을 기듯이 오
르내리는 그녀를 보았다는 사람들이 있었다.

　그토록 깊고 오랜 슬픔은 어쩌면 꼭 다행으로 여겨야 할 일도
없는 그녀의 삶을 이어가게 해 준 은인의 죽음 때문이 아니라 자
신이 여자임을 처음으로 알아보아 준 이를 영영 잃게 되었다는 데
서 온 것은 아닐는지.

　그렇지만 당편이가 보다 널리 여자로서 인식되기 시작한 것은
역시 그녀 자신이 보낸 신호를 통해서였다. 댕기 소동이 있었던 그
해 가을 그녀가 거처하는 헛간방이 잠시 별난 소동에 빠진 적이
있다. 발단은 가을걷이를 위해 일찍 일어난 건동이가 그 방에서
그녀가 목을 놓고 우는 소리를 들은 일이었다.

　"흐어이, 흐어어…… 인제, 나는 죽는다…… 내 죽는데이……

흐어이……."

놀란 건동이가 문을 열어보니 당편이가 두 다리를 쭈욱 편 채 울고 있는데 검은 치마를 두른 아랫도리에서 흐른 피가 거적을 흥건히 적시고 있었다. 건동이가 더욱 놀라 물었다.

"당편이, 니, 니…… 이게 어예 된 거로?"

"건동아, 잘, 있거래이. 피가, 피가, 자꾸 난다. 나는 인제, 죽는 데이……."

당편이가 그래놓고 이제는 완연히 홰울음을 쏟아놓았다.

"녹동 어른한테 기별…… 쫌…… 해다고. 내 이래 먼저 간다 꼬…… 내 죽었다꼬……."

그 집 큰머슴이고 나이도 서른에 가깝지만 아직 노총각인 건동이로서는 그녀가 그 모양이 난 게 어찌 된 영문인지 알 길이 없었다. 그저 녹동 어른에게 허둥거리며 달려가 자신이 보고 들은 걸 전했다. 자리보전하고 누웠던 녹동 어른도 놀라 달려나왔다. 그러나 의술을 아는 그 어른 역시도 왜 당편이가 그런 지경에 이르렀는지는 얼른 알아내지 못했다. 거기다가 더욱 알 수 없는 일은 그녀의 맥을 짚어보아도 별 탈이 없는 점이었다.

그때 바깥이 시끌벅적한 걸 듣고 부엌에서 칠보네가 달려나오고, 다시 안채에서 세상사에 눈썰미 남다른 안강댁이 뒤따라 나왔다. 곧 그 어이없는 소동의 원인이 밝혀졌다. 당편이의 초조(初潮)였다. 모든 게 뒤틀린 몸이다 보니 생리까지 늦어져 그 나이가 되어서야 월경이 시작된 것인데 그걸 모른 그녀 자신과 바깥채 남정네들이 먼저 어울려 그 소동을 벌인 것이었다.

"아이갸, 그것도 꼴에 여자라꼬……."

내막을 안 칠보네가 그렇게 핀잔처럼 말했지만, 기실 그 신호는 당편이가 여자임을 집안 사람들에게 인상적으로 주지시키는 데 댕기 소동보다는 더 효과적이었다. 그때 이후 당편이는 외양뿐만 아니라 내면적으로도 한 여성으로 인정받게 되고 차츰 그 인정의 범위를 집 밖으로 넓혀 나가게 된다.

다시 한해 뒤에는 당편이의 여성성(女性性)이 최초의 외부 반응을 끌어내는 사건이 일어났다. 그해 한창 산나물을 뜯을 철이었다. 원래 당편이의 몸이란 게 깊은 산에 오를 형편이 못 되었지만 그날은 그녀에게도 어떤 야릇한 감흥이 일었던지 산나물을 뜯으러 멀리 나서는 녹동댁 안팎 일꾼들을 따라나섰다.

옛 고향의 산나물 뜯기에는 대개 남자들이 거드는 게 별난 점이었다. 곧 길마(안장) 얹은 소를 몰고 여자들을 따라 수십 리 깊은 산으로 들어가 여자들이 산나물을 뜯는 사이 남자들은 고사리를 베었는데, 저녁 무렵이 되면 그렇게 모은 산나물 짐이 바리를 채우고도 남녀 가릴 것 없이 이고 지고 해야 할 정도가 되었다. 그것도 하루에 그치는 것이 아니라 산나물이 쇠어 뜯어도 먹을 수 없게 될 때까지 며칠이고 이어졌다.

옛 고향이 그렇게 날과 품을 들여 산나물을 뜯어오는 데는 나름의 필요와 의미가 있었다. 산나물이 별난 기호식품처럼 되거나 기껏 반찬일 뿐인 요즘과는 달리 식량이 모자라던 그 시절의 춘궁기에는 주식(主食)으로 큰 몫을 했다. 이제는 별미로만 기억되는 옛 산나물밥은 산나물에 밥알을 흩어놓았다는 게 옳다 싶을 만큼 나물을 많이 썼다. 뿐만 아니라 산나물, 특히 고사리를 먹는 것은 절의(節義)나 안빈낙도(安貧樂道) 같은 선비의 기풍과도 관련이 있었다. 따라서 때로는 산나물 뜯기에 '채미(採薇, 고사리 뜯기)'라는 그럴듯한 이름을 붙이고 백이숙제(伯夷叔弟)를 들먹이는 사랑채 서방님들이 함께하기도 했다.

좋았던 시절의 녹동댁 '채미'는 볼 만했다고 한다. 길마 얹은 소들과 안팎 종들이 늘어서고 흥에 뻗친 새서방님이 술독이라도 길마에 얹게 하면 그대로 아래위가 어울린 유산(游山)이었으며, 골짜기에 이르러 흐드러지게 핀 봄꽃을 따 부침개라도 부치게 되면 바로 화전(花煎)이 되었다. 형세는 예전에 비할 바가 아니게 줄어들었지만 당편이가 그 집에 들고도 몇 해는 그런 대로 볼 만했다. 건동이와 창길이가 소 고삐를 잡고 곽산이네 칠보네 을순이에다 안강댁이라도 따라나서게 되면 좋았던 옛날의 잔영(殘影)이 보였다.

하지만 당편이가 따라나선 그해 산나물 뜯기에는 겨우 건동이와 을순이에 칠보네뿐이었다. 삼산 영감과 안강댁, 그리고 창길이가 없어진 것은 그 사이 껍데기만 남다시피 한 녹동댁 살림 때문이었다. 서울서 건국사업을 하던 젊은 주인이 무엇인가 큰 죄로 감옥에 가게 되어 그걸 막느라 마지막으로 남은 이백 석지기 들마저 날리게 되자 녹동댁 논밭이라고는 인근 선산 발치에 흩어져 있는 위토(位土) 수십 마지기와 비탈밭 몇천 평이 고작이 되고 말았다.

먼저 삼산 영감이, 진작에 만주에서 돌아왔으나 그 즈음해서야 겨우 자리를 잡고 늙은 홀아버지를 찾아온 외아들을 따라가고, 어느덧 자식들이 자라 살림살이가 펴진 곽산이네가 드난살이를 그만두었다. 이어 녹동댁을 가망 없게 여긴 창길이가 새경 좋은 딴 집으로 머슴살이를 떠났으며, 마지막으로 안강댁이 내키지 않은 걸음으로 양자(養子)가 지키는 시집으로 돌아가, 그사이 내외가 된 건동이와 을순이만 집안에 남고 칠보네는 드난살이로 나앉았다.

모든 게 전 같지는 못했지만 그래도 그날 나들이의 시작은 좋았다. 따뜻하고 볕 밝은 늦은 봄날 아침에 마음 써 마련한 점심 꾸러미를 길마에 얹고 봄꽃 흐드러지게 핀 골짜기로 접어드니 아직은 신혼이나 다름없는 건동이와 을순이 내외는 말할 것도 없고 쉰에 가까운 칠보네도 절로 어깨춤이 나올 판이었다. 그런 흥이 옮았는지 나름의 감회에서였는지 평소 누르고 푸석하던 당편이의 기름한 얼굴에도 제법 윤기와 홍조가 어려 있었다고 한다.

마을에서 삼십 리나 떨어진 일월산 줄기의 한적한 계곡에 자리를 잡을 때만 해도 여전히 흥겨운 나들이의 분위기는 이어졌다.

잡목 등걸에 소를 묶은 건동이는 힘과 담력을 자랑이나 하듯 고사리가 자라는 숲 짙은 능선으로 혼자 치닫고, 을순이와 칠보네는 공연히 키득거리며 부드럽고 향 짙은 산나물을 찾아 양지바른 산비탈에 붙었다. 마음 같아서는 을순이네와 함께하고 싶었지만 몸이 따르지 못하는 당편이는 계곡 바닥에 남았다. 그곳에 묶어둔 소며 내려둔 점심 꾸러미를 지키면서 골짜기 초입에서 야산나물이나 뜯을 수밖에 없었는데, 흥겨운 기분만은 그녀도 누구 못지않았다.

하지만 늦은 점심 때가 되어 능선과 비탈로 흩어졌던 사람들이 돌아왔을 때는 뜻밖의 사태가 기다리고 있었다. 당편이가 흐트러진 옷매무새로 계곡 바닥에 퍼질러 앉아 소리없이 울고 있는 것이었다. 두 뺨을 질펀하게 적시고도 그칠 줄 모르고 샘솟는 눈물은 그녀의 몸에 서린 서러움과 한이 그대로 흘러내리는 것 같은 느낌을 줄만큼 깊고 절실해 보였다.

"어메야, 이게 무슨 일고? 당편아, 니 왜 이래노?"

먼저 당편이의 눈물을 본 칠보네가 놀라 그렇게 물었고, 이어 을순이가 당편이의 흩어진 옷매무새에 날카로운 눈길을 보내면서 캐물었다.

"여기 누가 왔드노? 니한테 뭐 어예드노?"

그제서야 칠보네도 당편이의 옷매무새를 찬찬히 살펴보았다. 저고리 옷고름이 풀려 있었고 급히 싸말기는 했지만 가슴께도 열렸던 흔적이 있었다. 뿐만이 아니었다. 치마도 대강 덮여져는 있지만 누군가 들쳐보고 성의 없이 되덮어둔 듯했다.

"엉이, 이게 무신 일고? 그라믄 누가⋯⋯?"

칠보네가 그러면서 당편이의 치마를 걷어보았다. 터진 속곳이 아직 열린 채여서 거뭇거뭇 그녀의 아랫도리가 비쳤다. 얼결에 그랬는지, 여자들끼리라 믿어서였는지 칠보네는 내처 당편이의 속곳까지 열어젖혔다. 팬티가 흔치 않던 시절인 데다 당편이에게는 불편한 데가 있어 팬티를 입지 않은 까닭에 바로 당편이의 아랫도리가 드러났다.

"억시기 큰일을 당한 거 같지는 않다마는⋯⋯ 차암 내, 언놈이 뭔 짓을 한 기고?"

잠시 뭔가를 살핀 칠보네가 어이없다는 눈길로 을순이를 돌아보며 중얼거리듯 말했다. 아직은 새댁 티를 벗지 못한 을순이가 상기된 얼굴로 물었다.

"억시기 큰일을 당한 거 같지는 않다이, 그기 무신 소리이껴?"

"문지(먼지)만 희끗희끗하게 묻은 걸 보이⋯⋯ 누가 당편이를 어옌(어찌한) 거 같지는 않고⋯⋯."

칠보네가 그러면서 새삼 얼굴을 붉히다가 당편이를 향해 목소리를 높였다.

"야 이 기집아야, 그래 찔찔 울지만 말고 말을 좀 해 봐라, 말을. 언놈이고? 언놈이 와서 무신 짓 하고 갔노?"

그때 무엇 때문인가 새파란 눈길로 주변 산비탈을 살피던 을순이가 맞은편 능선을 향해 소리쳤다.

"보소, 보소오 — 그냥 내리오지 말고 조오기 조다(저곳에) 달라빼고(달아나고) 있는 고 못된 놈아 좀 뿌뜨소오 —."

칠보네가 보니 맞은편 능선에는 고사리가 가득 찬 망태기를 멘 건동이가 내려오고 있었고, 을순이가 손가락질 하는 그 오른쪽 비탈에는 웬 상고머리 총각 하나가 빈 지게를 덜렁거리며 허둥지둥 뛰어가고 있었다.

"뭐라꼬? 무신 소리고? 조다 졸마(조놈아)를 뭐 어째라고?"

"골마(고놈아) 쫌 뿌뜰어 오란 말이씨더. 아주 못된 놈아라 카이!"

건동이와 을순이 내외의 악쓰는 듯한 대화를 한 차례 더 거친 후에야 맞은편 산 능선에서는 때아닌 경주가 벌어졌다. 상대가 자기 신부에게 몹쓸 짓을 한 것으로 알고 후끈 단 건동이도 빨랐지만 달아나는 총각 쪽도 무엇 때문엔지 거의 필사적이었다. 달아나는 데 걸리적거리자 지게까지 벗어던졌으나 될 일이 아니었다. 해방 이듬해 동네 대항 중량 운반 달리기에서 모래 한 가마니를 지고 달려 일등을 한 이력에다 어릴 적부터 남의 집을 돌며 산비탈을 누빈 건동이에게 끝내는 덜미를 잡히고 말았다.

제법 시간을 끈 그 경주가 끝나고 건동이의 완력에 저항을 포기한 총각이 벗어던진 제 지게뿐만 아니라 건동이의 고사리 망태기까지 다시 찾아 없고 끌려올 때까지 당편이는 울고만 있었다. 끌려온 총각은 멀리서 볼 때보다 훨씬 더 볼품없는 산골 농투성이 꼴이었다. 작달막한 키에 허름한 무명 한복을 걸쳤는데, 이목구비의 선이 분명하지 않은 탓인지 검은 얼굴에서 알아볼 수 있는 것은 개구리처럼 튀어나와 대룩거리는 두 눈뿐이었다.

"이기 누고? 새들[新坪] 김 주사네 머슴 아이가?"

칠보네가 그를 보고 알은체를 했다. 어쩌면 총각이 달아나기를 포기한 것은 건동이에게 이미 자신의 신분이 노출되었기 때문인지도 모를 일이었다. 뒤따라온 건동이가 을순이에게 물었다.

"욜마(요놈아) 요거 뿌뜰어 왔다. 니한테 무신 짓 했노?"

"내한테가 아이고오, 자(저 애) 함 보소."

을순이가 그렇게 대답하며 울고 있는 당편이를 가리켰다. 그러나 그때는 이미 칠보네가 옷매무새를 수습한 뒤라 건동이는 얼른 사태를 짐작하지 못했다. 그저 당편이가 울고 있는 것만 이상한지 더듬거리며 물었다.

"당편아, 왜? 무슨 일고? 절마가 니 때리드나?"

그래도 당편이는 여전히 대답 없이 울고만 있었다. 아니, 무엇 때문인지 더욱 서럽고 한스럽게 눈물을 쏟아내는 것 같았다. 칠보네가 드디어 화를 냈다.

"어디 소 죽은 영신(귀신)을 덮어썼나? 야, 이 등신아, 말을 해 봐라, 말을…… 속 터져 죽겠다."

그때 을순이가 암팡진 표정과 말투로 총각을 쏘아보며 물었다.

"보소. 바로 말하소. 우리 당편이한테 멀 어쨌니껴?"

"이 형님한테 하마 말 다했지마는 나는 아무 짓도 안했니더. 참 말이라꼬요. 몸에 손가락 하나 안 댔다꼬요."

총각이 그렇게 뻗댔다. 공연히 뻗대는 것이 아니라 뭔가 믿는 구석이 있는 것 같기도 했다.

드디어 짐작 가는 게 있는지 건동이가 그런 총각에게 한 귀쌈 호되게 올려붙이며 을러댔다.

"욜마가 요게 안죽도(아직도) 눈 똑바로 치뜨고…… 니 일마 오늘 함 죽어볼래? 고마 뽀끈(꽁꽁) 묶어다가 지서(支署)에 갖다 좃(주었)뿔라."

"그래소. 차라리 날 지서에 처여소(넣으소). 힝, 내가 뭐 어옜다꼬……"

한 귀쌈 맞은 앙심에선지 총각이 더욱 뻗댔다. 이번에는 칠보네가 끼여들었다.

"총각 보이, 나도 누군동 알 만하구마는. 글치만 그래 뺀드랍게(뺀들거리며) 말하는 게 아이라. 아무 짓도 안했는데 옷고름이 다 풀레 있고 젖통이 히에(헤쳐) 있나? 손가락도 안 댔는데 치마가 제쳐지고 속곳이 벌어지더나?"

"어쨌든동 나는 손가락 하나 안 댔다꼬요. 그래 알고 지서로 넘구든동 재판에 부치든동 맘대로 하소."

총각은 거듭 손가락이란 말에 힘을 주며 왼 고개를 틀었다. 그때 울고 있던 당편이가 비로소 입을 뗐다.

"지게 짝대기로…… 으흐. 지게 짝대기로…… 으흐흐흐."

단서를 제공하기 위해 말은 했지만 해 놓고 나니 다시 서럽고 한스럽다는 듯 흐느낌을 섞었다. 칠보네와 을순이가 말문이 막혀 묘한 표정만 짓고 있는데 뒤늦게 건동이가 전보다 더 호되게 따귀를 올려붙이며 목소리를 높였다.

"골마 고거, 듣자듣자 하이 참말로 못됐네. 아이, 글타 카믄 지게 짝대기로 남우 처자 아래위를 다 휘저봤(보았)다는 말이가?"

하지만 마침내 총각의 항복을 받아낸 것은 건동이의 인정사정 없는 따귀가 아니라 칠보네의 기발한 위협이었다.

"건동 양반, 그럴 거 없다. 저 짐승 같은 거 자꾸 때리봐야 그쪽 손만 아플 게고…… 우리 이래자. 마(마을)에 내리가 녹동 어른한테 이 얘기 다 하고 이참에 당편이 시집이나 보내자. 손이사 댔든동 안 댔든동 남의 처자 아랫도리 윗도리 다 들씨(들쳐)보고 내 몰라라 카는 경우는 고금동서에 없지 싶다. 아무리 지게 짝대기로 그랬다 카지마는, 남의 처자 아랫도리 들씨보고도 모자래 쑤시보고 찔러보고 하미(하면서) 문지(먼지)까지 묻혀났으이, 그때 하마 데리고 살 생각까지 한 거라. 당편이도 글타. 그 꼴을 당해 놓고 어데 처자 시집가겠노? 누가 그걸 처자라꼬 데리가겠노? 당편이는 하마 베린(버린) 몸이라. 그러이 베린 몸은 베리쁜(버려 버린) 사람

81

이 델꼬 살아야제……."

칠보네가 거기까지 말했을 때 이미 총각의 기세는 눈에 보이게 꺾여 있었다.

"요새 세상에 혼인이라 카는 거는 양쪽이 서로 좋아야 하는 거 아이껴? 택도 없니더. 내가 왜 저 여자 같지도 않은 거 하고……."

그렇게 뻗대기는 해도 말끝은 벌써 떨리고 있었다. 칠보네가 못 들은 척 받았다.

"그거사 마에 내려가서 물어보믄 아는 게고…… 아무리 녹동 어른네가 예전 같지 않다 캐도 그 얼래(문중)가 아직 우리 마에 백 집이 넘는다. 판사도 있고 서장도 있고…… 그 사람들 녹동 어른이 불러 딸같이 키운 당편이 일이라 카고 부탁하믄 언간한(웬만한) 거는 들어줄 게라. 그래가지고 유치장 가고 재판장 끌래(끌려)가서도 총각 말이 통하는가 보자."

"아무리 글치마는……."

"여러 소리 할 거 없다. 총각도 고마 내리가 봐라. 글케(그렇게) 잘나고 똑똑하이 변호사 안 대도 될따마는. 건동 양반도 그 멕살(멱살) 놔주소."

그리고는 더 상대할 것도 없다는 듯 당편이를 보며 쏘아붙였다.

"등시이 같은 게. 뚝 못 그칠라? 울기는 멋 때매 우노? 이 좋은 철에 시집가게 됐으이 좋아서 우나? 인간 같잖은 것도 신랑이라꼬 콩밥 먹으까 봐 걱정되나? 우는 누마리(눈알)에 재를 뿌려뿔라. 어서 밥보자기(점심 꾸러미)나 갖다가 풀어라."

눈을 깜박이며 칠보네와 총각을 번갈아 살피던 을순이도 그런 칠보네를 돕는 것밖에 할일이 없다는 듯 갑자기 태연하기 짝이 없는 표정으로 맞장구를 쳤다.

"맞다. 당편이 니 울 거 없다. 내 보기에도 니 신랑감 개얀네(괜찮네). 다된 혼인이이(이니) 인자 우리 밥이나 맛있게 먹자."

그래놓고 총각에게 쌀쌀맞게 쏘아붙였다.

"총각은 얼릉 가보소…… 혼수를 장만하든동, 영창 갈 준비를 하든동, 그거는 우리 알 바 아이고……."

총각은 한동안 큰 혼란에 빠진 듯했다. 건동이가 을순이의 눈짓에 멱살을 놔준 뒤에도 한동안이나 굳은 듯 그 자리에 서서 생각에 잠겨 있다가 갑자기 무슨 끔찍한 환상에 쫓기기라도 하는 사람처럼 겁먹고 허둥대는 얼굴로 건동이에게 매달렸다.

"형님, 아이, 박 주사님 날 쫌 살리주소. 내 잘못했니더. 다시 안 그램씨더(그러겠습니다). 그래고 뭐든동 씨기는 대로 할 테이 제발 저, 저…… 처자하고 혼인하라 소리만 하지 마소. 정(정히) 그래믄 나는 참말로 콱 죽어뿌고 말라이더……."

그래놓고 개구리처럼 대룩거리는 눈에 방울방울 눈물을 떨구며 사정과 하소연을 겸한 사설을 길게 늘어놓았다.

"내사 오늘 일진에 뭐가 끼있는지…… 요새 며칠 꿈자리가 뒤숭숭하디 어젯밤에는 난데없이 선녀를 품는 꿈이라. 거다가 아침에 일라보이(일어나 보니) 산마다 참꽃 개꽃이 뿔뚜그레(붉그레)한데 뭉게구름은 똑 손짓하드키 불러대싸서…… 김 주사가 못자리 써레질하라 카는 것도 그만 놔뚜고 산으로 내뺐디…… 맨달이(삭정이)라도 한 짐 해가지고 내리가 주인 머팅이(꾸중)나 면하고 봄바람이나 씰(쐴)라 캤디…… 그런데 말이씨더. 아, 저쪽 산 대백이(능선)로 오르는데 꼴티기(골짜기) 입새(초입)에 웬 처자가 포르르한 옷차림으로 서서 내 있는 산대백이만 한없이 쳐다보고 안 있니껴? 그때 생각으로는 꼭 어젯밤 꿈에 본 그 선녀 같더라꼬요. 거다가 내를 쳐다보고 있는 것 같으이…… 내 복에, 싶으면서도 절로 발이 나를 일로 끌고 오데요.

그런데 말이씨더, 막상 와보이 바로 저거, 아이, 그게 아이고, 저 처자라. 그럼 글치, 내 복에, 싶어 처음에는 그양 곱게 돌아설라 캤는데…… 참말로 머리에 뭐가 씨있는지 히왕한(허황된) 생각이 들더라꼬요. 저것도 여자 아이가 싫고 또 둘러보이 아무도 없고…… 모도 여자, 여자 캤쌌는데, 여자가 어예 생기먹은 겐강 궁금하기도 하고…… 그래가지고 곁에 가봤는데 막상 마주 대하이 또 마음이 싹 달라지더라꼬요. 남자끼리이 하는 소리지만 박 주사도 함 생각해 보소. 한 집에 살고, 여자라 카이 그런강 싶지, 참말로 저거, 저 처자, 여자로 비이껴(보입니까)? 하기사 그 얘기 하믄 뭐 하노? 그때만 해도 그대로 돌아섰으믄 아무 일 없었을 낀데. 참말로 이눔의 대가리가 배추 뿌리같이 비(베어) 내뿌래도 개얀은(괜찮은) 것 같으

84

른 뭉턱 비 내뿌고 싶다 카이요. 어예튼 그래도 여전히 궁금한 거는 궁금한 거라. 함 보기만 보자 싶어서…… 마침 저 처자도 가마이 있고…… 그런데 참말로 미치고 팔짝 뛸 일은 그다음이라 카이요. 지게 짝대기 끝으로 대강 히에(헤쳐) 아쉬운 대로 볼 거 다 보고 갈라 카는데 그직기(그때까지)도 얼굴만 빌개(벌개져서) 가마이 있던 저 처자가 누가 머 어옛는 거맨치로(것같이) 철철 울기 시작하는 게래요. 내, 참…… 그래고……."

그다음은 더 안 들어도 알 만했다. 같은 남자인 건동이뿐만 아니라 칠보네와 을순이까지도 총각이 그렇게 항복을 하고 속을 털어놓으니 더는 엄하게 추궁하기가 어려웠다. 거기다가 정히 당편이와 결혼해야 한다면 차라리 목을 매달고 말겠다는 위협도 그냥 해 보는 소리 같지는 않아, 당편이에게 진심으로 사죄할 것과 이후 그 일을 일체 입 밖에 내지 않겠다는 약속을 받는 선에서 마무리짓고 말았다.

그런데 알 수 없는 것은 당편이의 눈물이다.

"처자요. 잘못했니더. 오늘 내가 본 거는 참말로 안 본 듯 할 테이께는 부디 마음 푸소. 암만캐도 내가 오늘 미치뿌랬거나 못된 귀신에 씨있는(씌운) 모양이씨더."

총각이 그렇게 사죄하고 가도 당편이의 눈물은 그칠 줄 몰랐다. 그녀에게는 미안한 추측이지만 혹 그것은 낯선 총각에게 보일 것 안 보일 것 다 보여 버린 처녀의 원통함이나 모욕감에서 나온 것이 아니라, 자신이 여인임을 알아보고 다가와 놓고도 끝내 마다하고 돌아서 버린 이성에게 느낀 야속함 때문은 아니었을는지.

서로들 다시는 입 밖에 내지 않기로 약속했지만 당편이가 산나물 뜯으러 갔다 당한 그 일은 곧 옛 고향이 다 아는 얘깃거리가 되어 버렸다. 그런데 참으로 묘한 것은 그 뒤였다. 여느 처녀 같았으면 적지않이 흠이 되었을 수도 있는 그 일이 오히려 고향 사람들에게는 그녀도 혼기가 찬 처녀라는 사실을 더욱 강하게 깨우쳐 주는 계기가 된 듯했다. 그녀의 일생에 딱 두 번 있은 혼담이 바로 그해에 한달 간격으로 들어오기 때문이다.

첫 번째 구혼자는 고향 마을에서 삼십 리쯤 떨어진 산골짜기에 사는 어떤 가난한 농부의 외아들이었다. 일제 때 징용에 끌려갔다 머리를 크게 다쳐 돌아온 탓에 서른이 넘도록 총각으로 있었는데 그의 늙은 아버지가 어떻게든 손주라도 보겠다는 욕심으로 중매를 넣어 왔다. 언제까지나 마냥 당편이를 끼고 있을 수는 없는 터라 녹동댁에서도 마다 않아 혼담은 순조롭게 진행되어 갔다.

그런데 형식적인 절차로만 생각했던 맞선 과정에서 예상도 못한 파국이 왔다.

"머리가 모자랬는다(모자란다) 캐도 사람이라. 지 평생 같이 살 사람이이 결정하기 전에 신랑감을 한번 비(보여)주기나 해라."

닭실댁이 그 혼사를 얘기하자 자리보전하고 누웠던 녹동 어른이 그렇게 당부해 신랑감을 불렀는데, 아비 손에 끌려온 그는 한눈에 벌써 성한 정신이 아니었다. 무엇이 좋은지 히죽히죽 웃으며 들어와 앉았더니 당편이를 보자 더욱 이상한 짓을 했다. 바로 껴안을 듯 다가가더니 미처 피하지 못한 그녀를 바로 덮칠 기세였다.

이상하기는 당편이도 마찬가지였다. 평생 사람을 미워하거나 무서워하는 일이 없는 그녀인데도 그날만은 보는 사람이 섬뜩할 만큼 그 신랑감을 두려워했다. 늙은 아비가 애간장을 태우며 뜯어말려 간신히 그에게서 놓여나자 시퍼렇게 질린 얼굴로 철퍼덕, 기우뚱거리며 달아나기 바빴다. 그리고는 쫓기듯 제 방으로 들어가 문고리를 걸어 잠그고 그들 부자가 녹동댁을 나갈 때까지 꼼짝도 하지 않았다.

"너어 그거, 그게 사람인 줄 아나? 사람이 아이라 귀신이라 귀신. 그것도 물에 팅팅 뿔은(불은) 무서븐 귀신이라꼬……."

까닭을 묻는 을순이에게 당편이는 그렇게 대답했다고 한다. 그리고 그로부터 한달도 안 돼 그 신랑감은 정말로 물에 빠져 죽었다. 당편이의 말과 공교롭게 맞아떨어지는 것이 있기는 하지만 그녀에게 어떤 신비한 능력이 있어 한달 후에 있을 죽음의 냄새를 그때 벌써 맡았다고까지는 아직 말하고 싶지 않다.

두 번째 구혼자는 장터 끄트머리에 들어와 사는 고리 백정네 아들이었다. 날 때부터 허리 아래가 좁아붙은 앉은뱅이다 보니 서른이 넘도록 장가를 들지 못해 옛 고향이 다 아는 노총각이었는데, 어떤 인연에 끌렸는지 당편이와 혼인 말이 나게 되었다.

이번에도 녹동 어른의 당부가 있어 맞선 비슷하게 서로 얼굴을 보는 기회가 주어졌다. 하지만 양상은 전과 정반대로 이번에는 당편이가 참담한 퇴짜를 맞고 말았다. 그날 아비의 지게에 얹혀와 녹동댁 사랑채 마루에 내려진 그 신랑감은 몸이 성치 못해 그렇지 정신은 말짱했다. 거기다가 살색이 희고 이목구비가 반듯해 하얀 두루마기로 성치 못한 아랫도리를 감추고 앉아 있으니 꼭 이웃마을 뼈대 있는 집 새서방이 녹동 어른을 문병 온 것 같았다.

당편이도 그 신랑감을 마음에 들어 했다.

"서로 보기나 해라. 니 신랑감이따."

그 같은 을순이의 말을 어떻게 알아들었는지 모르지만 하마 사랑채 마루에 올라설 때부터 당편이의 입은 함지박처럼 벌어져 있었다고 한다. 오히려 한심한 눈빛을 보인 것은 신랑감이었다. 그러나 눈빛 이외에 더는 내색 않고 당편이가 마주 앉기를 기다려 궁금한 몇 가지를 물었다.

그런데 그 무슨 뒤틀린 인연인지 당편이의 응대가 도무지 앞뒤가 없었다. 평소 같으면 얼마든지 조리 있게 대답할 수 있는 물음도,

"히잇, 몰래."

"키크크크…… 그거는 왜 묻노?"

"히잉, 히이이……."

하며 교태롭다기보다는 기괴하게만 보이는 고갯짓에 자칫 섬뜩하게 느껴지는 그녀 특유의 깊고 어두운 눈길만 쏟아 보낼 뿐이었다. 그렇게 얼마가 지나자 신랑감의 얼굴에서 애써 참는 빛이 차츰 뚜렷이 드러났다. 하지만 그래도 어쩔 수 없는 자신의 처지를 떠올렸는지 차분한 목소리로 알아야 할 것들을 몇 가지 더 물었다. 그 두 사람의 눈에 띄지 않는 곳에 숨어서 엿보고 있던 이들에게는 제법 진지한 맞선 자리처럼 보였다.

"이번에는 일이 될라는가베."

건동이가 낮은 소리로 그렇게 말했고 늙은 고리백정도 간절한 목소리로 받았다.

"지발 그리 됐으믄 얼매나 좋을로? 저게 지 병신인 거는 이자뿌고(잊어버리고) 눈만 높아가주고…….."

그리고 자신의 초조한 심사를 감추기라도 하려는 듯 건동이 부부를 안채로 몰았다.

"어예튼 동 참말로 저끼리 놔또(놓아두어) 잘되기를 기다려보제이."

하지만 결과적으로는 어림없는 기대고 열망이었다. 키들거리는 건동이 부부와 함께 안채 마당으로 몸을 피한 늙은 고리백정은 오래잖아 사랑채 마루에서 구원을 청하는 아들의 찢어지는 듯한 목소리를 들어야 했다.

"아베(아버지)요, 아베요. 어딨니껴? 어서 와서 날 쫌 업어가 주소. 지발 날 쫌 데리가소······."

그 소리에 놀라 달려가니 아들은 두 손으로 얼굴을 감싸고 앉았고, 당편이는 한껏 상기된 얼굴로 바싹 다가앉아 얼굴을 가린 그의 두 손을 풀려고 하고 있었다. 아버지가 다가온 기색을 알아차린 아들이 여전히 두 손으로 얼굴을 가린 채 울먹였다.

"아베요. 꼭 이래야 될리껴? 이래라도 장개(장가)가지 않으믄 안 되나 이 말이씨더······."

그 말에 늙은 고리백정도 드디어는 단념했다.

"오이야, 알았다. 그래, 가자. 어서 가자······."

그렇게 함께 울먹이면서 아들을 지게에 얹었더니 뒤도 돌아보지 않고 녹동댁을 나가 버렸다.

그리고, 그걸로 당편이가 한 여자로서 맞았던 짧은 봄은 허망하게 끝나 버렸다. 그 뒤 어찌된 셈인지 당편이에게는 두 번 다시 혼담이 들어오지 않았다.

인민의 딸,
참된 무산자(無産者)

우리 현대사를 피로 얼룩지게 한, 저 낯설고 수상쩍으면서도 또
한 영문 모를 매혹이었던 이데올로기가 우리 당편이의 삶과도 조
우(遭遇)한 적이 있다면 얼른 믿음이 갈는지. 하지만 틀림없이 그
이데올로기는 우리 모두에게처럼 당편이에게도 찾아왔고 그녀의
몽롱한 의식과 삶에 지울 수 없는 흔적을 남겼다.
　이 땅 구석구석이 포연과 총성으로 가득하던 6·25 그해 초가
을 인천 상륙 작전에 힘입어 우리 옛 고향을 탈환한 국군 선봉대
는 뜻 모를 가명 외에 성도 이름도 밝히기를 거부하는 묘령(妙齡)
의 공산당 여(女)간부 하나를 붙잡아 뒤따라온 경찰에 넘겼다. 하
지만 그녀를 인계받은 경찰 역시 지역 출신의 치안 담당이 아닌
전투경찰 선봉대여서인지 매서운 심문에도 불구하고 알아낸 것은

별로 없었다. 틀림없이 가명인 듯한 당편이란 이름과 나이가 스물 안팎이라는 것, 그리고 그런 산골에는 드문 정식 공산당원이며 지역 여맹(女盟) — 이랬자 시골 동(洞) 단위수준 — 선전선동부장이란 어마어마한 직함 정도였는데, 그것은 이미 국군 선봉대로부터 신병(身柄)과 함께 인계받은 인적 사항에서 크게 다르지 않았다.

그 무렵은 섣부른 이데올로기가 몰고 온 광기와 혼란이 전쟁으로 더욱 달아올라 있던 때였다. 대단찮은 부역(附逆) 혹은 방조(傍助)의 이력을 가진 사람도 인민군을 따라 북쪽으로 달아나거나 하다못해 멀리 떠나 숨기라도 했다. 그런데도 그 정도의 이력을 가진 그녀가 (인민군 퇴각 뒤에도) 아무런 두려움이나 위축을 드러냄 없이 제자리를 지키고 있었다는 것은 심문자를 긴장시키기에 넉넉했다. 거기다가 그녀의 심상치 않은 용모도 심상치 않은 정신을 짐작하게 했다. 어쩌면 죽음으로써 자신의 현 위치와 직책을 지키려는 확신에 찬 이념가(理念家)를 예감했는지도 모를 일이었다.

그 시절을 경험한 사람들에 따르면, 그녀의 심문 불응이 고의적인 회피나 양광(佯狂)으로 판단될 경우 그때까지 드러난 신분과 직함만으로도 즉결 처분이 가능했을 만큼 공산당에 대한 국군과 경찰의 적개심과 원한은 대단했다고 한다. 그런데도 그녀가 정식으로 돌아온 고향 경찰 지서에 피탈만 좀 났을 뿐 큰 위태로움을 겪지 않고 사법기관에 인계된 과정에 대해서는 알려진 바 없다. 하지만 그녀가 당편이임이 밝혀진 이상 그 다행스런 처리 과정의 원인은 얼마든지 짐작할 수 있으리라 믿는다.

고향 지서가 복귀하던 날 고향 출신의 지서 주임은 삼엄한 얼굴을 한 전투경찰 책임자에게서 당편이의 신원을 인계받을 때부터 피식피식 웃고 있었다고 한다. 그리고 전투경찰대의 후미가 고향 면계(面界)를 벗어나기도 전에 당편이를 풀어주며 말했다.

"아이고, 우리 당편이 애먹었다. 인제 고마 집에 가 보그라. 그래고, 다시는 아무데나 되고 마고(되든지 안 되든지) 나댕기지 마래이. 택도 모리고(턱도 없이) 아무따나 '옳소' 외지도(외치지도) 말고……"

그 지서 주임이 왜 그런 직무유기에 가까운 처분을 했는지도 충분히 짐작이 간다. 다만 우리 당편이가 정식 공산당원이었다는 것도 그러하려니와 말 잘한다는 공산당 중에서도 더욱 말을 잘해야 하는 여성동맹의 선전선동부장이었다는 것에 대해서는 얼른 믿음이 가지 않을 것이다. 그러나 또한 그것들은 모두가 어김없는 사실이었는데, 그 경위를 설명하기 위해서는 먼저 우리 옛 고향에서 가장 번성한 가문 중의 하나였던 녹동댁의 몰락사를 살펴봐야 한다. 비록 그것이 지난 시대 이야기의 한 흔해빠진 전형(典型)이며, 우리가 이미 귀에 딱지가 앉을 정도로 되풀이해 들은 것이라 할지라도.

동경에서 유학까지 마친 녹동댁 외아들이 서울에서 건국사업을 했다는 얘기는 앞서 이미 한 바 있다. 지금은 우스꽝스럽거나 비꼬는 말처럼 들리겠지만 건국사업이란 당시만 해도 식자들에게는 아주 중대한 사업이었던 듯싶다. 그런데 녹동댁 외아들의 경우에는 투자 업체 선정에 문제가 있었다.

해방 정국을 맞아 그가 처음 투자를 시작한 곳은 몽양(夢陽) 여운형이 이끄는 건준(건국준비위원회)이었다. 그는 육칠백 석 정도로 줄었지만 그래도 상당한 녹동댁 살림을 배경으로 중앙위(中央委) 자금조달 부서에 들어가 후보(候補) 위원 정도로 이름을 걸었다. 그러나 이백 석지기 들 하나를 날릴 무렵 좌우 양편의 협공을 받은 사주(社主)가 주저앉고 그 업체가 무너지자 투자 대상 업체를 남로당(南勞黨)으로 바꾸었다.

진작부터 건준에 침투해 있던 업체라 그 연줄을 따라 간 것인지도 모르지만 그의 두 번째 선택은 여러 가지로 그와 어울리지 않는 데가 있었다. 여러 대를 이어온 양반 가문에 대지주란 출신도 그랬지만 그 무렵의 사생활이 더욱 그랬다. 집안 좋고 행실 조신한 본처 닭실댁을 무식하다고 소박을 주다가 급기야는 유식한 신여성을 맞아 서울에서 새살림을 차린 게 해방 이태 전이었다. 아들까지 낳은 닭실댁은 부모를 봉양한다는 명목으로 고향에 묶어둔 채였는데 그 무렵은 새로 맞은 그 신여성에게서 다시 남매를 두고 있었다.

자기들끼리야 아름다운 로맨스고 지식인들의 정신적 결합이었는지 모르지만 닭실댁과의 혼인 관계가 엄연히 존재하는 한 그 관계는 중혼(重婚)이나 축첩(蓄妾)일 수밖에 없었고, 또 첩을 거느린 공산당이란 여성동맹 선전선동부장 당편이만큼이나 어울리지 않는 말이었다. 거기다가 논 수십 마지기 값이 들어간 돈암동의 이층 양옥집이며 당시만 해도 흔치 않았던 자동차까지 굴리니 공산당으로서는 흠이 이만저만이 아니었다. 녹동댁 남은 살림이 그토록 급속히 줄어들게 된 것은 어쩌면 그 흠을 돈으로 덮으려 한 때문인지도 몰랐다.

뭉텅뭉텅 땅을 팔아 정치 자금을 대고, 한편으로는 열차 객량(客輛)까지 빌려 실어낸 쌀과 숯으로 당(黨) 일꾼들에게 인심을 쓰는 사이 다시 이백 석지기 들이 날아갔다. 하지만 녹동댁 외아들은 그래도 마음이 편치 않았다. 따로 점원 월급도 안 나오는 서점을 두 군데나 열어 당 세포들 간의 연락처로 제공하고, 기생집 청(淸) 요릿집 돌며 간부들 대접하다 보니, 드디어 고향에 남은 것은 이백 석지기 들 하나에 팔아먹을 수 없는 선산 위토와 팔아도 돈 될 것 없는 자투리땅 몇천 평뿐이었다.

그러다가 마지막 결정적인 타격이 왔다. 이번에는 자신의 불리한 출신 성분을 투쟁 경력으로 보충하려고 이 일 저 일 가리지 않고 나서던 녹동댁 외아들이 전쟁 이 태 전의 어떤 큼지막한 사건에 걸려든 일이었다. 정판사(精版社) 사건이거나 국회 프락치 사건쯤으로 추측되는데, 뒤에 숨어 조종한 진짜 꾼들은 다 빠져나가고 공연히 앞에서 설치던 녹동댁 외아들만 주모자가 되어 그냥 두

면 영영 햇볕을 못 볼 지경에 빠졌다. 이미 지하로 잠적한 남로당 지도부는 나 몰라라요, 남한 정부에 유력한 연줄도 없는 그로서는 돈으로 우기는 수밖에 없었다. 온갖 사람 애간장 다 태우며 넉 달 만에 겨우 집행유예로 빠져나오고 보니 그 교제비다, 와이로(뇌물)다, 변호사 수임료다, 하는 데에 마지막 이백 석지기 들도 태반이 날아가고 말았다.

자주 자리보전은 해도 나이에 비해 정정하던 녹동 어른이 이듬해 갑자기 세상을 떠난 것 또한 그 사건의 후유증으로 볼 수 있다. 물려받은 천석 살림이 자신의 대에서 거지반 거덜난 데서 온 상심이나 자식을 중형(重刑)에서 구해 내기 위한 심신의 소모도 컸겠지만, 그보다는 하나뿐인 아들의 삶에서 점점 진하게 풍겨 나오는 실패의 예감이 훨씬 더 견디기 힘들었을 것이다.

녹동 어른의 외아들이 그토록 기다리던 전쟁은 그 이듬해도 절반이나 지나서야 터졌다. 돈암동의 양옥집도 번쩍거리던 방게차(폴크스바겐)도 다 날아가고 성북동 허름한 셋집에서 작은댁과 그녀가 낳은 삼 남매, 그리고 본처가 낳은 맏아들을 합쳐 여섯 식구가 북적거리고 있는데, 포성이 점점 가까워지더니 마침내 위대한 인민해방군이 왔다. 그리고 그들과 함께 자신이 전 재산을 투자한 업체의 간부들이 의기양양하게 돌아왔다.

그로부터 한 보름 녹동댁 외아들은 자신이 투자한 전액을 이자까지 붙여 회수할 수 있다는 자신에 빠져들었다. 먼빛으로나마 안

면이 있는 이승엽(李昇燁)이 서울시 임시위원회를 장악하고 함께 일한 적이 있는 몇몇이 그 간부로 들어앉자 그에게도 제법 괜찮은 자리가 돌아왔다. 그게 어떤 자리인지 정확히는 모르나, 그 무렵 녹동댁 외아들이 매일 총 멘 인민군 호위병이 둘씩이나 따르는 지프차로 출퇴근하는 것을 보았다는 사람도 있다.

하지만 그때도 그는 여전히 자신의 출신 성분을 불안해하고 있었던 것 같다. 그래서 자신뿐만 아니라 작은댁인 신여성까지도 사업의 일선으로 끌어내었다. 그녀를 자신들이 살고 있는 동네 여맹 위원장으로 앉히는 한편 고향으로도 기별을 보내 본처에게도 자신의 사업을 거들게 했다. 적극적으로 여맹 활동에 나서 불리한 신분을 개선하도록 권한 것인데 그게 우리 당편이를 정식 공산당원에 여맹 선전선동부장을 만든 계기가 되고 말았다.

미처 말할 겨를이 없었지만 녹동댁 외며느리 닭실댁은 영남 북부에서도 알아주는 가문의 딸이요 자질이 요조(窈窕)하기로 소문난 숙녀였다. 남편이 서울에서 작은댁을 얻어 삼 남매나 낳고 살아도 작은 분란조차 일으킨 적이 없고, 오히려 작은댁이 자신의 외아들을 데려다가 중학교라도 보내주는 걸 대견하게 여겼다. 또 옛 도리에도 충실하여 시부모를 모시고[事舅姑] 제사를 받들며[奉祭祀] 손님을 맞이하는 일[接賓客] 어디에도 입댈 곳이 없었다.

하지만 그야말로 규중에서 자랐고 시집와서도 규중에만 박혀

지낸 그녀에게 집 밖으로 나가 다른 사람들과 어울려 무엇을 하라는 요구는 처음부터 무리였다. 여성동맹을 조직하거나 남 앞에 나서 주도하는 일은커녕 여러 사람 사이에 끼는 일조차 견뎌내지 못했다. 그런데 하늘 같은 남편이 두 번 세 번 사람을 보내 당부해 오니 답답하기가 짝이 없었다.

그런 닭실댁에게는 다행스럽게도, 옛 고향 역시 그런 때가 오면 제 발로 뛰어나와 출랑거리는 사람들이 있었다. 그들이 어디서 보고 들은 대로 한 것인지 전선(戰線)이 고향 남쪽으로 내려간 지 닷새도 안 돼 고향 마을에도 제법 비슷한 여성동맹이 꾸며졌다. 그러나 저희끼리 꾸며놓고 나니 서울에서 높은 자리에 있다는 사람의 부인인데다 문자를 좀 깨친 여맹원을 빼놓을 수 없어 그 모임에 나오지도 않은 닭실댁에게 선전선동부장을 맡겼다.

사정이 사정인 만치 닭실댁도 그 직함까지 거부하지는 못했다. 선전선동부장이란 게 뭘 하는 것인지조차 모르면서도 못 이긴 척 받아놓고, 밤낮없이 열리는 그 모임에는 안 나가는 것으로 대책을 삼았다.

동네 사람들끼리 모여 찧고 까부는 얼마간은 별 탈 없이 잘 지나갔다. 그러나 점령 보름이 지나고 군당(郡黨)이 정비되어 지역 여맹에 지도를 나오게 되면서 닭실댁은 난감한 처지에 빠졌다. 군(郡) 여맹위원장과 함께 당 중앙에서 내려온 젊은 지도원이 동행하게 되어 있어 그날의 모임에는 지역 여맹의 모든 간부가 반드시 나와야 한다는 군당의 지시가 있었기 때문이었다.

여자들끼리 모이는 곳도 나서지 못하는 닭실댁에게는 낯선 남정네까지 와서 본다는 그날의 모임이 가기만 하면 무슨 변을 당할 끔찍한 호랑이굴 같았다. 하루 종일 머리를 싸매고 누웠다가 해 질 무렵 문득 좋은 수를 생각해 냈다. 누구를 대신 내보내는 일이었다.

그때까지도 닭실댁이 부릴 수 있는 여자는 을순이와 칠보네, 그리고 당편이 셋이었다. 하지만 을순이와 칠보네는 진작부터 여맹에 들어 있고, 더구나 을순이는 이미 조그만 감투까지 쓰고 있었다. 따라서 닭실댁을 대신할 사람은 집 밖을 잘 나다니지 않는 당편이뿐이었다.

"니가 내 대신 좀 갔다 와야 될따. 딴 걱정 말고 갔다 온나. 가서 을순이가 앉으라 카는 데 가마이(조용히) 앉아 있다가 오문 된다."

닭실댁은 당편이를 불러 그렇게 말하고 을순이에게 여러 가지 당부와 함께 그녀를 딸려 보냈다. 그런데 영문도 모르고 그날 밤의 여맹 모임에 나간 게 뜻밖에도 공산당 당편이의 빛나는 출발이 되었다.

당편이가 을순이에게 끌려와 쭈뼛쭈뼛 선동부장의 자리에 앉자 그날 밤의 모임 장소가 되었던 정자에서 작은 소동이 일어났다. 열 평이 넘는 정자마루를 가득 메우고 있던 아낙들이 저마다 그런 당편이를 보고 배를 잡고 웃거나 빈정거리며 어이없어하는 바람에 일어난 소동이었다. 한 마을에 살지는 않아도 같은 군에서 나고 자라 지역의 정서를 잘 아는 군 여맹위원장이 먼저 그 소동의 원인을 눈치챘다.

그녀는 곧 그 마을 위원들에게 다시 물어 정확한 사태를 파악했다. 그러나 진상을 알고 나니 더욱 난감했다. 닭실댁의 심경이 이해는 가지만 중앙당에서 파견된 지도원이 보고 있는 마당이라 그냥 보아넘길 수가 없었다.

"동무, 좀 봅시다."

군 여맹위원장은 생각 끝에 당편이에게 다가가 작은 목소리지만 공식적인 어투로 그녀를 불러냈다. 아무래도 그날만은 본인인 닭실댁이 나와야 될 것 같다는 판단에서였다. 그러나 당편이는 눈만 멀뚱거리며 자리에서 일어날 줄 몰랐다. 동무란 생소한 호칭 때문이었다.

"동무, 이리 좀 나오시오."

급한 마음에 군 위원장의 목소리가 좀더 높고 날카로워졌다. 그제서야 당편이가 그게 자기에게 하는 소린 줄 알아듣고 그녀를 잘 모르는 사람에게는 고집스럽고 거만하게 들릴 그녀 특유의 말투로 되물었다.

"왜 그래노? 뭐 할라꼬?"

"조용히 얘기할 게 있소. 날 따라오시오."

그러자 당편이가 이번에는 정말로 완강하게 고개를 저었다.

"싫다. 우, 우리 액씨(아씨)가 여다 꼼짝 말고 앉아 있다 오라 캤다. 안 간다."

그렇게 되니 어떻게든 조용히 그 일을 처리하고 싶은 지역 여맹위원장의 희망과는 달리 그들의 대화는 작은 실랑이 같은 형국이 되고 말았다. 무엇 때문엔가 진작부터 당편이에게 눈길을 주고 있던 중앙당의 젊은 지도원이 그런 그들 사이에 끼여들었다.

"무슨 일이오? 위원장 동무."

"아, 예. 아무것도 아닙니다. 좌석 배정에 착오가 있는 것 같아서……"

지역 여맹위원장이 얼른 그리 둘러댔다. 그러나 지도원은 그사이 들은 게 있는지 그냥 지나치려 하지 않았다. 이번에는 당편이를 향해 물었다.

"동무는 직책이 뭐요?"

"동무? 히잇, 니(너)도 내 동무라?"

"그렇소. 직책이 뭐요?"

"으? 직책……"

"여기서 하는 일이 뭔가 말이오?"

"으응, 음…… 여기서는 아무 일도 안한다. 일은 집에 가서 한다. 히잇."

당편이는 그렇게 대답하고 다시 히죽 웃으며 고개를 꼬았다. 짧디짧은 그녀의 봄이 지나가고 난 뒤 생긴 버릇으로, 주로 상대가 남자일 때 그랬다. 일이 그렇게 되자 군 여맹위원장은 덮어두기 글렀다고 보았다.

"저어, 실은······."

지도원이 다시 당편이에게 무어라 묻기도 전에 자신이 나서 모든 것을 아는 대로 밝혔다. 그리고 그런 일이 자신의 책임과는 무관함을 강조하기 위해 이번에는 당편이에게 큰 소리로 꾸짖듯 말했다.

"어서 일나라. 그래고 가서 진짜 선동부장인 너어 주인 아씨 오라고 카란 말이따."

그때 중앙당에서 내려온 지도원이 가볍지만 위엄 있는 손짓으로 그런 군 위원장을 제지하며 차갑게 말했다.

"그럴 필요 없소, 동무. 그대로 두시오."

그 바람에 그날 고향의 지역 여맹 회의는 예전과 다름없이 진행되었다. 그런데 회의가 끝날 무렵이었다. 그 동안 유심히 당편이를 관찰하고 있던 지도원이 낮은 목소리로 곁에 앉은 군 여맹위원장에게 지시했다.

"나중에 회의가 끝난 뒤 저 동무는 잠시 남게 하시오. 알아볼 게 좀 있소. 저 동무를 잘 아는 지역 간부도 몇 남기고."

그래서 회의가 끝난 뒤 따로 간부회의 비슷한 것이 열렸다. 중앙당에서 내려온 젊은 지도원은 먼저 군 여맹위원장이 지적한 지역 여맹 간부 두엇을 상대로 당편이의 신상에 대해 이것저것 캐

물었다. 이어 당편이에게도 몇 가지를 물었다. 그리고 다시 무언가 한동안 깊은 생각에 잠겼다가 군 여맹위원장에게 결론처럼 말했다.

"이 지역 여맹의 간부 인선(人選)은 지금 이대로 아무런 문제가 없소. 여기 이 동무는 올 곳에 왔고 앉을 자리에 앉았소. 앞으로 이곳 선동부장은 닭실댁인가 뭔가 하는 부르주아 반동 지주의 안방마님이 아니라 바로 이 당편이 동무요."

"그렇지마는, 글치마는, 어예 당편이를⋯⋯."

"이 동무가 어때서. 이 동무야말로 이름없는 인민의 딸이요 진정한 무산자(無産者)외다. 바로 우리가 찾고 있는 순혈(純血)의 프롤레타리아요."

"그래도 머리가⋯⋯."

"나도 아오. 저 동무는 틀림없이 배운 것 없고 머리도 온전치 못하오. 하지만 머리가 썩어빠진 부르주아의 환상으로 가득 차 있는 것보다는 낫소."

그때 그 젊은 지도원의 지나치게 경직된 이상주의를 걱정해 군 여맹위원장이 끼어들었다.

"지도원 동무의 뜻은 잘 이해하겠습니다. 하지만 선전선동의 중대한 책무를 수행하기에는 아무래도⋯⋯."

"선전선동이 언제나 말만으로 이루어지는 건 아니오. 나는 진작부터 당의 선전선동 부서가 껍데기만 반지르르하고 주둥이만

까는 지식 분자들에게 독점되는 걸 걱정해 왔소. 저 동무를 보시오. 저 동무는 몸 전체가 바로 우리 이념의 효과적인 선전이며, 삶 자체가 그 실현의 결의를 촉구하는 선동이요. 저 동무가 선전선동부장의 자리에 앉아 있다는 것만으로도 우리가 진정으로 떠받드는 인민이 누구이며, 우리가 만들려는 세상이 어떠한 것인가를 웅변해 줄 것이오."

"상징으로서의 의미는 잘 알겠습니다만, 걱정됩니다. 지역 여맹의 선동부장이란 실제 처리해야 할 일도 있습니다."

일제 때 여학교를 나왔다는 군 여맹위원장이 그래도 받아들일 수 없다는 듯 그렇게 말했다. 젊은 지도원이 차가운 표정에 살풋 이맛살까지 찌푸리며 자르듯 말했다.

"학습과 지도라는 게 무엇 때문에 있소? 내 보기에 며칠만 학습하면 저 동무는 우리가 필요로 하는 지역 여맹에서의 역할도 충분히 해 낼 수 있을 것이오. 아니 그 부분은 내가 맡겠소. 내일 아침 지역 위원장 동무는 저 동무와 함께 내 숙소로 오시오."

그리고는 그 회의 아닌 회의를 끝냈다.

당편이가 그 젊은 지도원에게서 무엇을 지도받고 학습하였는지에 대해서는 자세하게 알려진 바가 없다. 그러나 다음 날 아침 일찍 당편이가 지역 여맹위원장과 함께 중앙당에서 내려온 지도원의 숙소로 찾아갔을 때는 이미 면 인민위원장이 불려와 있었고,

거기서 당편이는 그들과 함께 한나절 분명 무언가를 지도받고 학습했다. 또 그날로 그 지도와 학습의 결과도 있었던 듯싶다. 해거름 하여 군당으로 돌아가면서 그 젊은 지도원은 아주 만족한 표정으로 당편이에게 말했다.

"중앙당으로 복귀하면 동무를 정식 당원으로 추천하겠소. 좋은 소식 기다리시오."

그렇지만 그 젊은 지도원의 선택이 온당하였는지에 대해서는 실로 의문이 간다. 그 뒤 국군이 돌아올 때까지 두 달 남짓, 적어도 우리가 보기에는 지역 여맹의 선동부장으로서 당편이가 무슨 대단한 역할을 한 것 같지는 않다. 모임이 있을 때는 어김없이 나가 선동부장의 자리를 채웠지만, 그야말로 꿔다놓은 보릿자루같이 앉아 있다가 갈 뿐이었고, 그때 참석했던 여맹원들도 그런 그녀에게서 중앙당의 지도원이 기대했던 선전이나 선동의 효과는 전혀 느끼지 못했다고 한다.

오히려 그날 당편이가 받은 지도와 학습이 한몫을 한 것은 다른 대중적인 집회에서였다. 무슨 방법에 어떤 목적으로 지도하고 학습시켰는지는 모르지만 그녀는 그날 일생에 단 한번의 예외로 경어(敬語) 두 마디를 배웠다.

"어울쏘 동으이하미야"로 들리는 "옳소! 동의합니다!"였는데, 대중 집회 특히 인민 재판 같은 때 여맹 간부의 자격으로 맨 앞에 앉은 그녀의 그 한마디는 실로 위력적이었다고 한다.

고향은 비교적 고립된 내륙 산간 지방의 동족 부락을 중심으로 발달한 면(面)이고, 타성(他姓)이 섞여 산다고 해도 인구의 유입 유출이 많지 않던 시절이라 그들 역시 길게는 몇백 년 짧아도 몇십 년은 함께 어울려 산 사람들이었다. 아무리 이데올로기가 부추겨댄다 해도 서로를 해치는 결정에는 선뜻 동의하기 어려웠다. 그래서 어떤 제의나 선동이 있어도 서로 눈치만 보며 머뭇거리게 마련인데 이때 면 인민위원장이나 여맹 위원장의 눈짓이 당편이를 끌어냈다.

"어울쏘! 동으이하미야!"

그녀가 온몸에서 짜내듯 그렇게 외치며 겨우 맞아주는 손바닥으로 박수를 치면 그제서야 안심한 사람들이 후렴같은 웅얼거림으로 소리를 보탰다.

"옳소! 동의합니다!"

그녀를 위해 다행한 일은 고향 마을이 깊은 산골이고 생사를 걸 만큼 첨예한 계급 대립을 겪지 않은 점이었다. 요란스런 인민 재판이 벌어진다 해도 거기서 결정되는 것은 기껏해야 엄한 자기 비판이나 대단찮은 벌금과 몰수 정도였고, 나머지는 동네 회의 수준의 경고에 지나지 않았다. 그 이상 군(郡) 내무서에 인민 대중의 이름으로 고발한다는 결의까지 나온 적이 몇 번 있기는 하지만 그래서 군 내무서에 끌려간 사람도 목숨이나 재산에 치명적인 손상을 당한 경우는 없었다.

만약 당편이의 "어울쏘! 동으이하미야"가 사람을 해쳤다면 그것은 점령 기간 중에 꼭 한번 있었던 '위대하고 영용(英勇)하며 충성스런 인민해방군 지원 궐기 대회'인가 뭔가 하는 긴 이름의 대회 때였을 성싶다. 이름이야 어찌 됐건 그 대회의 본질은 자발적 지원을 가장한 징집 또는 모병을 위한 군중 선동 집회였는데, 개전(開戰) 초기 대도시에서나 있었던 그 대회가 왜 고향 같은 산골에서 열렸는지는 알 길이 없다.

하여튼 그해 팔월 초순 낙동강을 사이에 둔 공방전이 한참 치열할 때 고향 초등학교 운동장에서 열린 전쟁 발발 후 가장 큰 규모의 대중 집회에서 무엇보다도 힘주어 강조된 것은 '민족의 성전(聖戰)'을 완수하기 위해 '위대한 인민해방군'의 병력을 지원하는 일이었다. 중앙당에서 내려왔다는 남녀 선전선동원들이 차례로 지원을 호소하고 호응을 구했으나 이번에도 청중의 반응은 시원치 않았다. 아무리 산골 사람이라고는 하지만 그 동의가 바로 자신이나 형제자매의 인민군 지원으로 이어진다는 것쯤은 짐작할 수 있었기 때문이었다. 그때 다시 당편이가 나섰다.

"어울쏘! 동으이하미야!"

그러자 기다렸다는 듯 선전선동의 책임자가 당편이를 단상으로 끌어올렸다.

"동무들, 여기를 보시오! 이 여성 동무는 불편한 몸으로도 자신을 내던져 민족 해방 전선에 참여하기를 갈망하고 있소. 성한 우리가 진정으로 부끄러워하며 우러러야 할 모범이오. 좋소! 미제의 침략으로 바람 앞의 등불처럼 된 조국의 운명을 방관하려는 비겁자들은 모두 돌아가시오! 우리는 이 여성 동무와 함께 싸우다가 전선을 베개삼아 죽겠소!"

그 바람에 그날 그 운동장에 동원됐던 청중들 중에서 나이가 해당되는 스무남은 명이 인민해방군에 끌려갔고 그중에서 여남은은 끝내 고향으로 돌아오지 못했다.

어쩌면 그 부분은 당편이의 부역을 변호하는 데 가장 불리한 사례가 되는지도 모른다. 그렇지만 낫에 베였다 해서 낫 그 자체에 원한을 품지는 않듯이 고향 사람들은 뒷날까지도 그런 일로 당편이에게 원한을 품지는 않았다. 심지어는 끝내 돌아오지 못한 이들의 가족조차도 그 일로 당편이를 해코지한 적은 없다고 한다.

그런데 여기서 흥미로운 것은 그 두 달 남짓한 동안 당편이를 이끈 의식이다. 당편이는 제법 종합적으로 상황을 파악하는 사람처럼 일관되게 자신에게 맡겨진 역할에 충실했고, 또 면 인민위원장의 손짓이나 눈짓이 있었다지만 필요할 때는 어김없이 그에 따른 반응을 보여주었다. 특히 대중적인 집회에서는 사람이 달라진 것 같다는 느낌을 줄 정도로 그녀가 나서야 할 때를 정확하게 알아차렸다.

하지만 그 나머지 다른 삶을 살펴보면 달라진 것은 아무것도 없었다. 그녀는 여전히 '우리' 당편이였고 몸과 마음이 온전치 못한 대로 충실하기 그지없는 녹동댁의 허드레 일꾼이었다. 따라서 대중 집회에서 보여준 그녀의 다른 모습은 아무래도 의식의 변화와 연관짓기보다는 단기 학습의 지속적 효과로 이해하는 편이 맞을 성싶다.

우리가 어렸을 적에만 해도 고향에는 그 한나절의 학습을 그토록 효과적으로 만든 감동적인 삽화를 기억하는 사람들이 많았다. 그들에 따르면 그날 헤어질 무렵 그 젊은 지도원은 그녀를 공산당원으로 추천하겠다는 약속 외에 또다른 당부를 보탰다고 한다.

"우리가 꿈꾸는 세상은 바로 동무 같은 사람이 편안하고 넉넉하게 사는 세상이오. 부디 오늘 듣고 배운 것을 잊지 마시오."

그러면서 당편이의 두 손을 꼬옥 잡아주었다는 것인데, 그가 원래 감상적인 사람이어서인지 아니면 당편이같은 처지의 사람에게 각별한 정을 쏟아야 할 다른 이유가 있었는지에 대해서는 밝혀진 게 없다. 다만 당편이의 학습이 보다 효과적으로 지속되게 한 것은 그가 한 말의 의미보다 그녀의 몽롱한 의식에 아로새겨진 젊은 이상주의자의 신선하고 강렬한 인상일 거라는 추측뿐이다.

적치하(赤治下)에서 보여준 당편이의 언행들이 어떤 의식에 근거하고 있지 않다는 것은 그들이 쫓겨가고 난 뒤의 태도로도 잘 알 수 있다. 내가 더 순정(純正)한 사상을 가졌읍네, 내가 더 이 이념에 충성스럽네, 하며 촐랑거리던 것들일수록 눈치들은 빨라서 벌써 국군이 돌아오기도 전에 깃발을 바꿔 달거나 자취를 감추었다. 그러나 우리 당편이는 달랐다. 국군 선발대가 줄지어 면 소재지로 들어서는 순간도 그녀는 녹동댁 우물가에서 태연히 채소를 씻고 있었다.

부역자 색출이 시작되고 눈치가 모자라거나 재수가 없어 일차로 끌려온 얼치기 조무래기 좌익들이 지서 공터에서 피탈이 나도록 얻어맞고 있을 때도 그녀는 텅 빈 사랑채 마루에 두 발을 뻗고 앉아 이제는 가고 없는 '창길이네' 흰구름을 보고 있었다. 그러다가 저쪽 못지않게 얼치기 조무래기 우익들이 급조한 치안대에 끌려 국군 선발대에 넘겨졌는데 그때도 태연하기가 산악 같았다고 한다. 잡혀온 사람들이 저마다 죽을 상으로 예예, 살려줍쇼, 애걸하는데도 그녀는 여전히 '뭐라꼬?'와 '해라'로 나왔고 머리들을 땅에 박듯 굽신거리는데도 그녀는 목 한번 굽히지 않았다.

말할 것도 없이 당편이의 그런 언행이 그녀의 의지에서 나온 것이라고 보기는 어렵다. 그보다는 모자라는 지능과 불완전한 신체가 결정한 것이지만 그녀를 잘 알지 못하는 사람들에게는 오해를 불러일으키기에 충분했다. 그게 모든 걸 체념한 이념가의 확고한 의지가 결정한 대응으로 보고 대뜸 그녀를 거물급으로 분류한 국군 선발대가 특히 그랬다. 일차로 그녀를 심문한 그들은 조리 없는 대답이나 질문을 잘 이해하지 못해 대답하지 못한 것을 고의적인 회피와 묵비권 행사로 보았다. 그녀에게 실제보다 엄청나게 과장된 혐의를 씌워 그런 일에 보다 전문가인 경찰에 넘긴 것은 바로 그 때문이었다.

그런데 당편이를 인계받은 경찰 선봉대의 마구잡이 취조가 일을 냈다. 그들 중에는 가족이 몰살당해 빨갱이라면 이를 갈고 나서는 사람들이 많이 섞여 있었다. 그래서 심문을 맡게 되면 무얼 묻기에 앞서 한풀이, 분풀이부터 먼저 했다. 손에 잡히는 대로 총개머리판으로 한 차례 얼을 뺀 뒤에 주먹질과 몽둥이 세례로 심문을 대신하는 식이었다.

당편이가 그때 그들에게 구체적으로 어떤 일을 당했는지 자세하게 알려진 바는 없다. 그러나 전투경찰 선봉대에서 고향 지서로 넘겨질 때까지 당한 혹독한 고통의 기억은 그녀의 영혼에 깊고 어두운 흔적을 남겼다. 아주 뒷날까지도 그녀는 누구든 제복을 입은 사람만 보면 화들짝 놀랐고, 특히 경찰은 먼발치로 보아도 질겁을 하고 숨었다.

그도 그럴 것이 그런 고통의 체험은 그때까지의 삶에서는 전혀 낯선 것이었다. 옛 고향이 그녀에게 정중하고 예절 바르지 못했던 것은 분명하지만 그래도 당시의 경찰 선봉대처럼 그렇게 눈먼 증오와 벌거숭이 폭력을 가한 적은 없었다. 비웃고 놀리고 혹은 경멸하고 무시한 적은 있어도 결코 미움에 바탕한 것은 아니었으며, 더구나 폭력에 있어서는 옛 고향의 누구도 그녀에게 따귀 한 차례 올려붙인 기억을 가지고 있지 않았다.

어떤 사람의 의식을 일생 지배한다는 점에서 공포도 이데올로기일 수가 있다면 당편이가 그 시대를 지나며 얻은 이데올로기는 폭력에 대한 공포일 것이다. 더 있다면 모여 떠드는 군중을 볼 때마다 거의 본능적으로 그녀가 드러내던 불길한 예감 정도일까. 어쨌든, 그렇게 국군의 수복(收復)과 함께 '인민의 딸, 참된 무산자'는 죽고 그녀는 다시 우리의 당편이로 돌아왔다.

유전(流轉)

전쟁은 이 땅과 사람들 모두를 가열(苛烈)하게 휩쓸고 지나갔
다. 그러나 우리 당편이에게도 그런 전쟁이 원래 의미대로 의식되
었는지는 분명하지 않다. 고향 근처에서는 이렇다 할 전투가 없었
는 데다 들어오고 밀려간 것도 쌍방 모두 척후 부대에 가까운 선
발대의 한 갈래에 지나지 않았다. 따라서 엉뚱하고 불행한 사고
와도 같은 선동부장 소동을 빼면 그녀가 전쟁을 실감할 만한 일
은 별로 없었다.
　그렇지만 그 전쟁이 우리에게 남긴 상처는 당편이의 삶에도 커
다란 영향을 미쳤다. 그것은 무엇보다도 소속 없이 틈새를 메우는
기능만으로도 함께 어울려 살아갈 수 있었던 공동체의 해체에서
비롯되었다. 그 공동체는 크게는 기능적으로 미분화된 우리 옛 고

향이었고, 작게는 녹동댁으로 나타나 있었는데 전쟁은 마침내 그 녹동댁마저 껍질만 남겨놓았다.

녹동댁 살림이 이미 전쟁이 일어나기 전에 거덜났다는 얘기는 한 바 있다. 그런데 다시 전쟁과 그 원인된 어쭙잖은 이데올로기가 사람까지 흩어 버렸다. 개전 초기 그토록 대단한 자리에 앉았다는 소문이 돌던 녹동댁 외아들은 그해 가을 초라하게 쫓겨가는 인민군들 틈에 끼여 북쪽으로 사라졌다. 서울에 버려진 작은댁도 자신이 낳은 삼 남매와 함께 어디론가 숨어 버렸다. 본처가 낳은 중학생 아들만 먼 친척집에 맡겨져 눈칫밥을 먹다가 전쟁 이듬해 겨울에야 거지꼴을 하고 고향집으로 돌아왔는데 그때는 고향집에도 닭실댁과 당편이 둘밖에 남아 있지 않았다.

녹동댁 건동이가 서른에 가까운 나이로 뒤늦게 군대에 끌려간 것은 전해 추수가 미처 끝나기도 전이었다. 전선으로 떠나는 남편에게 만삭의 몸으로 울고불고 매달리던 을순이도 그로부터 한달 만에 난산(難産)으로 죽었다. 무너져 내리는 녹동댁을 떠받들고 있던 그들 젊은 내외가 그렇게 어이없이 떠나 버리고, 이어 그 집 형편을 살핀 칠보네까지 드난살이를 그만두자 남은 것은 갈 데 없는 당편이뿐이었다.

여러 해 손을 보지 못해 퇴락할 대로 퇴락한 육십간 고가와 갑작스레 닥쳐온 참담한 몰락에 말할 기력조차 잃은 닭실댁 모자, 그리고 경찰 선봉대에게 당한 일로 한동안 얼이 빠진 듯 말이 없던 당편이가 어울려 빚어내는 묘한 음울과 적막 속에 한 겨울이 지나갔다. 곧 토지개혁이 있었고, 그것이 다시 녹동댁에 마지막 타격이 되었다.

땅이 줄어든 것보다 모두 제 땅을 가지게 되는 바람에 일손이 귀해지고 좋은 소작인을 구하기 어려워진 것이 녹동댁을 더욱 군색하게 만들었다. 집안 사람들이 봐준다고 봐주었으나 토지개혁을 넘기고 남은 논밭은 태반이 묵고, 그해 수확은 닭실댁 모자와 당편이 세 식구가 먹기에도 모자랐다. 간간이 적막을 깨는 닭실댁의 한숨소리 속에 다시 한겨울이 지나갔다.

녹동댁이 그래도 아직은 살아 있다는 움직임을 내비친 것은 그 이듬해 봄이었다. 전선은 삼팔선 부근을 지리하게 오르내리고 있었지만 결국은 어느 쪽도 완전히 이기기는 어려운 전쟁이란 것을 사람들이 조금씩 실감하기 시작한 때였는데, 닭실댁이 홀연히 깨어난 듯 바깥 나들이를 시작했다. 그녀가 먼저 한 일은 마지막 문전옥답이랄 수도 있는 마뜰[麻坪]의 논 다섯 마지기를 헐값에 내놓은 것이었다. 그리고 그 땅이 팔리자 아들과 함께 뒤도 돌아보지 않고 서울로 올라갔다.

"세상이 이대로 망하는 게 아니라면 사람은 배워야 한다."

당편이에게는 수수께끼와도 같은 그 한마디를 남기고 서울로 올라간 그녀는 아들을 다시 중학교에 넣고 방까지 마련해 준 뒤 고향으로 내려왔다. 그리고 사람이 달라진 듯 억척 닭실댁으로 변하여 골짝골짝 흩어져 있는 위토 여남은 마지기와 선산 발치에 남은 비탈밭 몇천 평에 매달렸다. 가문과 자신의 삶을 유지하면서 외아들의 학비를 대기 위해서였다.

닭실댁이 변하면서 당편이의 삶도 변했다. 예전 여러 사람이 하던 기능을 닭실댁이 혼자 떠맡음으로써 당편이가 메워야 할 틈새는 없어졌다. 대신 그녀에게도 모자라면 모자라는 대로 독립된 기능들이 요구되었다. 닭실댁이 들에 나가 있을 때는 죽이 되든 밥이 되든 그녀 혼자서 부엌일을 처음부터 끝까지 다 맡아야 했고, 함께 들에 나가게 되면 능률이야 여느 일꾼의 절반이 되든 그 절반의 반이 되든 들일 그 자체를 함께 해야 했다.

기능의 변화와 함께 노동 시간과 노동량도 변했다. 그 이전 당편이의 일은 요구받은 것이든 스스로 찾아서 하는 것이든 모두 다른 일에 부수적인 것이거나 그 보완이었다. 따라서 어떤 경우에도 원래의 일보다 오랜 시간 힘들여 해야 하는 법은 없었다. 하지만 이제는 모두가 떠나 버린 빈자리를 홀로 채워야 하다 보니 할일은 언제나 밀려 있었고 한번 시작하면 날이 어둡거나 몸이 지쳐 더 일할 수 없는 지경이 되어서야 끝이 났다.

활동 범위도 달라졌다. 난데없는 여맹 선동부장으로서의 그 예외적인 나들이를 빼면 전쟁 동안에도 당편이의 삶은 거의 모두가 녹동댁 담 안에서 이루어지고 있었다. 그런데 이제는 집 안팎을 가리지 못할 처지가 되고 말았다. 들에 할일이 있으면 들로 나가야 하고 장터에 볼일이 있으면 장터로 가야 했으며, 물을 긷기 위해 개울로 내려가야 하고 드물게는 비척거리며 땔감을 구하러 산에 올라야 할 때도 있었다.

그 모든 변화는 결국 전쟁 전만 해도 그런 대로 여유 있고 평온하던 당편이의 일상을 바쁘고 고달픈 노동의 나날로 바꿔 버렸을 뿐만 아니라 녹동댁 담으로 보호되어 왔던 그녀의 삶을 벌거숭이로 고향 거리에 내몬 셈이었다. 어릴 적보다는 다소 나아졌다고는 해도 뒤틀린 그녀의 몸으로 어떤 기능을 온전히 수행한다는 것은 여전히 무리였다. 그녀가 해 놓은 일은 아무리 애쓰고 힘들인 것이라도 성한 사람들이 보기에는 기껏해야 반타작이었고, 대개는 흉내만 낸 웃음거리가 될 뿐이었다. 거기다가 집 밖에서 하는 일이 많아지자 그때껏 녹동댁 담 안 사람들을 통해 전문(傳聞)으로만 들어온 당편이의 온전치 못한 몸과 마음은 이제 모든 고향 사람들에게 바로 드러나게 되었다.

그 무렵 고향에는 '몇대 어떠어떠함' 하는 식의 우스갯소리가 유행했는데 그중에 '구대(九大) 하나마나'란 게 있다. 고향에서 일어난 일 중에 애써 했지만 결국은 헛일이 되고 만 아홉 가지 사례였다. 이를테면, 낯색이 검은 데다 주근깨까지 덮어쓴 갑득이는 '갑득이 세수 하나마나'가 되고 아들 없이 딸만 내리 일곱을 낳은 인량댁(仁良宅)은 '인량댁 아(아이) 놓으나마나'가 되며, 중학교를 나오고도 한글조차 읽고 쓰지 못하는 산간수(山看守) 아들 또곰[再

熊]이는 '또곰이 학교 하나마나'가 된다.

그 아홉 중의 하나가 '당편이 물 이고 오나마나'였다. 그녀의 불완전한 노동을 우스갯거리로 삼은 것인데, 실제 그녀가 물을 긷게 되면 그 요란한 걸음걸이 때문에 개울에서 처음부터 반만 채운 물동이도 부엌에 이르러 물독에 비울 때 보면 남은 게 별로 없었다.

또 '팔대(八大) 할 듯 말 듯'이란 게 있었다. 남이 보기에는 그 일을 아주 잘할 것 같은데도 실제로는 전혀 하지 못하는 사람을 빈정거리는 여덟 가지 사례로, 일제 때 백순사(白巡査: 순사 앞잡이 혹은 경찰 보조)를 오래 해 일본말을 잘할 것 같으면서도 실제로는 일본말을 전혀 못하는 사람은 '영천이 일본말 할 듯 말 듯'이 되고 실속 없이 양풍(洋風) 좋아해 번쩍거리는 자전거까지는 샀지만 끝내 타는 법을 배우지 못한 사람은 '한들[大坪] 아재 자전거 탈 듯 말 듯'이 된다.

그 여덟 중에도 '당편이 조밭 맬 듯 말 듯'이 들어 있었는데, 역시 그녀의 불완전한 노동과 관련이 있다. 어느 날 함께 조밭을 매러 갔던 닭실댁이 무슨 일인가로 당편이만 남겨두고 잠시 밭이랑을 떠났다가 돌아와 보니 당편이는 잡초와 작물을 구별할 지력(智力)이 모자란 것인지 시력에 이상이 있는지 가라지 풀만 남겨놓고 오히려 조 포기를 뽑아내고 있었다.

그 뒤 당편이가 고향 사람 모두에게 구체적이고도 익숙한 존재가 되면서는 그녀를 소재로 하는 노래도 생겨났다. 당시 흔히 부르던 지역 잡가(雜歌)의 곡에 가사만 바꾼 것으로, 이런 노래가 있다.

> 아리랑 당편이가 보리쌀을 삶다가
> 속곳에 불이 붙어 산불이 났네.
> 산불이 났으면 적게나 났나
> 공알봉 깊은 숲이 민둥산이 됐네.

또 이런 노래도 있었다.

> 라따라따라 라따라따라 논두렁에서
> 둔들빼기(언덕 마을) 당편이가 오줌을 누니
> 미꾸라지 깜짝 놀라 모래 쑤시며
> 오늘의 소나기는 왜 이래 뜨겁노
> 옆에 있던 두꺼비 씨 기가 막혀서
> 하늘만 쳐다보고 한숨만 쉬네.

이제 노래의 가사는 당편이의 또다른 기호, 곧 우스갯거리로 삼아도 좋을 만큼 제 효용을 발휘하지 못하는 그녀의 성(性)으로 옮겨가고 있지만 그 발상은 여전히 온전치 못한 생산적 기능에서 비롯되고 있다. 밥을 짓기는 해도 불조차 제대로 떼지 못하고, 들일을 나가서도 여느 아낙처럼 가려야 할 곳 하나 제대로 가리지 못함을 드러내고 있기 때문이다.

만약 당편이가 새롭게 요구된 기능을 비슷하게라도 수행하기 위해 바쳐야 했던 노력이나 정성을 고통으로만 파악한다면 그같이 변한 그녀의 처지를 전락이라고 말할 수도 있을 것이다. 하지만 고통은 의식이며 그것도 주관적인 의식이다. 당편이가 스스로 괴로워하지 않았다면 그 변화는 결코 전락일 수가 없다. 그런데 그때의 당편이를 본 사람들에 따르면 새로운 요구에 적응해 가는 그녀에게서 어떤 고통의 표정도 볼 수 없었다고 한다.

또 고향 사람들이 당편이의 온전치 못함을 놀리고 즐겨 우스갯거리로 삼는 것을 악의로만 해석한다면, 그전 녹동댁 담 안에서 살 때에 비해 보다 광범위한 악의 앞에 노출되었다는 뜻에서 전쟁 뒤 그녀가 맞게 된 삶의 새로운 국면은 이전보다 한 단계 전락했다고 볼 수도 있다. 그러나 놀림이나 빈정거림이 악의에서만 나오는 것은 아니며, 가학(加虐)이나 부정(否定)의 의지가 없는 악의는 진정한 악의가 아니다.

그전에도 그후로도 고향 사람들은 당편이를 놀리고 비웃었지만 누구도 학대하거나 그 존재를 지워버리려 들지는 않았다. 따라서 그 변화도 진정한 전락이기보다는 그녀에게 맡겨진 사회적 기능의 변화로 이해하는 편이 온당할 듯하다.

그렇다면 그때 변화된 당편이의 기능은 무엇이었을까. 겉으로 보기에는 전쟁이 가져온 환경의 변화가 전과 다른 기능을 그녀에게 부여한 듯도 하지만 차분히 돌이켜 보면 꼭 그렇지만도 않다. 오히려 진작부터 해 왔으되 그녀 자신은 물론 다른 사람들도 잘 느끼지 못했을 만큼 희미하던 것이 뚜렷해졌거나 작은 것이 보다 크게 확대되었다는 편이 옳다.

아직 병환이 깊지 않아 기동이 자유롭던 시절 녹동 어른은 집 안을 휘젓듯 철퍼덕거리며 돌아다니는 당편이를 걸음까지 멈추고 흐뭇이 바라보다가 누구에게랄 것도 없이 말하곤 했다.

"허엇 그거 참. 저년이 저래 지딱거리며(흥이 나서, 혹은 거들먹거리며) 댕기는 걸 보면 집안이 다 훗훗(훈훈)해진다 카이."

그러면 듣는 사람도 그 말뜻을 바로 알지는 못하지만 비슷한 느낌에 빠져들었다고 한다. 그중에서도 곽산이네 같은 여자는 녹동 어른이 말하는 훈훈함의 참뜻까지 이해한 것 같다.

"글케 말이라. 그거 참 이상하제. 저거 옆에 있으믄 뭐신가 성가시고 귀찮은 일이 생기지만, 그게 꼭 싫지는 않다꼬. 엎어질라카믄 뿌뜰어조야 되고, 지 손 안 다으믄 내가 대신 내라(내려)조야 되고, 머라 카다(야단치다)가도 거다(거두어) 멕이야 되고……. 그런데 말이라 짜증 나도 그래놓고 나믄 나도 뭐신가 세상에 난 값을 한 기분이라 카이. 억시기 대단치는 않아도 좋은 일 한 거 같고. 공덕이 따로 있나, 나도 이래이래 하다 보믄 쪼매는(조그마한) 공덕은 쌓아내지 않을라 싶고……. 그래다 보믄 마음까지 지절로 훗훗해진다 카이."

언젠가 그녀는 녹동 어른의 말을 받아 그렇게 속을 털어놓은 적이 있었다. 그들이 말하는 훈훈함은 아마도 무언가 남에게 베풀고 있을 때, 적어도 나 아닌 것을 위해 일할 때 느끼는 즐거움과 만족감의 딴 이름일 것이다. 그런데 이제 그녀가 녹동댁 울타리를 벗어남으로써 그 죄없는 허영심은 고향 사람 모두가 즐길 수 있는 것이 되었다.

그다음으로 뚜렷해지고 확대된 당편이의 기능도 일찍이 녹동댁에서 을순이를 통해 드러난 바 있다.

"나는 말이래요, 당편이가 오고 세상이 새로 비는 거 같니더. 아지매도 알드키로 참말로 한도 많고 설움도 많은 내(저) 아이랬(아니었)니껴? 아베 어매 일찍 죽어 얼굴도 가물가물하고 기억나는 거는 하마 녹동댁 부엌바닥부터라. 주인이 모질지 않다 캐도 딴 아아들 소학교 갈 나이에 남의집살이를 시작한 이런 년의 팔자가 세상에 또 있을까 싶고…… 어떨 때는 이렇게 살아 무슨 영광 보겠노 싶은 게, 칼이라도 물고 엎어졌뿌까, 하는 맘까지 들더라꼬요. 그런데 당편이 오고 저게 허우적거리며 사는 꼴을 보이 실실 생각이 달라지디더. 하이고, 저런 것도 사는데…… 카다가 퍼뜩 니는 얼마나 다행이로, 싶고. 저래도 다 사는 거라, 카다가 또 퍼뜩 니는 지대로(제대로) 살아야 된데이, 카는 다짐이 나더라꼬요. 그거 하나 가주고도 당편이 저 지지바(기집애)가 내한테는 얼매나 유관스러븐동(소중한지)…… 그래서 요새는 어지간히 허파를 뒤배도(뒤집어도) 후지박지(윽박지르지) 않더, 왜."

당편이가 온 그 이듬핸가 을순이는 칠보네에게 그렇게 실토한 적이 있었다. 소박하게 표현되어 있지만, 당편이가 평범한 우리들에게는 자아인식 내지 자기정화의 계기로도 기능함을 잘 드러내고 있다.

한줌도 안 되지만 정채(精彩)와 영화(榮華)를 타고난 존재들, 우리보다 잘나고 날래고 똑똑하여 운명의 편애를 받는 이들은 또한 얼마나 자주 우리를 절망에 빠지게 하고 속절없는 열패감(劣敗感)이나 천박한 시기로 스스로를 쥐어뜯게 하는가. 그런 그들에 비해 우리보다 못나고 더디고 모자라는 이들은 존재 그 자체가 큰 위로이다. 그들로 하여 우리는 안도 속에 자신의 삶을 돌아볼 수 있고 성실과 경건의 결의까지도 다질 수 있게 된다. 유식한 말로 하위모방(下位模倣)이나 아이러니 양식이란 것의 효용도 이에 다름 없을 것인데, 당편이는 옛 고향 사람들에게 바로 그 살아 움직이는 효용이 아니었는지.

지나치게 친절하고 세밀한 설명이 될는지 모르지만 마지막으로 그 무렵의 당편이에게서 하나 더 살펴보고 싶은 것은 문화, 특히 소비 대상으로서의 문화와 관련된 기능이다. 그녀가 녹동댁 당편이에서 벗어나 고향 사람 모두의 당편이가 된 것은 비닐 하우스나 특용 작물도 모르고 축산이란 아직도 먼 나라 이야기였던 시절의 일이었다.

뒷날처럼 이렇다 할 농가 부업도 개발된 게 없고 그렇다고 달리 여가를 즐길 시설이나 제도를 가지지도 못한 그때의 고향 사람들에게는 기나긴 겨울은 말할 것도 없고, 비오고 바람 부는 날까지 모두가 대책 없는 휴일일 수밖에 없었다. 거기다가 전쟁으로 기력을 소모하고도 계속된 긴장을 강요받았던 우리 사회는 그런 휴일을 줄일 부업이나 소비하기 마땅한 문화를 고향 산골까지 내려보내는 데 휴전이 있고도 꼬박 십 년이 걸렸다. 60년대도 중반이 가까워서야 새로 도입된 영농법과 축산을 비롯한 요란스런 부업들로 농한기란 말이 의미를 잃어가고, 전기를 동력으로 하는 대중매체들이 비로소 여가를 소비할 문화를 고향 안방까지 날려보내기 시작했던 까닭이다.

따라서 그전의 고향 사람들에게는 말이 손쉽게 즐기고 소비할 유일한 문화였고 그것도 자신들이 공급과 소비를 겸했다. 그때 당편이는 그런 문화를 생산하는 데 요긴한 재료가 되었던 것은 아닐까. 뒷날의 텔레비전 코미디 프로그램이나 개그 프로그램처럼 잘 짜여지고 정교한 것은 못 되지만 생생하고 가까운 테마였다는 점에서 결코 뒤지지 않는 재미를 그녀의 고단한 삶을 통해 고향 사람들에게 선사하고 있었던 것은 아닐까.

시체말로 '당편이 시리즈'를 엮어도 두터운 책이 될 만큼 당편이를 소재로 한 수많은 얘기들이 고향 거리를 떠돌다 사라지고 더 많은 노래가 당편이를 소재로 지어졌다 잊혀지는 사이에도 세월은 쉼없이 흘렀다. 전쟁이 끝나고 그 후유증에서도 벗어난 세상은 전에 없던 몸부림으로 변화를 시작했다. 4·19가 터지고 뒤이어 5·16이 일어났다. '재건'이란 말로 시작된 변화의 구호는 '공업화', '선진화', '산업화'로 바뀌어가면서 세상의 몸부림을 고향 산골에도 전했다.

고향도 한편으로는 '새마을'과 '영농 근대화'를 외치면서, 다른 한편으로는 탈농과 이농으로 세상의 변화에 맞장구를 쳤다. 그 때문에 많은 것이 사라지고 그 자리를 새로운 것들이 메꾸었으며, 어떤 것은 스스로 변함으로써 살아남았다. 애절한 별사(別辭)조차 바칠 틈 없이 사라지고 변해 간 그 모든 것들…….

부락공동체의 구조도 바뀌어, 고향 맨 바깥을 둘러싸고 있던 동심원 하나가 줄어들었다. 백정은 진작에 푸줏간을 차려 장터 거리로 들어와 앉고, 소록도며 몇 군데 대규모 나환자촌이 문둥이 움막을 걷어냈다. 그리고 마지막까지 남아 있던 거지 일가족은 고향을 떠나 도시 빈민에 편입됐다. 곧 고향이란 양파의 겉껍질이 한 겹 벗겨진 셈이며, 당편이 바깥쪽에 있던 보호막 하나가 없어진 셈이었다.

하지만 당편이가 몸담고 있는 녹동댁만은 그 모든 변화로부터 비껴앉아 있었다. 그사이 중년으로 접어든 닭실댁은 옛 얘기 속의

고집 센 여성주(女城主)처럼 대문에 굳게 빗장을 걸고 어떤 새로움
도 받아들이지 않았다.

　서울에서 공부를 하는 닭실댁 외아들은 홀어머니의 기대에 어
긋나지 않게 좋은 고등학교를 거쳐 일류 대학까지 마쳤다. 그러나
월북한 아버지 때문에 공무원이나 좋은 기업에는 취직을 할 수 없
게 되자 다시 대학원으로 진학해 기약 없는 학자의 길로 들어섰
다. 장학금을 받는다, 영수(英數) 학관에 강사로 나간다 하며 스스
로 학비를 해결하려 애썼지만 때는 아직 그게 가능할 만큼 사회
가 넉넉하지 못하던 시절이었다. 닭실댁은 여전히 억척스런 농사
로 아들의 학비를 보태야 했는데, 어쩌면 그 골몰함이 그녀를 세
상의 변화와는 무관한 상태에 머물게 했는지도 모른다.

　그런 닭실댁이 홀로 걸머지고 있는 녹동댁에 삶을 의탁한 당편
이도 절로 세상의 변화와 멀어졌다. 외아들의 뒷바라지에 모든 삶
을 건 듯한 안주인에게 불편하지만 떼어놓고 다닐 수는 없는 꼬리
처럼 따라다니다 보니 다른 사람들과 어울릴 기회는 갈수록 줄어
들 수밖에 없었다. 그리하여 60년대 중반으로 접어들면서 그녀의
동선(動線)은 녹동댁의 다락논 뙈기밭과 금방이라도 허물어질 듯
한 고가를 잇는 금 안으로 오히려 축소되어 버렸다.

　당편이에 대한 고향 사람들의 관심도 전만 같지 않았다. 군사
정부의 장려로 집집마다 설치된 앰프가 새벽부터 새마을 노래와
최신 유행가로 사람들의 얼을 빼놓았고, 밤이 되면 〈현해탄은 말

이 없다〉나 〈별아 내 가슴에〉 같은 라디오 연속극과 장소팔(張笑八) 신불출(申不出)의 만담이 안방의 대화를 대신했다. 실속 없이 껍질만 크고 번들거리는 라디오를 무슨 자랑스런 가구처럼 들이는 집들도 늘어났다.

거기다가 오랜 반복이 혹독한 단련을 대신해 당편이가 이제는 제법 집안에서도 들에서도 다른 사람 비슷하게 일하는 흉내를 낼 수 있게 된 것도 그녀에 대한 얘깃거리를 줄였다. 기우뚱, 철퍼덕, 하는 걸음걸이나 괴이쩍은 느낌을 주는 용모는 여전했지만 그 또한 고향 모두에게 이미 익숙해진 터라 새삼 주의를 끌지 못했다. 그 바람에 그녀는 잠시 고향 거리에서 잊혀진 사람처럼 되어갔다.

그런데 당편이가 그런 60년대 초반 어느 핸가 다시 한번 언덕 위 고가(古家)들을 중심으로 한 문중마을에서 사람들의 화제가 된 적이 있었다. 여자 구실을 할 가망이 별로 없는 노처녀로 서른을 훌쩍 넘긴 그녀의 심중에도 무슨 울화 같은 것이 있었을까. 그해 세밑, 전에 없이 까닭 모를 심통을 부리다가 한 며칠 온몸을 펄펄 끓으며 앓고 난 뒤였다. 자리를 털고 일어난 그녀가 집안 새댁네나 타성(他姓) 젊은 아낙들에게 엉뚱한 소리를 해대기 시작했다. 마을 골목길이나 개울가 같은 데서 마주치게 되면 한동안 그녀들의 배를 멀거니 쳐다보다가 누구에게랄 것도 없이 중얼거렸다.

"어이구, 저 알라(아기) 봐래이. 꼬물꼬물한다."

처음 그런 말을 들은 여자들은 별로 대수롭지 않게 여겼다. 자신들의 부른 배를 보고 당편이가 그냥 해 보는 소리로만 안 까닭이었다. 그런데 이제 겨우 임신한 지 두 달이나 석 달밖에 되지 않아 겉으로는 전혀 알아볼 수 없고, 자신들도 긴가민가하고 있는 사람들에게까지 그런 소리를 하자 달리 듣게 되었다. 그중에 마흔을 넘긴 타성 아낙 하나가 핀잔처럼 되물었다.

"이기 희왕하게(허황되게)…… 내 나(나이)가 얼맨데. 여 알라가 어딨노?"

"고다 배꾸무(배구멍) 밑에, 요래(요렇게), 쪼그리고 앉았네. 손이 똑 쥐 발 같다."

그런데 그녀가 임신한 게 사실임이 판명되자 마을에는 작은 소동이 일어났다.

"당편이 그거 점(占) 든 거 아이라? 설 전에 며칠 앓아 누웠다 카디……."

"그런동(지)도 모리제. 거 점쟁이 중에는 봉사나 앉은뱅이 같은 빙신이가 많잖나? 몸이 성찮으믄 도로새(도리어) 그런 쪽이 밝아진다 카드라꼬……."

"굼뱅이 굼불 재주한다 카디. 그래믄 당편이도 인제 점쟁이 된 거라?"

아낙들이 그런 기대를 가지고 당편이에게 몰려갔으나 그것은 또 영 아니었다. 한나절 기대를 가지고 이것저것 물어봐도 용한 점은커녕 간단한 실물(失物) 수조차 알아맞히지 못했다. 다만 임신에만은 사람들의 짐작보다 더 밝아 뱃속에 든 것이 아들인지 딸인지까지 구별하는 듯했다.

당편이의 그 별난 재주에 대해 주로 언덕 위 마을 아낙들 간에 여러 가지 말들이 오고갔다. 그러나 다분히 신기하고 감탄스러운 일이기는 해도 결국은 별로 쓸모없는 것이라는 점에서 그 이상 요란스런 얘깃거리는 되지 않았다. 비록 우리에겐 닫혀 버린 어떤 신비한 인지(認知)의 통로를 거친 것이지만, 그 내용이 복채(卜債)를 내고 사야 할 만큼 우리 삶에 요긴한 정보가 되지 못한다는 것 때문인 듯싶다. 그때만 해도 아이를 배고 낳는다는 일은 무얼 미리 좀 안다고 해서 사람이 함부로 관여하는 일이 아니었다.

그런데 지금보다 몇 배나 강했던 남아선호의 관념이 먼저 일을 냈다. 위로 딸만 넷이나 내리 낳은 산판 인부의 젊은 아낙 하나가 어디선가 당편이의 그 별난 재주를 귀동냥한 게 탈이었다. 그녀는 일삼아 마을 개울가에서 기다리다가 빨래하러 나온 당편이에게 자신의 부른 배를 보이며 물었다.

"니 함 잘 딜따보래이. 아들이가? 딸이가?"

그러자 당편이가 가만히 그녀의 배를 들여다본 뒤에 말했다.

"꼬치(고추)는 아, 안 보이네. 도끼로 콱 찍어놓은 자죽(자국) 같은 거만 어른어른카는 거 보이(보니)따, 딸인갑다."

그 말을 들은 산판 인부의 아낙은 몇 번 되풀이 확인을 한 뒤에 마치 넋나간 사람 같은 얼굴로 돌아갔다. 그리고 다시 여기저기 수소문해 마침 고향 마을에서 성업중이던 군 의무대 하사관 출신의 돌팔이 의사에게 낙태 수술을 받았는데 그게 잘못되고 말았다. 수술을 받고 집으로 돌아온 지 한 시간도 안 돼 피를 한 말이나 쏟고 죽어 버린 일이 그랬다.

딸만 넷이나 낳아도 그들 부부의 금실은 좋았던지 아내의 돌연한 죽음을 만난 산판 인부의 슬픔은 대단한 것이었다. 털북숭이에 검둥 두억시니같이 흉악한 얼굴을 눈물로 칠갑하고 동네를 돌아다니며 아내가 죽은 원인을 캐다가 그걸 대강 알아내자 슬픔을 분노로 바꾸었다. 날 넓은 벌채용 도끼에 시퍼렇게 날을 세워 먼저 돌팔이 의사네 집부터 박살내고 다시 녹동댁을 찾아들었다.

마침 닭실댁은 들에 나가고 집안에는 당편이 혼자뿐이었다. 저녁에 쓸 열무를 다듬고 있는데 찾아든 그 산판 인부는 도끼로 부엌채 기둥을 쾅쾅 내리찍으면서 소리 질렀다.

"야, 이 지지바(계집애)야, 꼭 말대가리 덮어쓴 잔내비(원숭이) 같은 게 니가 멀 안다꼬, 아무따나 씨부리(주절대)가지고…… 남우 생떼 같은 마누라를 돌팔이한테 보내……."

그러다가 제 분을 못 이겨 도끼로 당편이를 겨누기까지 했다.

"니 참말로 봤나? 그 얼어죽은 소 눈까리 같은 눈에 참말로 아들인동 딸인동 비다나? 뭐시라? 도끼로 콱 찍어논 자죽 같다꼬? 안죽 눈코도 지대로 안 생긴 알라 보지가 글케 큰 거 니 어디서 봤노? 빙신이 꼴값한다꼬, 으이그, 이 빙신이. 내 참말로 빙신이 죽이고 살인 물 수 없어 글체, 아이라믄 이걸 고마 콰악……."

당편이로서는 전쟁 때 있었던 선동부장 소동 이래 처음 당하는 끔찍한 수난이었다. 그 충격이 컸던지 그 뒤 그녀는 여자들의 부른 배를 보아도 말하기를 꺼려했다. 꼭 알고 싶은 사람이 있어 캐물으면 마지못해 고개를 끄덕이거나 내저을 뿐이었고, 어쩌다 입을 열게 되어도 뱃속에 든 것이 아들인지 딸인지를 밝히는 법은 결코 없었다. 그러다가 또다시 한 차례 수난을 겪은 뒤에 그나마 알은체도 하지 않게 되는 날이 왔다.

산판 인부의 아낙이 죽은 그 이듬해 봄에 있었던 일이었다. 갈수록 장터거리를 싫어하게 된 닭실댁은 채마밭에 뿌릴 상추와 쑥갓 씨앗을 당편이에게 사오게 했다. 그러나 돈을 가지고 가서 물건을 사오는 일이라 셈을 잘 못하는 당편이가 영 미덥지 못했다. 마침 장에 나가는 집안 새댁네가 있어 그녀에게 딸려 보냈는데, 그 장터 길에서 다시 일이 벌어졌다. 저만치 장 마당이 보이는 곳에 이르렀을 때 당편이가 혼자말처럼 중얼거렸다.

"거 참, 이상타아…… 아(아이)가 아를 배가주고(배어 가지고)……."

당편이의 별난 재주를 잘 아는 그 새댁네는 얼른 당편이가 눈길을 보내는 곳을 살펴보았다. 멀지 않은 곳에 화사하게 차려입은 면장댁 셋째 딸이 지나가고 있었다. 그 전해 여고를 졸업한 뒤 집에서 놀고 있었는데 인물이 예뻐 마을 총각들이 저마다 가슴 설

레하고 있었다. 아직 젊어 호기심 많은 그 새댁네가 얼른 당편이의 말꼬리를 잡고 늘어졌다.

"엉이? 머라 캤노? 글타 카믄 면장 딸 뱃속에 알라가 있단 말가?"

"응. 조, 조막(주먹)만 하기는 해도……."

당편이가 그러다가 무슨 악몽을 떠올렸는지 문득 몸까지 부르르 떨며 고개를 저었다.

"아, 아이다. 암것도 없다. 안죽(아직) 지도 안데(아인데) 무슨 알라를…… 나는 알라 안 봤다."

하지만 때는 이미 늦었다. 호기심이 발동할 대로 발동한 그 새댁네는 캐묻고 캐물어 끝내는 당편이의 입으로부터 면장 딸이 임신했다는 말을 끌어냈다.

특별히 입이 싸거나 심보가 뒤틀린 새댁네는 아니었지만 일이 그렇게 되고 보니 그냥 넘어갈 수 없었다. 그로부터 오래잖아 면장댁 셋째 딸이 임신했다는 난데없는 소문이 고향 거리에 파다하게 퍼졌다. 이제 겨우 나이 스물인 미혼의 처녀가 임신했다는 사실은 그때만 해도 괴변에 가까웠고 당사자에게는 사형 선고나 마찬가지였다.

딸이 신세를 망치게 되자 거세기로 이름난 면장댁이 가만히 보고 있지 않았다. 그녀는 먼저 딸을 다그쳐 실토를 받아냈다. 딸을 임신시킨 것은 얼굴이 해말쑥한 중학교 국어 선생이었는데, 고약하게도 이미 결혼한 몸이었다.

면장댁은 딸을 가까운 도시로 보내 낙태 수술부터 받게 하고 한편으로는 중학교 국어 선생을 가만히 불러냈다. 그리고 온갖 협박과 회유로 다시는 딸을 만나지 않을 뿐만 아니라 그런 일 자체를 없었던 것으로 하겠다는 다짐을 받아냈다.

그렇게 뒤를 깨끗이 한 면장댁은 드디어 소문의 진원지를 찾아나섰다. 그녀와 남의 말 하기 즐겨하는 장터 아낙들 사이에 몇 차례의 무자비한 전투가 치러진 끝에 소문의 진원지가 드러났다. 이제 그녀가 할 일은 그 진원지를 초토화시켜 소문이 전혀 근거 없음을 사람들에게 공공연하게 밝히고 딸을 억울한 모함에서 구해내는 것뿐이었다.

옛 고향에서 헛소문이나 거짓말 또는 망발을 여럿 앞에서 바로잡는 길은 두 가지가 있었다. 하나는 '망발려(妄發戾)'라는 일종의 재산형(財産刑)이고, 다른 하나는 '입째기'라는 동해보복(同害報復) 형식의 체형(體刑)이었다.

망발려는 말을 잘못 한 사람이 크게 잔치를 열어 여러 사람을 대접하며 자신의 잘못을 자복(自服)하고 아울러 잊어주기를 모두에게 비는 의례였다. 그 무렵 대표적인 망발려의 사례로는 개 세 마리를 잡아 잔치를 열고 잘못을 씻어야 했던 문중 아저씨의 망발이 있다.

50년대 후반 어느 해 설날, 문중의 새댁네들이 모두 그 집 대청에 모여 윷을 놀았는데 흥에 겨운 나머지 좀 요란스레 뛰고 춤추며 밤을 새운 적이 있었다. 다음 날 입 걸고 농담 잘하기로 소문난 그 아저씨는 전날 놀이의 광경을 묻는 또래의 친척에게 무심코 평소 말버릇대로 한마디 했다.

"아이구, 우리는 올해 양대 씨 따로 구하지 않아도 될래라. 어젯밤에 모두 얼마나 뛰고 길고 했는지 대청 바닥에 떨어진 양대 씨만 좌(주위) 모아도 한 되는 넘을 게라."

양대는 동부라는 콩과 식물의 고향 말로, 그 열매의 모양과 닮았다 하여 속어로는 여자의 음핵을 가리키기도 한다. 새댁네들이 음핵이 빠질 정도로 뛰고 놀았다는 농담인 셈인데, 문제는 그 새댁네가 모두 집안 할머니뻘이거나 아주머니뻘이고 그중에는 말을 조심하고 조심해도 책잡히기 쉬운 수숙(嫂叔) 간이거나 질부(姪婦), 손부(孫婦)뻘도 있었다는 점이었다. 그 숙항은 그때의 망발려로 개 세 마리를 잡아 잔치 아닌 잔치를 벌이고 사람들의 입을 막았는데 요즘도 어떤 이는 그 실언의 크기에 비해 개 값이 너무 헐했다고 한다.

입째기는 대개 거짓말이나 헛소문을 퍼뜨려 남에게 피해를 입힐 경우 그 피해 당사자에 의해 집행되는 공공연한 복수형(復讐刑)으로, 특히 가해자가 잘못을 자복(自服)하지 않을 때 여럿 앞에서 강제적으로 행해진다. 피해 당사자의 결백을 믿는 사람들이 힘으로 가해자를 제압해 주면 피해 당사자가 그 몸에 올라타고 손가락으로 입을 찢어 버리는 형식이다. 입이란 게 원래 가로로는 잘 틀어지게 되어 있는지 따로 칼 같은 걸 쓰지 않아도 쉽게 입가가 찢기는데, 고약한 것은 그 벌을 받은 다음이다. 상처는 곧 아물지만 허옇게 흉터가 남아서 오래오래 그 입 임자의 잘못이나 실수를 세상에 증언하기 때문이다.

그때 면장댁이 선택한 것은 입째기였다. 망발려는 자복을 받기 어려울 뿐만 아니라 당편이에게 크게 잔치를 열 능력이 없어 공시(公示)의 효과도 떨어지기 때문이었던 것 같다. 치밀하게 딸의 추문을 마무리짓고 아무것도 모르는 공의(公醫)에게서 딸이 임신하지 않았다는 진단서까지 뗀 면장댁은 되도록 많은 증인을 모은 뒤 녹동댁으로 쳐들어갔다. 그리고 여럿 앞에서 공의의 진단서를 펼쳐보여 딸의 결백을 공인받은 다음 변변히 저항조차 못하는 당편이에게 올라타 손가락으로 입을 틀어 버렸다.

아마도 그날 당편이는 그 자리에서는 영문도 잘 모르는 채 그 수난을 당했을 것이다. 하지만 오래잖아 자신이 왜 그런 험한 꼴을 당했는지 알아차린 듯 그후로는 두 번 다시 남의 임신에 대해서 입을 열지 않았다. 뿐만 아니라 그로부터 한동안은 수복 직후의 겨울처럼 녹동댁 울타리 밖을 나서려 하지 않았다. 닭실댁 혼자 종종걸음을 치며 들로 산으로 뛰어다녀도 음울하고 굼뜬 벙어리가 되어 한사코 집안만을 맴돌 뿐이었다.

그러다가 다시 집 밖을 나다니게 되어서도 꽤 오랜 기간 되도록이면 사람을 피했다. 무차별적 인간 불신 내지 경원이었다는 점에서는 전혀 새로운 행태였다. 어쩌면 그것은 면장댁이 그녀의 의식에 깊이 새겨넣은 고통과 공포의 기억 탓이라기보다는 자신의 억울함을 잘 알면서도 구해 주지 않은 고향 사람 전체에 대한 항의였는지도 모른다.

그 뒤 적막과 같은 세월이 몇 년인가 흘러갔다. 그동안 당편이는 흰머리가 늘어갈수록 완고하고 말이 없어진 닭실댁과 함께 퇴락해 갈수록 괴괴한 느낌을 주는 녹동댁 고가에 숨어살 듯 고향 거리에 별로 모습을 드러내지 않았다. 산업 사회로의 길을 잡고 힘겨운 변신을 시도하고 있던 세상에 맞춰 변해 가던 고향도 다시 그녀를 잊어 갔다.

그런데 60년대 후반 갑작스레 당편이를 찾아든 삶의 전기가 다시 그녀를 고향 장터거리에 요란하게 등장시켰다. 그사이 어렵게 교수가 되고 결혼도 해 서울에 자리를 잡게 된 닭실댁 외아들이 드디어 홀어미를 서울로 모셔 가면서 생긴 일이었다. 닭실댁은 윗대부터 맡아온 당편이의 삶이라 어떻게든 그녀를 서울로 데려가려 했다. 그러나 이제 겨우 단칸 셋방 신세를 면한 대학 조교수에게 늙은 어머니를 모시고 또 그런 거추장스런 가정부까지 둘 여유가 있을 리 없었다. 여러 날 고심 끝에 닭실댁은 그녀를 가까운 집안 조카가 경영하는 술도가에 부탁하고 내키지 않은 걸음으로 아들을 따라 서울로 떠났다.

한때 비슷하게 번성을 누리던 과수원집이나 방앗간, 제재소와는 달리, 그 무렵만 해도 술도가는 시골 면 소재지에서는 부의 상징이고 실제로 경기도 괜찮았다. 맥주는 아직 도시의 돈장이들과 지방 순시 나온 높은 관리들이 접대받을 때나 마시는 술이고, 40 도나 되던 소주는 한 많고 찌든 술꾼들이나 찾는 독주였다. 거기다가 밀주(密酒)를 담그는 일은 도벌(盜伐)이나 앵속(아편)밀경작(密耕作)에 버금가는 모험일 만큼 단속이 엄해 술도가는 법의 보호를 받아가며 독점을 누리고 있었다.

닭실댁이 하필이면 당편이를 술도가에 맡긴 까닭은 그런 경기와 무관하지 않을 것이다. 경기가 좋은 만큼 할 일도 많고 일하는 사람도 많아, 그녀처럼 불완전한 기능으로도 표나지 않게 끼여 살 수 있다고 본 것인데, 겉보기에는 그랬다. 술도가에는 쌀이든 밀가루든 전분(澱粉)이든 그걸로 고두밥을 쪄대는 부엌 쪽과, 그 고두밥을 받아 반경 삼십 리 안에서 쓰일 막걸리를 빚어내는 발효실(醱酵室) 쪽, 그리고 그 막걸리를 돈으로 바꾸는 일을 맡은 경리 쪽과 주문받은 곳에 배달해 주는 운송 쪽의 일에다 규모가 적지않은 안채 살림까지 있어 일꾼의 머릿수는 좋은 시절의 녹동댁에 못지 않았다.

하지만 일의 속내를 들여다보면 옛날의 녹동댁과는 많이 달랐다. 세무장부란 게 생겨 잡기장 한 권으로 경리를 갈음하던 시절은 지나갔다. 쌀 대신 밀가루나 전분으로 고두밥을 찌는 쪽과 그 고두밥에 누룩뿐만 아니라 이스트와 사카린, 방부제까지 쳐야 하는 발효실 쪽의 전문화도 만만치 않았다. 그러다 보니 운송 쪽도 안채 살림도 절로 뚜렷한 분리가 이루어져 당편이가 메워야 할 애매한 틈새가 없었다. 그녀가 술도가에 편입되는 길은 모자라면 모자라는 대로 한 독립된 기능을 맡는 것뿐이었다.

그 무렵의 당편이도 닭실댁 밑에서의 고된 단련으로 정교한 작업은 모르지만 허드렛일은 그럭저럭 해낼 것처럼 보였다. 종숙모의 간절한 당부를 거절 못해 그녀를 맡은 술도가 사장은 먼저 당편이를 고두밥 찌는 쪽에 보내보았다. 불도 때고 말리는 고두밥 지키는 일도 하게 했는데 어느 쪽도 만족스럽지 못했다. 앞의 일은 모자라는 머리 때문이고 뒷일은 온전치 못한 몸 때문이었다.

그다음으로 당편이가 보내진 곳은 안채 부엌이었다. 원래 두 명의 식모가 맡아 일했는데, 마침 그중 하나가 나가게 되어 당편이를 대신 들여보낸 것이었다. 그러나 거기서도 끝내는 온전한 기능을 할 수 없었다. 혼자 남아 견디지 못한 식모가 보따리를 싸는 바람에 새로 온전한 식모 한 사람을 더 구해 넣고 당편이는 가외로 붙여두었다.

동정도 연민도 없이 윤색된 불구자의 실수나 정신박약자의 반편이짓은 그 임자들에게는 그저 어두운 이력이 될 뿐이다. 그렇게 기능과 기능 사이를 떠도는 동안에 당편이의 온전치 못한 몸과 정신이 어쩔 수 없이 빚어 내게 된 여러 희비극은 예전의 효용을 거의 상실한 채 그녀에게 어두운 이력만 보탰다. 거기다가 술도가는 면 소재지에서도 장터거리 한가운데 있어 그 희비극들은 무대에서 상연되듯 장터거리 구석구석까지 알려졌고, 예전과는 달리 인정머리 없는 조롱과 경멸의 근거가 되기 일쑤였다.

당편이의 삶에 닥친 이 새로운 국면은 그사이에 진행된 부락 공동체의 구조 변화와 무관하지 않다. 군사 정부의 산업화 정책이 가시적인 효과를 드러내던 그 무렵 고향은 다시 이제는 거추장스럽기만 한 외피 하나를 걷어내고 있었다. 회복의 가망이 없는 심신상실자들과 어떤 방법으로도 생산에 기여할 수는 없는 중증의 불구자들로 이루어진 동심원이었다.

고향이 부양을 거부하자 그들은 청량리로 대표되는 도회의 정신병원과 우후죽순처럼 생겨나기 시작한 각종의 요구호자(要救護者) 수용 시설로 옮겨졌다. 도회에서 시작된 사회미화 작업 혹은 장애자 복지 사업의 효과가 고향에까지 파급된 결과였다. 그러나 당편이 쪽에서 보면 그녀가 속한 동심원 밖에 있는 마지막 보호막이 사라진 셈이었고, 다른 비유로는 이제 그녀 자신이 고향이란 양파의 맨 겉껍질이 되어 말라 벗겨질 날을 기다리게 되었다고 할 수도 있다.

그런 면에서 그 무렵 당편이가 겪게 된 변화는 일종의 전략일지도 모른다. 하지만 모든 전략이 불행한 것은 아니며, 어떤 때는 우리로서는 이해할 수 없는 초월적 예정이 채워져 가는 과정일 수도 있다. 그때의 당편이에게도 그랬다. 왜냐하면 그녀는 바로 그 술도 가에서 운명의 사람, 황 장군을 만나게 되기 때문이다.

황 장군전(傳)

─경외서(經外書)

황 장군의 본관(本貫)에 대해서는 두 가지 설이 있다. 평해설(平海說)과 장수설(長水說)이 그렇다. 평해는 황 장군의 조부 때까지 써오던 본관이다. 하지만 해방 뒤 대동보(大同譜)를 만들 때 황 장군의 아버지가 평해 황씨 종중(宗中)을 찾아 사흘을 따져보아도 끝내 연고를 찾을 수가 없었다. 그 뒤 그들은 장수를 본관으로 쓰게 되었으나 장수 황씨의 어느 집 몇 대인지는 밝혀진 바 없다.

　황 장군의 이름은 봉관(鳳官)이다. 그런데 그 이름에 벌써 그의 심상찮은 일생을 예고하는 조짐이 드러난다.

　황 장군이 아직 뱃속에 있을 때 그의 어머니는 기이한 태몽을 꾸었다. 마당으로 날아든 닭 한 마리를 삶아 맛있게 뜯어먹고 있는데 웬 허연 노인이 나타나 남의 봉을 잡아먹었다고 크게 꾸짖고 사라지는 꿈이었다. 그러나 삶아먹었건 구워먹었건 꿈에 봉을 본 것은 사실이고 또 길몽이라 이름에 봉(鳳) 자를 쓰게 되었다. 태몽이 용꿈이면 이름에 용(龍) 자를 넣는 것과 같은 이치다.

이름 속의 다른 한자, 관(官) 자를 쓴 것은 황 장군의 출신과 관련이 있다. 솔직히 털어놓자면 황 장군의 출신은 미천하다는 편이 옳다. 그의 증조 때가 되는 어느 해 흉년에, 홀아비인 증조와 스물이 넘도록 댕기머리인 그 아들이 타처에서 흘러들어와 문중 영감댁의 문서 없는 종이 되었다. 그 뒤 우여곡절 끝에 장군의 아비 대에 이르러 영감댁의 소작농으로 나앉게 되었다가 나중 자유당의 토지개혁이 있고서야 자작농의 신분을 얻게 되었다. 따라서 그런 그들에게 벼슬아치란 하늘과 같았을 것이고 거기에 거는 염원도 컸을 것이다. 그 염원을 상서로운 꿈과 결합시키려고 식자(識者)에게 물어 찾아낸 글자가 관(官) 자였다.

그렇지만 심상찮은 조짐을 드러내 보이는 태몽은 그 밖에 더 있었다. 그 조부도 며느리와 비슷한 시기에 꿈을 꾸었는데 하늘에서 버얼건 불덩이 일곱 개가 머리 위에 떨어져 밤새도록 그걸 피하려고 용을 쓰다 아직 그럴 나이도 아닌데 실금(失禁)을 한 것이었다. 땀과 오줌에 흠뻑 젖어 깨어난 뒤에도 한동안 그 조부는 흉한 꿈을 꾸었다고 생각했다.

하지만 다음 날 그런 일에 밝은 사람에게 물어보니 해몽은 전혀 달랐다. 머리통을 박살낼 듯이 떨어졌건 말건 하늘에서 내려온 불덩이가 일곱 개였다면 그건 바로 북두칠성이고, 꿈은 어김없이 길몽이라는 것이었다. 그래서 어릴 적 한동안 황 장군은 칠성(七星)이란 아명(兒名)으로 불리기도 했다.

이처럼 한 사람의 출생을 두고 하늘이 봉황과 칠원성군(七元星君)을 아울러 보내 그 조짐을 알렸으니, 이사씨(異史氏)에게 따로이 물어보지 않아도 신이(神異)함을 알 수 있다.

황 장군이 태어난 것은 중일전쟁이 불붙기 직전이던 1936년이다. 그러나 그의 신화는 다섯 살 때인 1940년에야 처음으로 이웃에 떨쳐 울린다.

그해 초가을 들일을 하던 장군의 어머니는 여느 때보다 일찍 집에 돌아와 저녁밥을 지었다. 여느 때보다 일찍 돌아온 까닭은 밥을 지을 곡식이 이제 두어 되밖에 안 남은 묵은 좁쌀이라 알맞게 퍼지고 뜸이 들게 하려면 시간이 많이 걸렸기 때문이었다. 그러나 너무 서둘러 돌아온 것인지 밥이 다 되었는데도 아직 해가 남아 있었다.

이에 어머니는 하는 수 없이 다시 들로 나가 추수 일을 거들다가 해 질 무렵 해서야 가족과 함께 돌아왔다. 그런데 그녀가 부엌으로 들어가 보니 알 수 없는 일이 벌어져 있었다. 한 되가 넘는 묵은 좁쌀로 지은 밥 한 솥이 모두 없어진 것이었다.

처음 장군의 어머니는 무슨 짐승이 와서 건드린 것이나 아닌가 짐작했다. 그러나 함께 부엌 잿불에 얹어둔 된장 뚝배기까지 깨끗이 비워져 있는 것으로 보니 틀림없이 사람의 짓이었다. 자신이 다시 들로 나갈 때 집안에는 다섯 살 난 황 장군밖에 없었던 걸 아는 터라, 그녀는 곧 그 범인을 잡기 위해 너댓 되는 이웃을 돌았다. 햇좁쌀은 아직 나지 않은 때고 묵은 좁쌀은 이미 떨어졌을 때여서 이웃의 소행이라면 잡을 자신이 있었다.

한창 저녁 때여서인지 어떤 집은 마침 상을 받고 있었고 어떤 집은 이른 설거지에 들어가 있었다. 그러나 상위에서도 개숫물통에서도 좁쌀 밥으로 저녁을 때운 흔적을 남기고 있는 집은 없었다. 따라서 범인은 못 잡고 그 희한한 도둑질만 동네방네 알려지고 말았다.

공연히 동네만 술렁거리게 만들고 집으로 돌아온 장군의 어머니는 그제야 보이지 않는 막내아들에 생각이 미쳤다. 집을 나설 때까지도 마당에서 놀고 있던 막내는 그새 안방에 들어가 자고 있었다. 막내라도 깨워 알아보려던 그녀는 자신도 모르게 놀란 소리를 냈다. 북채만한 배를 드러낸 채 자고 있는 막내의 입가에 좁쌀 알이 여기저기 붙어 있었기 때문이다.

좁쌀 한 되로 밥을 지으면 그 양은 대여섯 그릇을 넘지 않는다. 그러나 씹기가 팍팍한 데다가 맛까지 없어 쌀밥 열 그릇보다 먹기가 힘들다. 조밥이 일쑤 산골 농군들의 먹기 내기 수단이 되는 것은 바로 그런 까닭으로, 비록 배고픈 그 시절이라 해도 좁쌀 한 되

밥을 다 먹어낸 기록은 흔치 않다. 그런데 겨우 다섯 살배기가 그걸 해낸 셈이었다.

다 저문 저녁 나절에, 더구나 범 같은 시아버지, 잔소리 많은 시어머니의 곱지 않은 눈길을 받으며 새로 저녁밥을 지어야 하는 그 어머니로서는 짜증도 날 법했다. 자는 막내를 한 귀퉁이 쥐어박으니 제 한 일을 벌써 잊고 아닌 밤에 홍두깨 맞은 격이 된 장군이 회울음을 터뜨렸다. 어머니는 그게 미워 한 귀퉁이 더 쥐어박았다.

하지만 그녀의 시아버지나 남편은 달랐다. 농군에게 세상에서 가장 보기 좋은 일이 제 논에 물 들어가는 것과 자식 입에 밥 들어가는 것이란 말도 있거니와, 아무리 무정한 할비 애빈들 어린 것과 먹을 것을 다툴 마음은 없었다. 오히려 장군의 그 엄청난 식량(食量)은 은근한 기대로 바뀌었다.

"우리 집에 장수 났다이. 바로 깜둥 저고리 입은 우리 막내놈이라. 어제 아래(그제) 젖 뗀 게 혼자서 좁쌀 한 되 밥을 다 먹었다 카이. 글케 먹은 그 힘이 어디 가겠노?"

이튿날부터 그 할아버지는 그렇게 막내 손자 자랑을 하고 다녔는데 죽는 날까지도 그 믿음은 변하지 않았다.

실제로 장군의 힘이 그 먹는 양만큼이나 대단하다는 것 또한 일찍부터 알려졌다. 태평양전쟁이 막바지에 이르렀던 어느 해, 백(白)순사라고 불리던 악질 친일파 하나가 주재소 순사를 앞세우고 그 골짜기 마을을 파 뒤집다시피 해서 놋그릇을 거둬들인 적이 있었다. 겨우 너댓 집에 살림들이 시원찮은 소작농들이었으나 놋쇠로 만든 것은 요강부터 숟가락까지 다 거두어 놓고 나니 어른 한 짐은 좋게 되었다.

뺀질이란 별명이 있는 그 친일파는 하늘 같은 순사한테 무거운 짐을 지울 수도 없고 그렇다고 자기가 지기도 싫어 꾀를 내었다. 다시 집집을 돌며 무언가 트집을 잡아 짐꾼을 만들 생각이었다. 그래서 거둔 놋그릇들이 든 가마니와 순사를 동네 어귀에 두고 다시 마을을 돌았는데 겨우 짐꾼 하나를 만들어 돌아와 보니 뜻밖의 일이 벌어져 있었다. 놋그릇 가마니가 자취도 없이 사라진 것이었다. 순사가 잠시 구석진 곳으로 가서 오줌을 누고 온 사이에 일어난 일이었다.

그런데 정말로 귀신이 곡할 일은 그다음에 있었다. 그 놋그릇 가마니가 그새 황 장군네 헛간 뒤로 옮겨져 있었기 때문이었다. 다시 동네를 뒤집다시피 해 그걸 찾아낸 순사와 친일파는 당연히 그 도둑질의 혐의를 황 장군네 남정네에게 걸었다.

거기다가 들일을 나가 집에 없던 황 장군의 아버지가 하필 때맞춰 집에 돌아왔기 때문에 일은 고약하게 꼬여들었다. 순사가 따귀를 올려붙이고 친일파의 발길질이 시작되었다. 그대로 가면 황 장군의 아버지는 꼼짝없이 오라를 질 판이었다. 그때 어디 있었던지 황 장군이 빌빌 울며 달려나왔다.

"순사님요, 순사님요. 울 아부지 때리지 마소. 그 가마이는 내가 일로(이리로) 갖다놨니더!"

처음에는 순사도 친일파도 그 말을 믿지 않았다. 뼈대가 좀 실해 보인다 싶기는 해도 호적이 늦어 겨우 소학교 일학년밖에 되지 않은 아이가 그 무거운 놋그릇 가마니를 동네 어귀에서 그곳까지 끌고 갈 수는 없다고 보았기 때문이었다. 하지만 아이가 정말로 눈앞에서 그 놋그릇 가마니를 번쩍번쩍 들어보이자 그들도 믿지 않을 수가 없었다.

"어매하고 할매가 하도 안 내놀라 카든 게라서…… 거다가 아무도 없고 해서 집에 다부(도로) 갖다놨니더."

그게 어린 장군의 해명이었다. 다행히 일은 장군의 아버지가 죄없이 귀쌈과 발길질에 한동안 시달린 것에다 장군이 그 놋그릇 가마니를 지서까지 져주는 걸로 낙착을 보았다. 하지만 왜(倭) 순사 백(白) 순사가 나서고 대동아 성전(聖戰)을 위한 놋그릇 공출과 관련된 일이라 요란뻑적지근한 소문이 되어 인근을 돌았다. 그러다가 당시 우리 일문(一門)의 원로요 식자인 외내[烏川] 어른의 한마디가 더해져 그 일은 곧 장군의 신화로 정착되었다.

"허엇, 그놈이 바로 장수감이라. 요새 세상에 반상(班常)이 어딨노? 못 돼도 신돌석(申乭石: 동해안 일대의 의병장. 힘이 장사였다고 함.)이는 될 테이, 잘 키와라."

굳이 들자면 신화는 그 밖에도 더 있다. 장군이 한참 힘깨나 쓰던 나이 때의 어느 겨울 낮의 일이었다. 눈 때문에 산에 오를 수 없게 된 동네 초군(樵軍)들이 모여 두부를 놓고 먹기 내기를 한 적이 있었다. 과연 두부 한 판을 다 먹을 수 있느냐는 것인데 말없이 듣고 있던 장군이 슬그머니 나갔다 한참 만에 돌아와서 내기에 끼였다. 그런데 두부 한 판(대개 스무 모 가량)을 다 먹어치운 장군이 하는 말이 걸작이었다.

"조끔 전에는 두부 한 판 먹기가 글케 힘이 안 들디, 이번에는 왜 이래 힘이 드노?"

결국 그는 그날 두부 두 판을 먹은 셈이 되는데, 그러나 이 이야기는 자칫 장군의 미욱함을 드러내 보이는 게 될 수도 있어 정식의 신화에는 넣지 않기로 한다.

장군이 그의 힘으로 이름을 떨치기 시작한 것은 열아홉 이후가 된다. 이 땅 삼천리를 휘몰아치던 피바람이 대강 가라앉고 서너 해가 지나자 작게는 동네 별로, 크게는 군(郡) 단위로 씨름판이 되살아나기 시작했다. 처음에는 단옷날에 쌀가마니나 걸고 하던 씨름판이 점차 커져 나중에는 제법 송아지 마리가 왔다갔다하는 대회로 발전했는데, 그곳이 바로 장군의 무대였다.

장군의 첫 출전은 1954년 단오에 열린 면(面) 주최 동(洞) 대항 씨름대회에서였다. 우승 상품은 그 안에 다섯 개의 양은 냄비가 크기대로 포개져 들어 있는 한 말 지기 함석 솥에 지나지 않았다. 그러나 모든 게 넉넉잖던 당시로 보아서는 좋은 시절의 황소 한

마리에 갈음할 만했다.

첫 출전의 성과는 그리 화려하지 못했다. 그때 이미 장군의 허우대는 어지간한 장골보다 훌쩍했지만 나이는 겨우 열아홉이었다. 아직 근골(筋骨)이 제대로 자리를 잡지 못한 데다 씨름이 꼭 힘만으로 되는 것도 아니어서 그 판에서는 삼석(三席)에 그쳤다. 머리에 덮어쓰면 맞을 양은 냄비 하나가 부상(副賞)이었는데, 그러나 그게 출발이었다.

이듬해 군 대회에서 우승해 쌀가마니를 들인 것을 시작으로 장군의 전권(戰圈)은 넓어져 갔다. 처음에는 군(郡)을 가리지 않고 씨름판이 벌어지면 어디든 찾아다니던 그는 차츰 도(道)도 묻지 않게 되었다. 그리하여 북으로는 강릉으로부터 남으로는 진주 통영까지 씨름판을 휩쓸고 다녔는데 그에게 장군이란 호칭이 정식으로 붙게 된 것은 그 무렵이었다.

성과는 놀라웠다. 단 삼 년 동안에 그가 끌어온 송아지가 다섯 마리요, 쌀이며 양은 기물은 그 집 곳간을 가득 채울 정도였다.

하지만 그 같은 성과가 순전히 타고난 힘에 의해서만은 아니었다. 부급구사(負笈求師)랄 것까지는 없어도 그 또한 좋은 씨름 기술을 배울 수 있으면 백리 길을 멀다 않고 달려갈 열성은 있었다. 그 중에서도 그가 가장 많이 배운 것은 영해 땅 번호동(番戶洞)에 사는 천(千) 장군에게서였다. 천 장군은 그곳에서 도축업(屠畜業)으로 밥술깨나 먹던 사람인데 그 역시 젊을 때는 씨름으로 한가락

날린 적이 있었다.

이따금씩 먼길을 마다 않고 찾아오는 장군을 아낀 천 장군은 씨름 기술을 가르쳐주었을 뿐만 아니라 나중에는 외동딸까지 주었다. 장군이 스물한 살 때의 일로, 그래서 장군은 이제 봉관이란 본명 외에 번호(番戶)라는 택호(宅號)까지 가지게 되었다. 그때가 그 생애의 작은 절정이었다.

모든 범상찮은 삶에서 수난은 필연의 과정이다. 소크라테스의 독배나 예수 그리스도의 십자가를 들먹일 것도 없이 시원찮은 서부극이나 홍콩 무협 영화만 보아도 그것은 명백해진다. 정의의 총잡이는 악당들에게, 무적의 검객은 흑도(黑道)의 무리에게 한번쯤은 깨강정이 나고서야 최후의 승리에 이르지 않는가.

그러나 장군의 수난은 처음부터 그리 험악한 모습으로 다가든 것은 아니었다. 늦은 호적 탓에 나이 스물다섯이 되어서야 영장이 나왔을 때만 해도 사람들은 아무도 그게 장군을 수난의 길로 불러들이는 호출장이란 것을 깨닫지 못했다. 전쟁은 벌써 칠 년 전에 끝나 전방이든 후방이든 죽음의 위험은 없어진 까닭이었다. 오히려 무식한 그의 이웃들은 그 입대에 나름의 기대까지 얹었다.

"참말로 힘이 필요한 거는 군대라. 그러이 니는 출세할 께다. 진짜 장군이 될 게라꼬. 별을 주렁주렁 단 장군 말이라."

지난 전쟁 동안 쌕쌕이며 탱크뿐만 아니라 직사포, 곡사포, 박

격포에 기관총, 장총, 단총의 뜨거운 맛을 볼 만큼 본 그들이면서 그 무슨 엉뚱한 기대였을까. 그런데 더 고약한 일은 장군조차 은근히 그런 믿음을 가지고 있었다는 것이었다. 군대가 씨름판 같지야 않겠지만 그래도 힘이 제일인 곳에서 턱없이 내 힘을 무시하지는 않겠지, 하는.

첫 번째 수난은 입대 장정 집결지인 군 소재지 초등학교 운동장에서 있었다. 공연히 위세를 부리며 장정들을 개 몰듯 몰아대는 군 병사계(兵事係)가 아니꼬워 땅바닥에 매다꽂은 게 화근이었다. 그렇잖아도 적당한 기회를 보아 아직 사회물을 벗지 못해 뻣뻣한 장정들을 '호랑이 잡으려고' 벼르던 기간 사병들과 임석(臨席)했던 순경이 한 덩이가 되어 장군을 여럿 앞에서 넙치가 되도록 두들겼다. 이른바 '시범 케이스'였다. 하지만 그런 조직적이고도 혹독한 폭력을 처음 겪어보는 장군은 거기서 벌써 반나마 얼이 빠졌다.

첫 단추가 잘못 끼워지자 그다음도 꼬이기 시작했다. 장군이 번호동(番戶洞)이란 곳으로 장가를 들어 택호가 '번호'가 되었다는 얘기는 이미 했다. 원래 그의 아내는 '번호댁'이 되고 그는 '번호 양반'이 되거나 '번호 어른'이 되어야 하지만 출신이 한미한 데다 나이까지 젊고 보니 고향에서는 그저 '번호'로만 통했다. 다시 말해 그가 결혼한 뒤에는 어른도 아이도 그를 '번호'라고만 불러 왔는데 이번에는 그게 말썽이 되었다.

"번호(番號)!"

어릿거리는 장정들을 겨우 몇 무더기로 임시 편제를 짠 기간 사병이 머릿수를 맞춰보기 위해 그렇게 장정들에게 소리쳤을 때였다. 이미 반나마 얼이 빠진 장군은 그게 자기를 부르는 소리인 줄 알고 절뚝거리며 뛰어나갔다.

"니옛!"

다시 꼬투리가 잡히면 또 어떤 일을 당할지 몰라 목청껏 대답하고 달려나간 것은 좋았으나 기다리는 것은 기간 사병들의 무자비한 몽둥이질이었다. 다른 장정들이 키득거리는 것에 화가 난 기간 사병들이 장군의 그런 반응을 고의적인 반항으로 오해한 까닭이었다. 듣기로 훈련소에 입소한 뒤에도 장군은 그 같은 일로 종종 근골이 상했다고 하는데, 높은 사람들이 와서 보고 있는 데서 그런 실수를 할 때 특히 심했다고 한다.

거기다가 훈련소에서는 그 비슷한 실수의 항목이 하나 더 늘어 장군의 수난을 가중시켰다고 한다. 바로 봉관이란 이름이었다. 그때까지만 해도 군대 용어에는 일제의 잔재가 많이 남아 있어 소위 중위까지도 자신을 지칭할 때 '본관(本官)'이라고 하는 사람이 많았다. 그래서 사병들을 모아놓고 한마디 장중한 훈시라도 하려고,

"에또, 오늘 본관은……."

하고 허두를 떼면 열에 아홉, 그걸 봉관으로 알아들은 황 장군이 화들짝 놀라 대오 밖으로 달려나가는 것이었다.

"니옛!"

그리 되면 나머지 사병들의 웃음이 터지는 것은 어쩔 수 없는 일이고, 거칠던 50년대 말의 훈련소를 생각하면 그때 황 장군이 그 장교로부터 어떤 대접을 받게 되었을지도 절로 짐작이 갈 것이다.

그렇지만 하늘이 보여준 상서로운 조짐이란 좀체 어겨지는 법이 없고 우리 황 장군에게도 그러했다. 일 년 뒤 장군이 정기 휴가를 나왔을 때 고향에는 놀라운 소문이 퍼졌다. 해 질 무렵 좀 지치고 우울해져 돌아온 장군은 그 길로 자기 집 안방에 자리를 깔고 누워 버렸지만 이튿날부터 떠도는 소문은 정말로 황장군이 군대에서 별을 달고 나왔다는 것이었다.

아무리 황 장군의 일이라지만 고향 사람들은 한결같이 그 소문을 믿지 않았다. 그러나 소문의 진원지인 그 아버지는 낯성까지 내며 우겼다.

"글세, 깜동 저고리 입은 우리 막내놈이 군에 가서 별을 달고 왔는데, 달아도 여러 개를 달았더라 카이. 참말이라꼬. 아이믄 내 이 손바닥에 장을 찌지꾸마!"

그래서 궁금함을 못 이긴 여럿이 달려가 보니 정말로 황 장군의 군복 어깨 어름에는 별이 여러 개 달려 있었다. 헤어보니 모두 일곱 개나 되었다. 그 유명한 매카아사(맥아더) 원수보다 두 개나 더 많은 별이었다. 그 바람에 한바탕 소동이 벌어졌는데, 그 소동은 마침 그 무렵 장군과 같이 휴가를 나온 다른 동네 청년의 설명이 있고서야 가라앉았다.

"에이, 그거는 계급이 아이씨더, 사단 마크라꼬요. 7사단 마크."

그러나 어쨌든 그걸로 장군은 이제 칠성 장군이란 또 다른 별호를 얻었는데 보기에 따라서는 그 조부의 상서로운 태몽이 이루어진 것일 수도 있다.

전방에서 어떤 나날을 보냈던 것인지 밤낮없이 방안에 틀어박혀 잠만 자던 장군이 다시 집 밖 나들이를 한 것은 휴가 나온 날로부터 사흘 뒤였다. 그런데 그런 장군에 대해 사람들의 의견은 둘로 나뉘었다. 하나는 사람이 진중해지고 과묵해졌다는, 그래서 훨씬 철이 들었다는 긍정적인 평가였다. 그에 비해 다른 하나는 무언가 잔뜩 겁에 질리고 생각이 가지런하지 못해졌다는, 그래서 좀 심하게 말하면 '킹캉해졌다'(희미하고 수상쩍다, 정도의 경북 사투리)는 부정적인 견해였다.

그렇지만 군대에 가서 일 년이나 고생하고 돌아온 사람이라 어느 편이 맞는지를 곧장 시험해 볼 생각까지는 못하고들 있는데 놀라운 일이 터졌다. 그곳보다 더한 산골의 무지렁뱅이라 할지라도 라디오에 귀를 기울이지 않을 수 없게 만드는 큰 사건이 서울에서 벌어진 것이었다. 바로 5·16이었다.

그날 아침부터 골짝 사람들은 당시만 해도 마을에 한두 대밖에 없는 라디오 앞에 몰려들어 귀를 기울였지만 정확히 서울에서 무슨 일이 일어나고 있는지는 알 길이 없었다. '입법, 사법, 행정의 모든 기능이 잠정적으로 정지'된다는 것이 무슨 뜻이며 '모든 권한은 계엄사령부가 관장한다'는 것은 또 무슨 말인가 — 사람들은 그렇게 서로 묻다가 언덕 위 마을의 식자에게 알아보기로 했다. 하지만 그 식자의 대답도 시원찮았다.

"여러 소리 할 거 없고오, 그저 인제부터는 군인들 세상이 됐다꼬 그래 알믄 될 께라."

그런데 그런 식자의 말을 전해 들은 사람들이 아직도 긴가민가하고 있을 때였다. 그 자리에 함께 있던 장군이 슬그머니 일어나더니 집으로 가서 군복으로 갈아입었다. 휴가 온 날부터 그의 갑작스런 과묵함 때문에 걱정에 차 있던 그의 아내가 까닭을 물었으나 이번에도 대답이 없었다.

장군이 그 길로 찾아간 곳은 지서였다. 마침 지서에서도 지서 주임과 순경 하나가 라디오에 붙어 앉아 하룻밤 새에 엎어져도 이상하게 엎어진 세상을 너나없이 불안한 지식으로 걱정하고 있었다. 그런 지서 주임 앞으로 군화 발소리도 무겁게 다가간 장군이 위엄 가득한 목소리로 말했다.

"일어나!"

그렇잖아도 일어서려던 주임이었다. 그도 그럴 것이 주임은 그 전해 4·19에 치여 적지않은 곤욕을 치른 적이 있는 데다가 그날 새벽부터 되풀이되는 혁명 공약 중의 '구악일소(舊惡一掃)'란 말에 적잖이 뒤가 켕겨하던 참이었다. 그 무렵은 특히 도벌꾼 등치고 제재소 사장 털어 재미깨나 보던 때라 더욱 그랬다.

때맞추어 나타난 황 장군의 모습도 외지 출신이라 그를 잘 모르는 주임으로서는 위압을 느낄 만했다. 비록 계급장은 일등병이었으나 그 어떤 장군보다 더 위엄 있는 거구에다 어깨에는 별이 일곱 개나 새겨진 마크가 달려 있었기 때문이었다. 새벽부터 라디오에서 들은 것은 세상이 군인들 손에 넘어갔다는 방송이었고 본서에서는 아직도 확실한 진상을 알려주는 전통(電通) 한 장 없었다. 게다가 6·25 때 전투경찰로 출발한 그에게는 국군에 대한 본능적인 두려움도 있었다.

"무, 무슨 일로 오셨습니까?"

주임이 얼른 자리에서 일어나며 공손하게 물었다. 장군이 한층 서릿발 같은 위엄을 드러내며 말했다. 전혀 사투리가 섞이지 않는 군대식 말투였다.

"오늘부터 본관이 이 지역 계엄사령관이다. 그리 알도록."

"예에? 그렇지만 근거는?"

"임명장은 계엄군과 함께 추후 도착할 것이다. 이상."

그리 되자 주임은 하는 수 없이 차석(次席)의 자리로 물러나며 다시 물었다.

"그럼 여기까지 계엄군이 옵니까? 병력은 얼마나 됩니까?"

"일개 사단."

그러면서 장군은 지서 주임이 비워준 회전의자에 털썩 앉았다. 만약 장군이 사단보다 더 큰 규모의 군부대 단위를 알았더라면 틀림없이 그걸 댔을 것이다. 일개 군단이라든가 제1군이라든가.

작은 시골 면에 계엄군이 일개 사단이나 온다는 게 좀 이상하기는 했지만 아직도 지서 주임에게는 그 의심을 드러낼 경황이 없었다. 그 바람에 그 기이한 희비극은 한 시간 가까이나 연장되다가 출장 나갔던 차석이 돌아와서야 끝장이 났다. 차석은 주임과는 달리 그래도 중학교를 나온 데다 무엇보다도 고향 토박이였다. 주임의 의자에 난데없이 장군이 앉은 걸 보자 서슴없이 물었다.

"이 사람, 자네 번호, 아이, 봉관이 아이라? 자네가 어예 거다 앉았노?"

그러나 장군은 어디서 배운 건지 위엄 지긋한 침묵으로 대답이 없었고 차석의 결례를 걱정한 주임이 나서서 그간의 일을 대신 말했다. 차석은 대뜸 일의 진상을 알아차린 듯했다. 갑자기 날카로워진 목소리로 캐물었다.

"어이, 번호. 그래믄 니가 여다 계엄사령관 된 거는 어예 알았노? 신문에 났드나? 방송에 나오드나?"

"전통 받았니더."

그제야 장군도 방어 태세가 되어 대답했다. 하지만 차석의 기세는 조금도 수그러들지 않았다.

"뭐시라? 전통? 아이, 전통이 어디로 왔단 말고? 면 전체에 비

163

상 전화라꼬는 여다(지서)하고 면사무소밖에 없는데 니한테 전통이 어디로 날아왔노? 어이, 김 순경. 저기 황봉관이 여다 계엄사령관 씨게(시켜)준다는 전통 왔드나?"

물론 그런 전통이 지서에 날아왔을 리 만무였다. 그러자 차석은 대뜸 비상 전화를 돌려 본서를 불렀다. 짧게 그곳 상황을 말하고 확인을 요청했는데 미처 그의 말이 끝나기도 전에 그쪽에서 누가 버럭 소리라도 지르는지 움찔하며 전화기를 놓았다. 차석의 눈길은 그때부터 심상치가 않았다.

"야! 번호!"

갑자기 장군에게로 다가간 차석이 매섭게 따귀를 올려붙이며 소리쳤다.

"니 이누무 새끼. 얼릉 절로 못 가나? 군대 가서 킹캉해졌다(정신이 이상해졌다) 카디 돌아도 괴상케 돌아가주고……."

그다음부터 장군이 캘빈 개머리판으로 등짝을 얻어맞아 가며 개 몰리듯 지서에서 쫓겨나오게 될 때까지의 나머지 과정에 대해서는 더 길게 얘기하지 않아도 짐작 가는 바가 있을 것이다. 하지만 등짝의 타박상 외에도 그 일로 장군에게 남은 것은 더 있다. 바로 계엄사령관이란 호칭이었다. 드디어 장군은 칠성 장군에 계엄사령관이 되었다.

장군은 그해 연말에 복무 기한을 다 채우지 못하고 군에서 제대했다. 그리고 이듬해 봄 가까운 사람들에 의해 장군의 옛 영광을 찾아주려는 시도가 있었으나 실패했다. 다시 씨름판으로 돌려보내려는 시도였는데 장군이 한사코 거부하는 바람에 그들은 끝내 단념하지 않을 수가 없었다.

다시 그 이듬해 봄에는 그의 아내가 달아났다. 이웃에 밥을 붙여 먹던 제재소 인부와 눈이 맞아 야반도주했다는 말도 있고 애꾸눈 건어물장수를 따라갔다는 말도 있으나 그 뒤 행적은 더 알려진 바 없다. 원래 장군에게는 위로 형 둘에 누나가 하나 더 있었다. 그런데 형 하나는 장군이 어릴 때 죽고 다른 형은 6·25 때 방위군으로 끌려갔다 돌아오지 않았다. 거기다가 멀리 시집간 누나마저 소식이 끊겨 아내가 집을 나가자 남은 식구는 늙은 양친뿐이었다.

그해 늦가을 장군의 아버지가 죽고 그 어머니는 눈이 멀었다. 늙은 남편의 죽음보다는 하나 남은 아들이 이상해진 걸 슬퍼하다가 너무 울어 눈이 짓무른 탓이라는 말이 있지만 공의(公醫)의 소견은 아니었다.

그 이듬해부터 장군이 부쩍 술을 심하게 마시기 시작했다. 그러나 자주 취하기는 했어도 주정을 부린 적은 없고 특히 남을 공격하는 따위 고약한 주정은 누구의 기억에도 남아 있지 않다. 오뉴월 목마른 소처럼 꿀꺽꿀꺽 술만 마시다가 취하면 어디든 쓰러져 잘 뿐이었다. 하지만 막걸리 한 사발에 소금 한 덩이 털어넣는 식의 술이라도 재물의 탕진은 만만치 않아, 그 한 해로 조금 있던 전답은 다 날아가고 위로 삼 대가 살았다는 오두막만 남았다.

때아니게 이른 제대에, 가족은 눈먼 홀어미만 남고, 한때 따스분하던 살림이 남의 농막터에 세운 오두막 한 칸으로 줄자 사람들은 그 같은 급전(急轉)의 원인에 대해 여러 가지로 추측했다. 아내의 출분(出奔)에서 성기능의 이상이 추정되기도 하고, 갈수록 줄어가는 말수에서 성격 변화 이상의 언어 장애까지 거론되었다. 그러나 그 어느 쪽도 공식적으로 확인되지는 않았다.

그보다 더 근본적인 원인 — 왜 장군이 그렇게 변하게 되었느냐에 대해서는 어느 정도 일치된 견해가 있다. 그 조직이 가한 육체적 정신적 타격을 근거로 군대에 주된 혐의를 거는 게 그러하다. 하지만 그런 견해에 무턱대고 동의하는 것도 그리 온당해 보이지는 않는다. 아무리 지난 시대의 일이라지만 대한민국 육군이 멀쩡한 사람 병신 만드는 곳이 되어서는 안 되기 때문이다. 세월이라고 말해 두자. 무언가 장군 같은 유형에게는 맞지 않는 세월. 군대는 다만 그걸 구체적으로 확인한 곳에 지나지 않았다.

그 뒤 눈먼 홀어미마저 죽자 한동안 장군은 걸식과도 비슷한 방식으로 살아갔다. 그러나 비상한 삶의 이력이 헛되지 않았던지 그래도 그를 알아주는 사람은 있었다. 장터거리 술도가 사장이 그랬다. 진작부터 괴력이라고 해도 좋을 장군의 힘에 주목하던 그는 먹여주고 입혀주고 하루 한 말까지 막걸리를 마셔도 좋다는 조건

으로 술 배달 일을 맡겼다. 그 지우(知遇)에 감격했던지 이후 장군
은 죽을 때까지 그곳에서 열심히 일했다.

술도가 배달원으로서 장군이 처음 썼던 운송 장비는 지게였다.
장군은 체구에 맞게 특별히 깎아 맞춘 큰 지게로 많게는 술을 한
섬까지 졌다. 무게만으로 따진다면 술 한 섬은 한다 하는 농군이
면 누구나 질 수 있다. 그러나 술은 볏짐이나 장작과는 달리 출렁
거리는 물건이고, 그것을 담아 나르는 당시의 대표적인 용기는 두
말들이 참나무통이었다. 균형 잡기 고약한 짐인 데다 항상 불어
있게 마련인 참나무 판자에 두툼한 쇠테까지 메운 그 통 다섯 개
의 무게를 더하면 지는 사람에게는 무게가 거의 배로 느껴진다. 실
로 장군이 아니면 누구도 져낼 수 없는 짐이었다.

원래 술도가에는 따로 곰보 노인이 모는 술 배달용 우마차가 한
대 있었다. 황소가 끄는 그 수레가 한꺼번에 몇 섬씩 실어내고 장
군이 또 그렇게 쉴새없이 져날랐으나 그들만으로 60년대 중반 시
골 면(面)의 막걸리 수요를 당해 내지는 못했다. 그래서 나온 게 그
유명한 황 장군 구루마였다.

황 장군 구루마는 타이어로 바퀴를 단 우마차용 수레가 나오
기 전에 곰보 노인이 몰던 수레였다. 소가 끌게 되어 있는 것은 같
지만 바퀴가 쇠테를 메운 나무로 되어 있어 타이어를 단 수레가
나오면서 밀려나게 되었다. 하지만 맞춘 지 얼마 되지 않은 것이라
그냥 버리기 아까워 도가 마당 한구석에 세워두고 있었는데 이제

167

새 임자를 만나게 된 셈이었다.

장군이 그 수레를 끌기 시작한 것은 도가에서 일하기 시작한 이듬해 모내기철부터가 된다. 곰보 노인의 우마차와 장군의 지게가 쉴새없이 막걸리를 실어 날라도 들판 여기저기서 불러대는 농주(農酒)를 다 대지 못한 사장이 그 버려진 수레와 장군의 힘에 착안하게 되었다.

사장은 시험 삼아 그 수레에 두 말들이 통 열 개, 곧 막걸리 두 섬을 싣게 한 뒤 소 대신 황 장군에게 끌도록 해 보았다. 예상대로 장군은 너끈히 그 수레를 끌 수 있었을 뿐만 아니라, 제법 경사진 언덕길도 남의 도움 없이 넘었다.

그 뒤 그 쇠테 메운 나무바퀴 우마차용 수레는 장군의 새롭고 인상적인 기호가 되었다. 한 키 크고 건장한 사내가 수레 바닥에 빈틈이 보이지 않을 정도로 빼곡이 나무 술통을 싣고 소 대신 끄덕끄덕 끌고 가는 모습은 처음 보는 사람들뿐만 아니라 늘 보는 장터 사람들에게조차 기이한 느낌을 주었다. 특히 겨울철 같은 때 좀 과하게 짐을 실은 수레를 끌고 허옇게 콧김을 뿜으며 언덕길을 오르는 장군의 모습은 꼭 두 발로 걷는 황소 같았다. 그러다가 언제부터인가 고향 사람들에게는 장군과 수레가 처음부터 함께 만들어진, 분리할 수 없는 하나의 물체처럼 의식되기 시작했다.

그들의 봉별(逢別)

우리 당편이와 황 장군은 서로 다른 성(性)이 아니면 할 수 없는 행위와 관계로 맺어졌다. 그것도 어느 정도는 공인된, 그리고 제법 지속적이면서도 반복적인 행위와 관계였다. 하지만 이제 와서 그게 무엇인지 이름하기는 매우 난감하다. 차차 알게 되겠지만 그걸 결혼이라고 하기에는 너무 모자라는 구석이 많고, 야합(野合)이라 하기에는 지나쳐 넘치는 데가 있기 때문이다. 사랑이라고 이름하기에는 스스로 온전하다 믿는 우리가 좀 허전하고, 그렇다고 본능적인 성의 교환이라고 규정짓고 보면 그들에게 너무 잔인한 짓을 한 느낌이 든다.

　할 수 없다. 이럴 때는 말의 외연보다 내포에 의지해 보다 덜 세분화된 규정을 쓰는 길뿐이다. 어쨌거나 그들은 만났고 헤어졌으

며, 그 만남과 헤어짐 속에는 그들이 주고받은 행위와 맺은 관계가
모두 포함된다. 따라서 여기서는 그들의 만남과 헤어짐이란 말 안
에 들어 있는 행동과 사건들을 아무 덧칠 없이 보여줌으로써 그것
들의 의미를 저마다 찾아내게 하는 수밖에 없을 듯싶다.

　　작은 보따리를 든 당편이가 기우뚱, 철퍼덕, 하며 처음 닭실댁
을 따라 도가로 들어서던 때 마침 배달에서 돌아온 황 장군은 마
당 구석에서 그때는 이미 그의 일부처럼 여겨지던 우마차용 수레
바퀴에 기름을 치는 중이었다. 먼저 상대방을 인식한 것은 당편이
쪽이었다고 한다.
　　이미 마흔을 바라보는 나이가 되었으나 그야말로 처녀이어선지
당편이에게는 아직도 남자에 대한 호기심과 수줍음이 남아 있었
다. 웃통을 걷어붙인 크고 건장한 남자가 뿜어내는 숫기에 이끌
렸는지 멀거니 장군 쪽을 바라보다가 갑자기 히잇, 하는 그녀 특
유의 탄성과 함께 왼고개를 틀었다. 그 소리에 장군도 당편이에게
로 눈길을 돌렸다. 그때 당편이가 다시 장군 쪽을 돌아보아 두 눈
길이 마주치면서 불꽃이 튀었다, 고 했으면 좋겠지만 실은 그렇지
가 못했다.
　　그 광경을 목격한 사람들에 따르면 무미건조하게 마주쳤던 두
눈길은 이내 거두어졌으며, 당편이는 먼저 도가 안채로 들어가 기
다리던 닭실댁의 재촉에 집안으로 들어갔고, 장군은 마치 아무것

도 본 게 없다는 듯 나무바퀴에 기름칠을 계속했다. 마치 원시림 한 모퉁이에서 마주친, 상대에게 아무런 이해관계 없는 두 유인원(類人猿)이 무심히 스쳐가듯 했을 뿐이라는 게 목격자들의 전언(傳言)이다.

그 뒤 당편이가 처음 고두밥 찌는 쪽에서 일할 때에도 두 사람은 마주칠 기회가 자주 있었다. 당편이가 고두밥 솥에 불을 때려고 장작을 안아 나르거나, 찐 고두밥을 마당에 펼쳐놓고 말릴 때 놓아 기르는 짐승이나 개구쟁이들로부터 그걸 지키기 위해 멍석 귀퉁이에 앉아 있으면, 배달에서 돌아온 장군이 스쳐가는 형태지만 마주치는 횟수는 하루에도 여러 번이었다. 그런데도 두 사람은 상대의 성적인 기호뿐만 아니라 그 존재마저도 제대로 인식하는 것 같지 않았다.

당편이가 부엌 쪽으로 돌려진 뒤에도 하루에 두세 번은 장군과 마주쳤다. 주로 장군이 밥을 먹으러 다른 일꾼들과 함께 안채 부엌방으로 들어올 때였다. 하지만 마주침의 내용은 좀체 개선되지 않았다. 서로가 전혀 상대가 있음을 알아보지 못하는 듯 눈길 한 번 부딪침 없이 스쳐갈 뿐이었다.

하마 당편이가 도가에 들게 되면서부터 고향 사람들은 두 사람의 동향을 흥미 있게 주시하였다. 그 무렵 들어 약간 퇴색한 감은 있지만 그래도 그들은 고향 거리에 널리 알려진 어두운 웃음의 전설들이었다. 거기다가 둘은 성이 달랐고, 그 성질에는 차이가 나도, 둘 모두가 당시에는 흔치 않은 30대 중후반의 독신이었다. 고향 사람들은 당연히 그들이 어울려주리라고 예상했고, 그래서 빚어낼 새로운 웃음의 전설에 기대를 걸었다.

그런데 몇 달이 가고 해가 다 차도록 두 사람의 관계가 아무런 진전이 없자 사람들은 적이 실망했다. 때로 그 실망은 서로에게 주의를 돌리도록 하는 노력으로 나타나기도 했지만 아무 소용이 없었다. 일껏 두 사람을 한자리에 모아놓아도 허공을 마주하고 있는 것처럼 말없이 앉았다가 일어날 뿐이었다. '닭 소 보듯, 소 닭 보듯'이란 말 대신에 '당편이 번호 보듯, 번호 당편이 보듯'이란 말이 생긴 것도 그들을 인위적으로 이어주려고 하는 노력이 모두 실패한 뒤였을 것이다.

그렇지만 당편이를 녹동댁에서 끌어내 장군이 미리 가 있는 도가로 보낸 것은 어떤 초월적인 예정 같다는 사람들의 느낌은 여전히 유지되었고, 실제에 있어서도 더디지만 끝내 그 예정은 이루어졌다.

당편이가 도가로 옮긴 지 한 해가 좀더 지난 초겨울이었다. 그 무렵은 그녀도 나이가 들고 성하지 못한 몸이나마 전보다는 훨씬 더 뜻대로 움직일 수 있게 되어 날씨가 차도 한달에 한번쯤은 목욕을 할 줄 알았다. 기껏해야 부엌 곁 헛간에서 가마솥에 물을 데워 커다란 합성수지 함지에 부어놓고 수건을 적셔 땀 냄새나 닦아내는 정도였지만 옛날에 비하면 엄청난 진전이었다.

그날 당편이는 초저녁부터 목욕을 한다고 수선을 떨었다. 마당의 펌프에서 기우뚱거리며 물을 길어 나르고 그걸 먼저 가마솥에 채웠다가 데운 다음 합성수지 함지로 옮기는 동안에 부엌바닥은 물바다가 되었다. 거기다가 헛간의 부엌 쪽으로 트인 곳을 홑이불로 막는다, 거기서 쓸 남포를 가져다 건다, 하다보니 제법 밤이 이슥해서야 목욕을 시작할 수 있었다.

부엌방을 쓰는 두 식모는 당편이의 그런 수선을 같잖게 여기면서도 그날의 피로를 못 이겨 일찍 잠자리에 들었다. 그러나 곯아떨어진 지 반 시간도 되지 않아 그녀들은 괴상한 비명소리와 함께 벌거벗은 채 방안으로 뛰어든 그녀 때문에 선잠에서 끌려나와야 했다.

"저기, 뭐시…… 시퍼런 불길이 뚝뚝 떨어지는 게…… 누마리(누깔)가…… 두 누마리가…….."

아랫도리조차 가릴 줄 모르고 퍼렇게 질린 얼굴로 연신 헛간 쪽을 가리키며 당편이가 숨 넘어가는 소리를 했다. 먼저 잠에서 깬 나이 든 쪽이 한참 만에야 그녀의 말을 알아듣고 몸을 일으켰다.

"그것도 여자라꼬 목욕하는데 딜따본(들여다본) 기(것이) 있었던가배. 어느 못된 종자고?"

그리고는 밖으로 나가 헛간을 한 바퀴 둘러본 뒤에 돌아와 말했다.

"하기사 어느 등신이가 그 고래 괌(고함) 글케 질렀는데 아직 봉창에 붙어 있겠노?"

그때서야 겨우 잠에서 깬 다른 식모도 일의 진상을 알아보고 아직껏 덜덜거리고 있는 당편이에게 핀잔처럼 말했다.

"하마 벌써 갔다. 꼴값 떨지 말고 빨리 가서 마자(마저) 씻고 옷이나 입어라. 기집 목간하는데 사나들 실굼실굼(슬금슬금) 딜따(들여다)보기도 여사(예사)지, 그기 뭐 그리 놀랍다꼬……."

"맞다. 달가들어 뭘 어옌(어떻게 한) 것도 아이고오, 얼른 목간 끝내고 고마(그만) 가 자그라."

나이 든 쪽도 그렇게 맞장구를 치고는 다시 잠을 청했다. 그러나 당편이는 한참이나 더 부들거리고 있다가 남은 목욕을 하는 둥 마는 둥 옷을 걸치고 그녀의 거처인 발효실 옆 골방으로 갔다.

두 사람의 식모에게는 그 일이 가벼운 우스갯거리로 두어 번 더 되풀이하고 잊어 버릴 수 있는 것이었는지 모르지만 당편이에게는 그렇지 않았다. 그날 이후 그녀는 무언가 두려움에 질려 해만 지면 부들거리며 안절부절못했다. 전에 없이 부엌방에서 뭉그적거리다가 밤이 깊어 두 사람의 눈총을 받고서야 쫓겨나듯 제 방으로 돌아가는 것이었다.

뒷날의 일로 미루어보면 그때 이미 그녀는 자신에게 다가오고 있는 심상찮은 운명을 본능적으로 느끼고 있었음에 틀림없다. 그리고 더 나아가 그 운명이 황 장군과 연관을 가진 것 또한 짐작하고 있었던 듯하다. 먼 빛으로 그를 보아도 흠칫흠칫 놀라고 정면으로 마주치면 몸이 굳어진 듯 그가 다 지나갈 때까지 멈춰 서 있기 일쑤였다.

실은 두 사람의 식모도 그날 밤 조금만 더 주의 깊게 관찰했으면 당편이의 벗은 몸을 훔쳐본 게 누구인지 짐작할 수 있었을 것이다. 왜냐하면 그녀가 목욕하던 헛간의 봉창은 높고 도가의 일꾼들은 모두 작달막한 데다 사장까지도 중키를 넘지 않아 그대로는 봉창으로 얼굴을 디밀 수가 없었다. 오직 한 사람 장군만이 발뒤축을 들지 않고도 그 봉창으로 헛간 안을 들여다볼 수 있었다.

하지만 그 두 사람의 식모에게는 그만한 주의력이 없었고 장군은 또 신통하리만치 변화를 보이지 않아 그 일은 곧 없던 것이 되어 버렸다. 장군은 당편이의 변화에 아랑곳없이 여전히 허공을 대하듯 그녀를 대할 뿐이었다. 거기다가 아내가 달아난 뒤부터 성불구일 거라는 혐의를 받아온 터라 아무도 장군을 그날 밤의 치한으로 의심하지 않았다.

그런데 실은 장군에게도 파탄은 있었다. 역시 뒷날에야 박 서기가 기억해 낸 것이지만, 그 무렵 해서 장군에게도 제법 눈에 띄는 변화가 있었다. 그것은 갑자기 그의 술이 늘어난 일이었다.

고향 거리가 다 알 만큼 장군의 술은 유별났다. 그를 데려다 쓸 때 사장은 그에게 하루 한 말까지 술을 마셔도 좋다고 했지만 그것은 어디까지나 상한(上限)이었다. 사장도 박 서기도 정말로 그가 하루 한 말 술을 다 죽여내리라고는 생각하지 않았다. 그런데 그게 아니었다. 도가에서 일하게 되면서 보니 그대로 두면 한 말이 오히려 모자랄 지경이었다. 그래서 규모를 정한 게 그의 술버릇이 되었는데, 그것은 한꺼번에 한 되씩 하루 아홉 번으로 나누어 마시는 방식이었다.

먼저 아침에 눈을 뜨면 그는 막걸리를 산매(散賣)하는 술독으로 가 자루 달린 되 가득 막걸리를 뜬다. 그리고 콧숨 한번 내쉬는 법 없이 단번에 들이켠 뒤 곁에 놓인 소금 쟁반에서 왕소금 몇 개를 입에 털어넣고는 마당으로 나가 하루 일을 시작한다. 그리고 너른 마당을 쓸거나 수레를 손보거나 하다가 아침상을 받으러 부엌방으로 가기 전에 다시 같은 방법으로 한 됫박의 술을 들이켠다.

배달이 시작되면 한 차례 다녀와서 또 한 됫박을 비우는데 대개 오전에 두 번 오후에 세 번 꼴이 되었다. 그다음이 저녁 먹은 뒤였다. 도가 서기방에 누웠다가 찬물이라도 마시러 가는 듯 슬그머니 일어나 자루 달린 되로 다시 두 번을 더 비워 사장이 정한 상한을 겨우 한 되 남기고 있었다.

그런데 그날 밤의 소동 이후 저녁 술이 다시 한 되가 더 늘어 기어이 사장이 허락한 상한을 채우게 되고 말았다. 하지만 장군의 술이 는 것을 아는 박 서기도 그게 당편이와 연관이 있다고는 짐작조차 못했다.

그들이 별난 인연으로 맺어진 것은 그로부터 다시 몇 달이 지
난 뒤였다. 이제는 아무도 그들 사이에 무슨 유별한 일이 벌어지
리라는 기대를 하지 않게 된 이듬해 봄 어느 깊은 밤, 도가 서기방
에서 자는 일꾼들 중 비교적 잠귀가 밝은 발효실 김씨가 이상한
비명소리에 잠을 깼다. 무슨 알지 못할 짐승이 죽어가면서 내지르
는 처절한 비명소리 같은 게 당편이의 방 쪽에서 들려온 것이었다.

그게 당편이의 방 쪽이어서라기보다는 자신의 주된 일터인 발
효실 쪽이라 정신이 번쩍 든 김씨는 두 귀를 모아 다음 소리를 기
다렸다. 그런데 신기하게도 그 뒤가 조용했다. 언제 그랬냐는 듯,
한참을 기다려도 별다른 소리가 더 나지 않자 김씨는 잠결에 헛
들은 것으로 여겨 다시 잠을 청했다.

실제로도 아무 일이 없었다. 다음 날 김씨는 눈을 뜨자마자 발
효실로 가 문을 열어보았으나 한창 술 괴는 소리만 들릴 뿐 모든
게 전날 자신이 해놓은 그대로였다. 그래서 역시 간밤에 헛들은
게라고 단정하며 돌아서는데 그 곁 골방에서 당편이가 문을 열고
나왔다. 왠지 그녀의 얼굴이 부스스하고 어두워 보이는 것 같아
김씨가 물었다.

"당편이 니 어젯밤에 무신 일 없었나?"

"일은 무신 일. 그, 그런 거 없다."

그런데 이번에는 그녀가 움직이는 품이 평소보다 훨씬 더 어기
적거리는 같았다.

"니 참말로 개얀나? 어디 아픈 거 아이라?"

"아, 아프기는…… 내사 펄펄 개얀(괜찮)다."

당편이는 더욱 완강한 표정으로 그렇게 대답하고는 철퍼덕, 기우뚱하며 부엌 쪽으로 가버렸다.

하지만 그때도 김씨가 조금만 더 주의 깊은 사람이었다면 전날 밤에 무슨 일이 있었고 또 그 일이 황 장군과 연관된 것임을 짐작할 수 있었을 것이다. 왜냐하면 부엌으로 가는 당편이의 걸음걸이가 평소의 신체적 불구에서 비롯된 것과는 눈에 띌 만큼 다른 것이었기 때문이다. 어둡고 깊기만 하던 그녀의 눈길에도 어딘가 피로와 불면에서 비롯된 붉은 기운이 돌고 있었다.

거기다가 전날 밤 비명소리가 날 때 서기방에서 함께 자던 장군이 없었을 뿐만 아니라, 그날 아침 마당을 쓸고 있다가 부엌으로 가는 당편이의 뒷모습을 보는 장군의 눈길도 전 같지 않았다. 끈끈한 애정이 서린 것까지는 아니었지만 적어도 허공을 바라보는 것과는 달랐다.

술도가뿐만 아니라 장터거리 전체를 떠들썩하게 한 그 일의 진상이 밝혀진 것은 오히려 안채 부엌 쪽에서였다. 나이 들긴 해도 같은 여자라서인지 식모들이 먼저 당편이의 몸에 생긴 변화를 알아차렸다. 평소와 다른 걸음걸이나 틈이 나는 대로 나른하게 주저앉는 품이 먼저 그녀들의 주의를 끌어 세심한 관찰로 들어가게 했다. 살펴보니 날도 아닌데 피 묻은 속곳을 빨았고, 가끔씩 뭔가 멍하니 생각에 잠겼다가 소스라쳐 깨어나기도 했다.

둘이서만 의심을 수군거리던 식모들은 당편이가 다음 날도 같은 행태를 보이자 마침내 참지 못하고 물었다.

"당편아, 솔직히 말해라. 니 요새 무슨 일 있제?"

하지만 당편이는 완강하게 고개를 저었다.

"아이, 아이다."

"글타 카믄 어디 아프나?"

"그것도 아이다. 안 아프다."

그러자 나이 든 쪽이 달래듯이 말했다.

"그래지 말고 바로 말해라. 다 니를 생각해서 하는 소리라. 니 아랫도리에 무신 병났제?"

"아이라 카이."

이번에는 얼굴이 시뻘게졌지만 당편이의 부인은 오히려 더 완강했다.

"그런데 피 속곳은 왜 자꾸 빠노? 지난달 니 피빨래 한 게 그믐 때 아이랬나? 그래고 열흘도 안 됐는데 또 그게 있나?"

그때 곁에서 나이 적은 쪽이 위협조로 거들었다.

"니 참말로 바로 말해야 된데이. 아랫도리 병 그거 잘못하믄 죽는데이. 피 철철 흘리믄 말이따. 니도 안 아나? 옛날에 산판 인부 각시 글로(그곳으로) 피를 한 말이나 쏟고 죽은 거……."

그제서야 당편이의 표정에도 겁먹은 표정이 떠올랐다. 잠시 무언가를 주저하는 듯했으나 이내 세찬 도리질과 함께 받았다.

"글쎄 아이라 카이. 택도, 택도, 모리고…… 자꼬, 자꼬 그케 쌌지 마라."

그리고는 성난 얼굴로 일어나 다른 데로 가버렸다. 두 사람도 그녀가 그렇게까지 나오자 더는 캐묻지 못했다.

그런데 그로부터 사흘도 안 된 이른 아침이었다. 아직 잠도 덜 깬 식모들 방으로 당편이가 기어들 듯 찾아왔다.

"너어 뭐 쪼매 물어보자."

아침밥 지을 준비를 하려고 옷을 걸치던 두 식모가 입을 모아 받았다.

"뭐를?"

"너 둘 다 시집갔다 왔제?"

"되퉁스레(난데없이) 그건 왜 묻노?"

그 말에 잠깐 멈칫하던 당편이가 이내 마음을 정한 듯 서슴없이 물었다.

"시집 가믄 원래 그케 아프나? 너어 서방도 글케 대게(되게) 아프더나?"

나이 든 쪽이 무슨 말인지 몰라 멀거니 당편이를 건너다보고 있는데, 먼저 알아들은 젊은 쪽이 피식피식 웃으며 받았다.

"그거사 첨에는 쪼매씩 아프제. 글치만 곧 좋아질 거로. 나중에는 도로새 그보다 더 좋은 게 없을 껜데……."

그러자 당편이가 느닷없이 쿨쩍이며 말했다.

"나는 아파 못 살겠다. 점점 더 아프다. 죽는가 싶다 카이. 그래고 이거 쪼매 보래이."

그녀가 펼쳐보인 것은 손에 말아쥐고 온 속곳이었는데 시뻘겋게 피가 묻어 있었다. 그녀는 그걸로도 모자라 부엌 때 전 치맛자락을 걷고 사타구니 쪽을 내보였다. 새로 갈아입은 듯한 속곳에도 벌겋게 피가 배어 나오고 있었다.

"내 참말로, 여다 병 걸린 거 아이라? 이래다가 죽는 거 아이라?"

두 사람도 그걸 보고는 놀랐다. 그러나 놀라움보다는 궁금증이 앞섰다.

"아이, 아닌 밤중에 홍두깨라꼬, 이기 뭔 소리고? 당편이 니가 언제 시집갔노? 시집갔으믄 니 서방은 누고?"

당편이도 그제서야 설명이 필요한 걸 느꼈는지 그녀답지 않은 조리로 말했다.

"실은 번호가 매일 저녁마다 우리 방에 온다. 첨에는 내 자는 데 엎어 눌리(눌려)…… 억지로 그랬는데, 인제는 고마…… 어예튼 함(한번) 그랬으이 우리 서방 아이라? 나는 번호한테 시집간 게고…… 하마 그게 여러 밤 됐다."

그래 놓고는 다시 괴롭고 슬픈 얼굴이 되어 하소연하듯 말했다.

"글치마는 인제는 더 못 견디겠다. 너무 아프다. 갈수록 더하다.

그래고 이 피…… 걸음도 잘 못 걷겠다. 시집 치았(치웠)뿔란다. 번호 내 서방 안할란다. 이걸 어예믄 좋노?"

하지만 그 부분에 대해서는 갈데없어 늙도록 남의 집 식모살이나 하는 그들에게 해결 방안이 있을 리가 없었다. 곧 그 일은 안주인에게 보고되고, 안주인은 또 남편인 사장을 불러들여 의논했다.

"에해이, 〈아일란드 연풍(戀風)〉이라 카디 우리 집에 아일란드 연풍이 불었네. 번호 글마(그놈) 그거 남자 구실 못한다 카디 말캉 헛말이었던 게쎄. 그거 참……."

아내로부터 일의 전말을 전해들은 사장은 옛날에 본 외국 영화 제목까지 들먹이며 그렇게 감탄해 놓고는 호탕하게 말했다.

"의논은 무신 놈의 의논. 둘이 덖었으믄(함께 섞어 볶거나 튀겼으면) 그래 살게 하믄 되제. 호래비도 일종의 총각 아이가? 당편이도 처자이(처녀이니) 처녀 총각 그래그래 짝 맞촤주는 게제 뭐."

"글치만 둘 다 성치 못한 거를…… 거다가 당편이가 너댓 살 많을 낀데……."

"그것들한테 그기 무신 상관고? 권해라도 짝을 맞촤 주는 긴데. 저끼리 하마 그래 됐으믄 잘된 기제. 여러 소리 말고 당신은 당편이 데리고 보건소나 함 갔다 온나. 그래 피탈이 났다 카이 공의(公醫)한테 비기는(보이기는) 해야 안 될라? 번호 쪽 일은 내가 어예 엮어보꾸마."

다행히도 당편이가 고통받았던 증상은 내과적인 질병이 아니

라 외과적인 손상에 지나지 않았다. 공의는 '국부파열(局部破裂)'
과 '질벽찰과(膣壁擦過)'를 그 고통과 출혈의 원인으로 진단하고
치료책으로는 자신이 내준 연고나 항생제보다 재발 방지를 권장
했다.

　하지만 사장은 사장대로 자신만의 흥에 겨워 그들 관계의 공인
(公認)을 서둘렀다. 그 바람에 그 일이 알려지고 열흘도 안 돼 도가
마당에서 무어라 이름 붙이기 힘든 작은 잔치가 있었다.

　"아무리 작수성례(酌水成禮)도 있다 카지마는 인륜대사를 그
래 허무하게 방쳐뿔(때워 버릴) 수가 있겠나? 우리사 있는 게 술이
이 화산이 돼지 잡거든 몇 근 끊어놓고 집안 식구끼리라도 잔치
를 하지 뭐."

　사장이 그렇게 말한 걸로 보아서는 틀림없이 혼례에 해당했으
나 잔치는 아무래도 그 이름을 붙이기가 민망스러울 지경이었다.
호탕한 말과는 달리 사장이 내놓은 막걸리란 게 겨우 두 말이고
돼지고기는 몇 안 되는 집안 일꾼들조차 두 번 집을 게 없을 만큼
적었다. 거기다가 마당에서 떠들썩하게 술잔을 나누고 있는 그들
속에 끼여앉은 장군은 끝내 그 술자리의 의미를 이해하지 못하는
눈치였고, 그 순간에도 당편이는 평소에 입던 그대로 부엌에서 설
거지를 거들고 있었다.

　그게 혼례식에 해당된다는 느낌을 준 것은 부엌에서 함께 일하
는 두 식모의 정표(情表) 정도였다. 부조를 대신해 한지붕 밑에서

한솥밥 먹으며 사는 정을 작은 물건으로 드러낸 모양인데, 그중에
서도 나이 젊은 쪽의 것이 유별났다. 그때 사람들이 흔히 고리도
구리무라고 발음하던 콜드 크림이 바로 그랬다. 그녀는 그걸 당편
이에게 쥐어주면서 귀띔처럼 슬며시 말했다.

"이거 손이나 얼굴에 바르는 거지마는 잘 때도 함(한번) 써봐라.
미끌미끌하이께는 덜 아플동 아나?"

그런 두 사람의 결합이 장터거리를 떠들썩하게 만들었음은 새
삼 말할 것도 없다. 잊혀져 가던 그들은 실로 오랜만에 뜨거운 주
목의 대상이 되었고, 그날의 잔치 뒤로 고향에는 새로운 유행어
가 셋이나 생겼다. 모든 연애 사건은 〈아일란드 연풍〉이 되었으며,
젊은 것들은 연애중인 친구에게 이렇게 킬킬거리며 물어 그 진전
을 가늠했다.

"니 일마, '국부파열', '질벽찰과' 했나 못했나?"

또 연애가 무르익어 가는 친구에게는 이런 식으로 혼인날을 물
었다.

"너어 각시한테 언제 '고리도 구리무' 선물하믄 되노?"

시절은 이미 흑백 텔레비전이 큰 도시를 중심으로 선을 보이
고 있었고, 라디오는 고향 같은 산골에도 집집마다 있을 만큼 흔
하던 60년대 말이었다. 그런 대중매체들 덕분에 웃음거리나 화제
를 구차하게 스스로 생산할 필요는 없어졌는데도 장터거리는 집
요하다 할 만큼 비상한 관심으로 당편이와 황 장군을 관찰했다.

그 바람에 그들이 짝을 지어 펼쳐보이는 새로운 삶의 희비극은 텔레비전의 현장 중계 방송 못지않게 소상하고도 신속하게 고향 전체에 전해졌다.

성(性)을 달리하는 두 사람의 접촉과 동거는 공인되었지만 실제 그들의 일상은 크게 달라진 것이 없었다. 당편이도 장군도 그전 모습 그대로 하던 일을 계속했고, 겉으로 드러나는 둘의 관계도 여느 신혼 부부에게 거는 변화의 기대와는 멀었다. 밤이 되면 장군이 도가에 기식하는 일꾼들의 합숙소로 쓰이는 서기방에서 자지 않고 발효실에 붙은 당편이의 골방으로 간다는 것과 낮에 집안에서 마주치면 전과 달리 서로간 잠깐씩 일손을 멈추고 멀뚱히 건너다보는 경우가 생겼다는 게 변화의 전부였다.

골방 안에서의 둘 사이에 이루어지는 일도 집요한 관찰을 당했지만 신통한 얘깃거리는 나오지 않았다. 고리도 구리무(크린싱 크림) 덕분인지, 아니면 그런 일에 원래 오게 마련인 적응 때문인지 처음 얼마간은 이따금 새어나오던 당편이의 죽는 소리도 곧 잦아들고, 들리는 것은 별로 자극적이지도 못한 장군의 황소 콧김 같은 숨소리뿐이었다. 그나마도 초저녁에 한두 번 그런 소리가 들린 뒤에는 두 사람의 코고는 소리만 요란하게 어우러지니 곧 엿듣는 재미도 시들해졌다.

그런데 알 수 없는 일은 ‘당편이와 번호 헛방 친 얘기’가 그 무렵에 만들어진 점이었다. 고향뿐만 아니라 멀리 서울까지 전해진 그 얘기의 내용은 이렇다.

어느 날 당편이와 장군이 안동으로 나갔다가 돌아오는 길에 날이 저물어 가랫재[嶺] 아래 주막에 들게 되었다. 그 주막에서 길손을 받을 수 있는 방은 온돌이 이어진 두 칸 장방(長房)을 미닫이로 가로질러 만든 작은 방 둘 뿐이었다. 그 둘 중에 따뜻한 아랫목 방은 이미 들어 있는 손님 셋이 차지하고 있어 늦게 찾아든 당편이와 장군은 할 수 없이 남아 있는 윗방을 쓰게 되었다.

그날 밤 문제가 된 것은 먼저 든 손님들의 짐이었다. 한 사람은 한지(韓紙) 장수로 한지가 한 등짐이었고, 또 한 사람은 엿장수로 갱엿과 가래엿이 가득 든 목판이 둘이었다. 그리고 나머지 한 사람은 집에서 짠 참기름을 장에 내다 팔려고 하는 농부로서 나무마개를 막은 참기름 됫병이 셋이나 되었다. 가뜩이나 좁은 방에 그 짐들을 함께 두자니 다리를 제대로 뻗을 수가 없어 세 사람은 짐을 윗방에 두었다. 그랬는데 그 윗방에 당편이와 장군이 드니 거기 갖다 놓은 각자의 짐 때문에 셋 모두 마음이 쓰이지 않을 수 없었다. 아슴아슴 잠이 들면서도 귀는 온통 장지문 건너 윗방에 쏠려 있었다.

그렇게 밤이 깊어졌을 때였다. 잠든 것 같던 한지 장수가 벌떡 몸을 일으키며 당편이와 장군이 들어 있는 윗방에 대고 성마른 소리를 냈다.

"누가 남우 조선종우(한지) 보따리 건드노?"

그러자 무언가 부스럭대던 윗방이 이내 고요해져 한지 장수는 못 미더운 대로 다시 잠을 청했다. 하지만 오래잖아 윗방에서 또 이상한 기척이 났다. 이번에는 엿장수가 윗방을 향해 냅다 고함을 질렀다.

"누가 남우 엿 먹고 있노?"

그 고함에 쩝쩝, 주억주억, 엿 먹을 때 나는 소리 같은 것이 뚝 그치는가 싶은데 갑자기 잠들어 있던 농부가 미닫이문을 쾅 치며 외쳤다.

"언놈이 남우(남의) 참기름 병마개 뽑노?"

그 바람에 이래저래 낭패만 당하고 돌아온 당편이는 며칠 뒤 도가에 허드렛일 하러 오는 젊은 아낙에게 지긋한 표정으로 충고했다고 한다.

"너어 말이라, 객지에 나가 내외 같이 잘 때, 조선종우 장사하고 엿장사하고 참기름쟁이하고 같이 든 방 웃방 쓰지 마래이. 말캉 헛방 치게 된데이. 옷 벗을라 카믄 조선종우 장사가 머라(뭐라) 카고, 그래서 가망가망이(몰래몰래) 옷 벗고 멀 쪼매 할라 카믄 엿장사가 곰(고함) 지른데이. 어디 그 뿌이가? 얼릉 치았뿔라(그만두려) 카믄 이번에는 참기름쟁이가 문까지 뚜디리며 난리라."

하지만 이 이야기는 우리가 알고 있는 진실과는 달라도 많이 다르다. 당편이와 장군은 한번도 함께 십리 밖을 나다닌 적이 없고, 그들이 함께 먼길을 갔다 해도 그때는 이미 그런 주막이 남아 있지 않았다.

한지 장수와 엿장수와 참기름 팔러 가는 농부도 그렇다. 엿장수 정도는 모르지만 나머지는 있을 성싶은 사람들이 아니다. 그때는 어느 정도 대중교통이 발달하여 한지를 팔든 참기름을 팔든 등짐 지고 걷다가 날 저물어 주막에 들어야 하는 일은 결코 없었다.

거기다가 이 이야기의 허구성을 더욱 강하게 짐작케 하는 것은 성(性)을 대하는 당편이의 태도다. 주막 윗방에서나 나중에 허드렛일 하러 온 젊은 아낙에게 충고하는 태도로 보면 그녀가 제법 성의 쾌락적인 측면을 알고 있는 듯이 보인다. 그러나 우리가 알고 있기로 그녀는 끝내 성을 누려 보지 못했다. 그것을 증명하는 것이 도가 식모들 중 나이 적은 쪽이 직접 당편이에게 들었다며 퍼뜨린 얘기다.

당편이가 장군과 한 방을 쓰고 난 지 대여섯 달쯤 되는 어느 날이었다. 나이 적은 식모가 무명 다듬이질을 하려는데 나이 든 쪽이 어디 가고 없어 마침 마루 끝에 멍하니 앉아 있는 당편이를 불러들였다.

"니도 인제 나이가 그만하이 다듬이질 한번 배워봐라. 이거 가주고 내 하는 대로 하믄 된다."

그녀가 그러면서 다듬이 방망이를 내밀자 당편이가 흠칫하며 물러섰다. 놀라고 겁먹어 하면서도 어딘가 부끄러움의 기색이 담긴 그런 눈길과 함께였다. 식모가 영문을 몰라 물었다.

"당편이 니 왜 그래노? 다듬이 방맹이 첨 보나?"

"아이…… 그게 아이고오…… 그저 그저……."

"그게 아이라믄 뭐꼬? 왜 비실비실 피하노?"

그러자 당편이가 얼굴이 버얼겋게 되어 불쑥 내뱉듯 대답했다.

"그게 꼭 뭐같이 생겨서……."

눈치 빠른 식모가 얼른 그 말을 알아들었다. 과부의 호기심과 수다스러움이 단박에 어우러져 당편이로부터 다음 말을 이끌어 냈다.

"아이고, 참말로 대단한가베. 너 서방 물건이 이마이(이만큼) 크단 말가?"

"응, 똑 — 같지는…… 않지마는 — 어딘강……."

식모의 감탄을 칭찬의 일종으로 알아들은 당편이가 공연히 수 줍어하며 더듬더듬 대답했다. 식모가 호기를 놓치지 않고 파고들었다.

"당편이는 좋을따. 너어 신랑이 글케 헌헌(軒軒) 장부이(이니). 그래, 요새는 신랑하고 자는 게 재미있나?"

그 말에 당편이의 눈길이 실쭉해졌다.

"재미는 뭔 재미……."

"글타 카믄 안죽도(아직도) 아프고 무섭나?"

"글치는 않지마는…… 인제는 무겁고 답답해 싫다."

"그래문 뭣 때매 서방 하노? 무신 재미로 시집갔노?"

"그래도 그양(그냥) 옆에 누어 있으믄 뜨시하고 든든하다. 꼭 태산이 가라(가려)주는 거 같은 게…… 겁나는 것도 없고오……"

그러다가 갑자기 걱정스러운 듯 물었다고 한다.

"그런데 말이라, 너어는 자꼬 좋다, 좋다, 카는데…… 나는 그게 무신 말인지 모리겠다. 맨날 똑같은 짓이고 지저분코…… 그런데 그게 뭐가 좋고, 뭐가 재미있노?"

일생 진의(眞意) 아닌 의사표시 — 거짓말 — 를 해본 적이 없는 당편이고 보면 아마도 그게 그녀가 누리고 있는 성의 진실이었을 것이다. 그리고 그 진실은 적어도 장군이 죽어 헤어질 때까지 유지되었다는 게 나이 적은 식모의 거듭된 증언이다.

따라서 '당편이와 번호 헛방 친 얘기'는 아무래도 그때 고향의 어떤 얘기꾼이 지어냈거나 전해 내려오는 골계(滑稽)를 당편이와 장군에게 덮어씌운 혐의가 짙다. 기대해도 얘깃거리가 나오지 않자 그게 엉뚱한 앙심이 되어 그런 억지스런 음담(淫談)을 지어냈을는지도 모르는 일이었다.

정서적 교류의 흔적은 거의 없고, 성(性)도 함께 향유하지는 못했으며, 끝내는 그의 자식도 갖지 못했지만, 그렇다고 당편이가 장군에게 정마저 느끼지 못했던 것 같지는 않다. 장군과 한 방을 쓰기 시작한 지 일 년 남짓 지난 어느 이른 여름날 오후의 일이 그런 그녀의 정을 잘 드러내준다.

그날 장터거리에서 삼십 리쯤 떨어진 어느 골짜기 마을로 술 배달을 간 장군은 점심 때가 되어도 돌아올 줄 몰랐다. 집안에 있는 일꾼들끼리 점심상을 받고 나가고 설거지가 끝나도록 장군이 돌아오지 않자 벌써 당편이의 얼굴에 걱정하는 기색이 뚜렷이 떠올랐다. 그러다가 날마저 궂어 한 차례 소나기라도 퍼부을 듯 검은 구름 낀 하늘이 우르릉거리자 그녀는 부엌에 더 있지 못하고 아예 도가 입구께로 나가 장군을 기다렸다.

그렇게 다시 한식경이나 기다렸을까, 갑자기 당편이가 기우뚱, 철퍼덕, 하면서 도가 마당을 가로질러 부엌으로 달려와 소리쳤다.

"온다, 온다! 온다 카이!"

"오기는 뭐가 오노? 비가 오나?"

고운 시멘트로 바른 부뚜막에 걸레질을 하고 있던 늙은 식모가 퉁명스레 받았다. 당편이가 어림도 없다는 듯 고개를 흔들며 말했다.

"아이(아니)."

"그럼 누가 오노? 사장님 오시드나?"

"아이."

그때쯤 어쩌면 그 늙은 식모는 오는 사람이 누군 줄 짐작했을 것이다. 하지만 당편이가 설쳐대는 데 공연히 심사가 나 굳이 모르는 척 물었다.

"그럼 박 서기 오드나?"

193

“아이라 카이.”

“김씨가?”

“아이라 카이.”

그런 당편이의 목소리에는 짜증마저 섞여 있었다. 그래도 늙은 식모는 면장에 우체부까지 들먹이고서야 물었다.

“그래문 너어 서방 오나?”

그러자 당편이가 언제 짜증을 냈냐는 듯 활짝 펴진 얼굴로 고개를 끄덕였다.

“히히, 히이잇. 그래.”

“밥상 채리조라(차려줘라).”

“곰국 뜨고?”

그런데 그 곰국은 도가 안주인이 남편의 부실한 원기를 돋워주기 위해 소 한 마리 분의 꼬리와 발을 가마솥에 넣고 아침부터 끓여온 것이었다. 자신뿐만 아니라 자식들에게도 덜어주지 않고 남편만 먹일 요량으로 솥 주위를 맴돌고 있다가 그 말을 듣고 실소와 함께 말했다.

“헤이구, 여기 반피(반편이) 춘향이 났구나. 글케 좋은 서방 오는데, 왜 겨우 곰국이로? 차라리 따로 닭을 잡지 왜, 닭을.”

나중에 그 일은 와전되어 정말로 당편이가 처음부터 닭을 잡자고 한 것처럼 되었다. 그래서 한때 고향 여인네들은 남편이 밖에서 돌아와 밥상을 차려달라고 하면 자신도 모르게 빙글거리며 받았다.

"닭 잡고?"

그게 썩 재미있는 우스갯거리는 못 될지 모르지만 적어도 장군을 향한 당편이의 정을 드러내기에는 넉넉할 듯싶다.

그런 당편이에 비해 장군은 비정하게 보일 만치 만남에서도 헤어짐에서도 그녀에게 무심했다. 그가 당편이와 예사 아닌 사이임을 보여주는 것은 날이 저물고 두 번째의 막걸리 되를 비운 다음부터 다음 날 새벽까지 그녀의 골방에서 함께 잔다는 정도였다. 어쩌다가 밖에서 마주쳐도 기껏해야 잠깐 멀거니 쳐다보는 정도의 알은체 뿐, 말 한마디 건네는 법이 없었다. 이따금 꼭 필요할 때 외마디로 의사소통을 하기는 했지만 그것도 실용(實用)에 국한되어, 정서를 담은 말은 한번도 주고받은 적이 없으리라는 게 지금까지도 그들을 아는 사람들의 믿음이다.

그러다가 한 배우자로서 장군의 비정함을 결정적으로 드러내는 일이 생겼다. 둘이 한 방을 쓴 지 삼 년을 채우지 못하고 장군이 원래 자던 서기방으로 잠자리를 옮겨 버린 일이었다. 그리고 다시 일 년도 안 돼 장군은 죽음으로써 영원히 당편이를 떠났다.

황 장군이 죽은 것은 요란한 70년대도 중반으로 접어들던 어느 해 겨울이었다. 그날, 몇십 년 만의 폭설이라고 라디오가 호들갑을 떨던 정월 어느 날 아침, 장군은 몸의 일부처럼 끌고 다니던 그의 수레와 함께 장터거리 맞은편 산꼭대기의 두텁게 쌓인 눈 속에서 꽁꽁 얼어붙은 시체로 발견되었다. 경사가 꽤나 가파른 데다 차도(車道)는커녕 나무꾼들조차 길섶의 잡목들 때문에 오르내리기 어려운 꼬부랑길밖에 없는 산이고, 제법 한식경은 걸어야 오를 수 있는 꼭대기였다.

비록 빈 수레였다고는 하지만 원래는 소나 말이 끌게 되어 있는 그 무거운 수레를 장군이 어떻게 그곳까지 끌고 올라갈 수 있었는지는 아무도 알 수가 없었다. 거기다가 더욱 알 수 없는 것은 눈 내리는 밤에 그 수레를 끌고 거기까지 올라간 이유였다. 무엇이 그를 끌고 갔으며 거기서 아무런 저항 없이 죽음을 맞게 했는가…….

어떤 사람들은 장군이 도깨비에 홀려 간 것이라고 했고, 좀 유식한 사람은 그걸 알코올 중독성 섬망증(譫妄症)으로 풀이해 좀 더 합리적으로 설명해 보려고도 했다. 하지만 그 견해는 곧 부인되었다. 수레 위에 네 활개를 뻗고 누워 눈을 무슨 솜이불인 양 덮고 죽어 있는 그 모습에서 어떤 초자연적 유인이나 중독성 증상에 의한 판단 착오의 흔적은 남아 있지 않았다.

그다음으로 추정된 것은 자살이었다. 타살의 혐의가 가는 구석이 전혀 남아 있지 않아 절로 그렇게 되었지만 일단 그런 추정이 되고 곰곰이 따져보니 그 무렵 장군에게도 상심할 일이 전혀 없지는 않았다. 그것은 변화한 술도가의 경영 여건 때문에 그의 가치와 기능이 나날이 손상되어 간다는 점이었다.

원래 술도가는 엄격한 구역제였다. 설령 활동적인 도가가 있어도 배달 때문에 턱없이 넓은 구역을 맡아봐야 소용이 없었다. 골짜기마다 한두 말씩 사람이 져서 나르거나 우마차로 실어 날라서는 제때에 댈 수 있는 지역과 양에 한계가 있기 때문이었다. 그런데 산업화의 진행과 함께 차량이 흔해지고 농업 기계화로 경운기가 널리 보급되면서 양상은 달라졌다. 전보다 넓은 구역을 관리할 수 있게 되고 보니 구역제가 허물어지고 가까운 술도가끼리 경쟁이 시작되었다.

경쟁이 시작되면 중요해지는 것은 영업, 특히 판촉 활동이 된다. 하지만 시골 술도가란 게 따로이 영업사원을 둘 만한 규모는 못 돼 그 부분은 배달 쪽이 겸하지 않을 수 없었다. 고향 술도가도 마찬가지였다. 배달원이 영업을 겸해 주어야 하는데, 장군에겐 그걸 기대하기 어려웠다. 현실에서 한발 비껴선 그의 의식은 새로운 판로의 개척은커녕 수금이나 그가 배달나갔다 받게 되는 주문의 전달조차 제대로 해내지 못했다.

거기다가 그 무렵부터 호인으로 알려진 도가 사장에게조차 슬슬 고개를 들기 시작한 합리니 효율이니 하는 개념은 장군에게 들어가는 인건비도 냉정히 계산하게 만들었다. 두 사람 몫을 먹고 입을 뿐만 아니라 하루 한 말씩 마셔대는 막걸리도 소매 값으로 환산하면 다른 일꾼 두 사람 몫의 임금이었다. 단순히 배달만 하면 되던 시절이면 역시 두 사람 몫은 하는 그의 힘만으로 그 값을 했지만 이제 사정이 달라졌다. 경운기나 엔진 달린 짐실이 자전거 한 대 사고 똘똘한 일꾼을 붙이면, 같은 인건비로 그보다 더 효율적인 술 배달을 할 수 있을 뿐만 아니라 판촉 활동까지 맡길 수 있었다.

그렇게 되니 알게 모르게 사장의 구박이 시작되었다. 그전 같으면 너털웃음으로 넘길 장군의 실수를 낯성을 내어 나무라게 되었고, 심할 때는 내쫓아 버리겠다는 으름장까지 놓았다. 지금까지는 무심히 보던 장군의 술에도 짜증을 냈다.

"저게 술 못 먹어 죽은 영신(귀신)을 덮어썼나? 그저 아무 때나 시도 때도 없이……."

그 모든 게 결국 자신의 유일한 자산인 육체적인 힘이 술도가에서마저 빛바래져 가고 있다는 뜻이니 장군이 상심할 만도 했다.

하지만 그 때문에 장군이 자살했으리라는 추정은 곧 강력한 반론에 부딪혔다. 그것은 무엇보다도 죽기 전날까지 자살하는 사람에게 흔히 보이는 어떤 조짐도 없었다는 데 있다. 당편이야 이미 그 일 년 전부터 딴방을 써서 그렇다 쳐도, 한 상에서 밥을 먹고 한 방에서 잠을 자는 일꾼들조차 그에게서 아무런 이상을 느끼지 못했다. 그는 전날 밤 열시쯤 되어 마지막 막걸리 되를 비우고 조용히 서기방으로 들어와 이내 코를 곯았다고 한다.

그의 주검에 어떤 주저나 회피의 흔적이 없는 것도 반론의 유력한 근거가 되었다. 자살자들은 대개 죽음의 결의를 한 뒤에도 결행에서 주저흔(躊躇痕)을 남기게 마련이며, 또 결행 뒤의 어떤 순간에 빠져들었던 후회나 회피의 감정이 자세나 표정으로 굳어져 남기도 한다. 그런데 장군의 주검에서는 그 어느 것도 찾아볼 수 없었다. 눈이 덮이고 얼어 있을 뿐, 한여름 평상 위에서 시원하게 낮잠을 자고 있는 듯한 자세요 표정이었다.

결국 장군의 죽음은 애매한 변사(變死)로 처리되었고, 인근 공동묘지에 매장되는 걸로 그의 생애는 일단락지어졌다. 그런데 근년 들어 고향 출신의 문사(文士) 하나가 장군의 일을 소설로 쓰고 그의 죽음에 독특한 해석을 붙였다. 그에 따르면, 계엄사령관 이후 장군이 겪은 삶의 유전(流轉)은 그대로 한 범상치 않은 영혼에게 시대가 가한 모독이었으며, 그 죽음은 거기에 맞선 그의 마지막 싸움이었다는 것이다.

그게 어줍잖은 문사의 감상일지도 모르지만, 적어도 한 가지는 확실하다. 만약 장군의 철저하게 웅크린 삶에 자신과 맞지 않은 세월에 대한 저항의 뜻이 숨어 있었고, 그의 완강한 침묵이 그런 세월에 오히려 번성하는 사람들과 싸우는 무기였다면, 그는 분명 그 죽음으로 마지막 승리를 얻어냈다. 그는 누구도 알 수 없는 이유, 누구도 흉내 낼 수 없는 방법으로 죽음으로써 이러나저러나 빤한 이유와 이미 수없이 되풀이된 식상한 방식으로 죽어갈 수밖에 없는 그의 적들을 여지없이 패배시킬 수 있었다.

그런 장군에게 당편이는 무엇이었을까. 그 문사의 해석을 빌린 다면, 우연한 계기로 잠들어 있던 그의 욕망이 폭발해 스스로 뛰어들긴 했지만 그녀와의 어울림 또한 시대가 가한 모독의 하나였다. 시대가 그의 편이었다면 아무리 미친 욕망이 그를 휘몰아냈다 해도 결코 당편이같은 여자와 어울리지는 않았을 것이기 때문이다. 그리하여 어떤 계기로 문득 그걸 깨닫자 서둘러 그 모독에서 벗어난 것인지도 모른다. 장군이 아무런 까닭 없이 당편이의 골방에서 서기방으로 되돌아간 것도 그렇게 보면 어느 정도 설명이 된다.

하지만 그런 해석은 우리 당편이에게도 모독이 된다. 돌이켜 보면, 그녀의 영혼 또한 얼마나 범상치 않은 이력을 축적해 왔는가. 자, 그렇다면 장군도 상하지 않고 당편이도 상하지 않게 절충을 하자. 그들의 만남은 별난 선택을 받은 두 영혼과 육체를 잠시나마 결합시키려 한 어떤 초월적 의지의 실현이었으며, 그들이 나눈 것도 성한 사람들의 그 말많고 요란스런 사랑은 아니지만 적어도 불우한 동류에게 느끼는 연민은 뛰어넘는 어떤 끈끈한 감정이었다고. 그래야만 장군을 보내는 당편이의 슬픔이 제자리를 찾을 수 있다.

"보자, 참말로 죽기는 죽었나."

장군의 얼어붙은 시체가 도가로 떠메어져 왔을 때, 당편이가 표정 없이 한 말은 그랬다. 그리고 정말로 확인이라도 하듯 숨결도 맡아보고 가슴에 귀도 대어보고 했다. 그러다가 사람들이 염을 하기 위해 옷을 갈아입히려고 장군을 벌거벗기자 갑자기 손바닥으로 장군의 아랫도리를 가리며 남의 일처럼 말했다.

"에이구우, 참말로 죽기는 죽었구나. 살아 펄펄할 때는 팔뚝 같던 게, 인제 이게 뭐로? 똑 알라들 손가락만 하다."

하지만 그래도 죽음이 실감나지 않는지 갑자기 장군의 넓은 가슴팍을 손으로 쿵쿵 소리나게 치며 외쳤다.

"일나(일어나)봐라, 이 등신아. 그때는 글케 미친개같이 나대디(설쳐대더니)…… 어예다가……."

당편이가 장군의 죽음을 실감한 것은 아마도 입관이 끝난 뒤인 것 같다. 관 두껑이 닫히는 걸 보고 풀썩 주저앉듯 실신했다 깨어난 그녀는 그로부터 사흘 동안 물 한 모금 넘기지 않고 검고 깊은 눈가가 짓무르도록 울기만 했다.

희미한 옛사랑의
그림자

당편이가 일생 처음으로 만났던 이성의 짝을 잃은 슬픔을 어떻게 이겨냈는지는 알 수가 없다. 그저 살아남은 자는 살아가게 마련이라는 평범한 진리만으로 설명을 갈음하고 넘어가자. 어찌 됐든 장군의 장례가 끝난 뒤로도 몇 달이나 침묵과 부동(不動)으로 슬픔을 드러내던 그녀는 어느 날 홀연히 꿈에서 깨어나듯 그 슬픔을 털고 일어났다. 그리고 이전처럼 술도가 한 모퉁이의 변화 없는 풍경으로 돌아가 누구도 쉽게 그 의미를 알 수 없는 삶을 이어갔다.

　우리, 일문(一門)의 또래들이 당편이의 전설에 한 주역으로 개입하게 된 것은 바로 그 무렵이었다. 70년대 중반 우리 사회는 이미 기능화 전문화로 재편성되고 있었지만 고향 같은 산골에는 아직도 미분화된 전통사회의 흔적이 남아 산업사회에서 제자리를 찾지 못한 인력이 거리를 빈들거릴 구석이 있었다. 당편이 쪽에서 보면 아직 그녀의 날이 온전히 다하지는 않은 셈인데, 어쩌면 우리는 그 마지막 햇살이었을 것이다.

애매하게 고등학교 정도를 마쳐 도시로 나가 사무원이나 기능공이 되기도 마땅치 않고 농사로 돌아갈 수도 없는 숙항(叔行)이 있는가 하면, 대학까지는 들어갔지만 전공에 적응하지 못해 중도에 그만두고 고향으로 돌아온 동항(同行)이 있었으며, 어렵게 대학을 마쳤으나 마땅한 일자리를 구하지 못해 잠시 고향에서 쉬고 있는 질항(姪行)이 있었다. 군 복무를 앞뒤로 해 생기게 마련인 공백도 집안 또래들을 한동안 일없이 고향에 머물게 했다. 거기다가 또 다른 이런저런 이유로 도회지에 편입되지도 못하고 농촌에 뿌리내리지도 못한 또래들이 합쳐 대여섯이 한 일 년 고향 거리를 빈들거리게 되는 수가 있는데, 그 한 또래가 여기서 말하는 우리였다.

그때 우리가 주로 모이던 곳이 도가 안채 사랑방이었다. 그 방은 원래 구계(龜溪) 어른이라고 불리던 윗대 어른 내외가 쓰던 방이었으나 여러 해 전 구계 어른이 세상을 뜬 뒤로 퇴계(退溪) 십삼세손(孫)을 자랑하는 구계 할머니 혼자서 쓰고 있었다. 방이 넓고 깨끗할 뿐만 아니라 바깥어른이 없어 마음 편한 데다, 또 그 할머니는 유별나게 젊은 우리가 거기 모여 노는 것을 보기 좋아했다. 더군다나 고향에서 가장 싼값으로 술만 사면 안주는 김치건 콩

나물 무침이건 할머니가 (되는 대로) 갖춰주었고, 어떤 때는 술까지 공짜로 얻어 마실 수 있으니 우리 같은 날건달들에게는 실로 안성맞춤인 방이었다.

우리는 거기서 먼발치에서만 보아왔던 당편이를 지척에서 만나게 되었다. 그녀는 구계 할머니가 우리에게 선심을 써 부엌에서 안주거리를 내오게 할 때나 방을 치우기 위해 하루에도 몇 번씩 그 방을 들락거렸다. 그리고 무엇에 끌렸는지 바쁘게 돌아가야 할 일이 없으면 한참씩이나 머물러 우리의 술추렴이나 잡담을 구경하다 갔다.

그때만 해도 당편이가 반생에 걸쳐 쌓아올린 어두운 웃음의 전설은 아직 우리에게 생생하게 살아 있었다. 우리는 바로 그 전설의 여왕이 우리 곁에 나타났다는 사실에 사심없이 감격했다. 그리하여 무너져 내리는 그 왕국의 마지막 기사(騎士) 역할을 기꺼이 맡고, 이미 별로 소비자가 없어진 어두운 웃음의 전설을 몇 보태게 된다.

우리의 첫 번째 생산은 당편이를 향한 열렬한 구애에서 시작됐다. 우리는 그녀가 나타나자마자 다투어 그녀의 사랑을 구했다. 우리가 기껏 스물대여섯인 데 비해 그녀의 나이는 마흔을 넘기고 있었지만 여왕에게는 나이가 없는 법이다.

"당편아, 내하고 연애 한번 하자."

"사랑합니다. 당편 씨. 당편 씨 없는 세상은 오아시스 없는 사막이요, 고무줄 끊어진 빤스요, 앙꼬 없는 찐빵이외다."

"당편아 내 참말로 숫총각이데이. 그런데 니는 과부 아이가? 과부가 총각하고 연애하는 거 쉽지 않으이 니하고 내하고 어예 해보자."

"당편 씨, 비오는 달밤에 나무 없는 그늘에서 데이트나 한 번……."

"당편 씨요, 절마들 저거 말은 찰찰(철철) 해 싸도 말캉 황(허풍, 헛소리)이씨더. 그래지 말고 내하고 저 아래 청요릿집에 우동 먹으러 가시더."

우리는 나름대로 최선의 구애사(求愛辭)를 골라 사랑을 호소하였지만 우리의 여왕은 근엄하기만 하였다.

"씰데없는 소리……."

"촤라(치워라), 고마."

"먼 소리 하노? 택도 없이."

그래도 우리는 집요하게 사랑을 호소했고 여왕의 대답은 비정하기만 했다. 하지만 그런 기사들이 내심 싫지는 않은지 우리가 좀 심하게 매달려도 화를 내는 법은 없었다. 그 바람에 우리의 가망 없는 구애는 계속됐고, 구계 할머니는 그러는 우리와 당편이를 보며 배를 잡고 웃어댔다.

하지만 듣기 좋은 꽃노래도 한두 번이라고, 그것도 자꾸 반복되다 보니 시들해 갈 무렵 한 녀석이 문득 구애의 방식을 바꾸었다. 뒷날 시청 과장이라도 하려고 그랬던지 그때도 머리 하나는 빠르게 돌아가던 동향 하나가 어느 날 막 안채 사랑방으로 드는 당편이에게 능청스러운 미소와 함께 말했다.

"당편아 어제 저녁에 참 좋았제?"

"멀?"

"니하고 내하고 엊저녁에 앞들 보리밭에서 안 잤나?"

그 말에 우리의 여왕도 드디어 성을 냈다. 벌겋게 상기된 얼굴로 버럭 소리를 질렀다.

"내가 언제?"

"헤이, 참 왜 그래노? 바로 어젯밤 일을 하마 이자뿌랬나? 니캉 내캉 손 꼬옥 잡고 논뚜렁길 지나……."

"이기 미쳤나?"

"니 입으로 안캤나? 신랑 죽고 남자 맛보기 처음이라꼬."

"하이고오, 내가 언제……."

우리의 여왕은 성난 나머지 숨까지 헐떡였다. 그래도 녀석은 눈도 깜짝 않고 더욱 허파 뒤집는 소리를 했다.

"맞다. 내가 잘못했다. 그거는 우리 둘만 아는 일인데, 여럿 앞에서 떠들어 미안하데이. 글치만 하마 터져뿐 일을 어예겠노? 쌀은 익어 밥이 됐뿌랬으이 인제는 잡아띠도(떼어도) 소용없데이."

그렇게 되자 당편이의 언어 능력으로는 도무지 대처할 방도가 없었던지 그대로 핑 돌아서더니 기우뚱 철퍼덕 하며 부엌으로 돌아가 버렸다. 그리고 그날 오후 내내 씩씩대며 중얼거리더라고 한다.

"미친눔이…… 벨 소리를…… 내가 언제 지하고…… 참, 기가 막해……."

하지만 그 뒤로도 녀석은 그 허무맹랑한 말을 무슨 큰 기득권처럼 휘둘렀다.

"당편아, 니 아직도 쓸 만하데. 나도 연애깨나 해 봤지만 니만 한 여자 없드라."

"그날 밤 그 보리밭만 생각하믄 나는 아직도 가슴이 떨린다 카이."

"황 장군 그 사람 그거 복도 없제. 어예 니 같은 미인을 놔뚜고 그래 갔뿌랬노?"

"보래이, 우리 언제 다시 만내자. 꼭 한번만 더 다고. 있는 거 다 알고 달라 카는데 안 주믄 그것도 옳은 인심 아이(아니)데이."

그때마다 당편이는 펄펄 뛰며 성을 냈다. 그리고 진땀까지 번들거리며 그런 일이 없었음을 밝히려고 안간힘을 다 썼다. 우리는 그게 재미있어 뻔히 내막을 알면서도 그녀의 말을 안 믿는 척하고, 그러면 더욱 열이 난 그녀는 손짓 발짓에 침발까지 튀겨가며 비명같이 소리 질렀다.

"에이고…… 내, 내 속이 버, 버선목 같으믄…… 훌훌 뒤배(뒤집어) 빌(보일)따마는……."

그러던 어느 날이었다. 그날도 한바탕 당편이와 그 실랑이를 벌인 동항 녀석이 이제 때가 무르익었다 싶었던지 갑자기 눈을 지그시 내려 감으며 무거운 어조로 말했다.

"내 이래는 안할라 캤디, 당편이가 하도 저꾸(저렇게) 나사이(나대니) 바로 말 안할 수가 없구마는. 실은 말이라. 당편이하고 내하고 앞들 보리밭에서 한 번만 잔게 아이라. 솔밑 갱변(강변)에서도 잤고, 뒷재 풀밭에서도 잤고, 거랑(개울) 건너 모래밭에서도 잤고, 또 마뜰 빈 원두막에서도 잤고……."

그때였다. 참다 참다 못 한 당편이가 들고 있던 플라스틱 쟁반을 방바닥에 팽개치며 거품을 물었다.

"하이고, 하이고, 저기 생사람 잡는데이. 어, 언제 니캉 내캉 그, 글케 마이 잤노? 앞들 보리밭에서 꼭 한 번 잔 거를……."

그 무렵에 만들어져 당편이의 어두운 웃음의 전설에 추가된 두 번째 이야기는 엄밀히 말하면 우리들의 생산이 아니다. 그 이야기를 처음 머릿속에서 꾸미고 마침내는 현실로 이끌어낸 사람은 따로 있다. 그러나 우리들도 단순한 관객을 넘어 그에게 추동력을 주고 조연까지 마다하지 않았으므로 여기서 함께 얘기하는 것이 좋겠다.

그때 우리가 도가 안채 사랑방을 드나들 때 일종의 객원으로 자주 우리와 자리를 함께한 집안 아저씨가 있었다. 무실[水谷]이란 곳으로 장가를 들어 무실 아재라 불리우는 사람인데, 우리보다는 십 년 이상 연상이고 항렬도 높았다. 따라서 우리와 쉽게 어울릴 수 있는 사람이 아니었으나, 우연히 우리 자리에 끼여들어 객원을 자처하더니 나중에는 좌장(座長)격이 되어 흉허물없이 지냈다. 하지만 어떻게 보면 그는 처음부터 우리와 함께할 수 있는 사람이었는지도 모르겠다.

무실 아재가 가까운 도시의 농업고등학교를 졸업하고 고향으로 돌아온 것은 그로부터 이십 년 전이었다. 그리고 그 뒤로는 한번도 고향을 떠나지 않고 무슨 사명감에 찬 파수꾼처럼 장터거리와 언덕 위 문중마을을 오가며 지켰다. 농고를 나왔지만 농사꾼으로 돌아가지도 못하고 도시로 나가 번듯한 자리에 취직할 만한 능력도 없어 빈들거리다가 맡게 된 일이었다. 그래도 다행스러운 게 있다면 물려받은 정미소에 논밭이 좀 많고 늙어갈수록 억척스러운 농군이 되어가는 아버지를 둔 덕분에 먹고사는 걱정은 하지 않아도 된다는 정도일까.

이 팔자 좋은 양반이 어느 날 우리에게 불쑥 말했다.

"너어 궁금하지 않나?"

"뭘요?"

"당편이 그 물건 말이다. 황 장군하고 산 거를 보면 달고 있기는 한 모양이다마는 그게 온전할라? 나는 암만 캐도 그게 삐딱하거나 가로지기거나 할 것 같다꼬……"

그때는 있지도 않은 보리밭 정사(情事)도 하도 여러 번 울궈먹어 더는 웃음을 자아내지 못할 때였다. 무언가 새로운 웃음거리가 필요한 때였지만, 그가 드러낸 궁금증이 바로 여자의 가장 은밀한 부분에 관한 것이고, 너무 직접적이라 아직 이십대인 우리에게는 웃음의 재료로 적합해 보이지 않았다. 그 바람에 이야기의 맥이 끊어져 그날은 그 이상 진전 없이 넘어갔다.

그런데 그 며칠 뒤였다. 비가 추적거리는 여름날인데, 낮부터 모여 실없는 잡담으로 떠들고 있는데 당편이가 시퍼렇게 질린 얼굴로 문을 열고 뛰어들었다. 놀란 우리가 물었다.

"당편아, 왜 그래노? 무신 일이고?"

그러나 당편이는 대답도 없이 방구석으로 숨어 부들부들 떨기만 했다. 우리는 사나운 개라도 쫓아왔는가 싶어 방문을 열어보았다. 마당에는 가늘게 내리는 빗줄기뿐 아무것도 없었다. 다만 대문께에 지서 김 순경이 붙어서서 마침 들어오던 무실 아재에게 무언가를 묻고 있는 게 보일 뿐이었다.

우리는 그때까지도 당편이가 무엇이 두려워 떨고 있는지 몰랐다. 조금은 어리둥절해 당편이만 쳐다보고 있는데, 오래잖아 뒤따라온 무실 아재가 당편이에게 말했다.

"당편아, 인제 괜찮다. 순사 갔다."

그러자 당편이가 슬그머니 몸을 일으켜 밖을 내다보더니 비로소 두려움이 가신 얼굴로 방을 나갔다. 그제서야 우리도 그 공포의 원인을 알았다. 6·25 때 겪었다는 여맹(女盟) 선전선동부장 소동을 떠올리며 모두들 쓰게 웃었다.

"참말로 그때 당해도 오지게 당한 모양이제. 그게 하마 언제 일인데, 아직도 순사 보고 저래 부들부들 떠노?"

"사람을 개잡듯 한 모양이라. 저거는 기억이 아니고 본능이라 카이."

우리가 그렇게 주고받자 구계 할머니도 혀를 차며 거들었다.

"아무리 눈이 뒤집혔다 캐도 그때 경찰 글마(그놈아)들이 우리 당편이한테 참말로 몹쓸 짓 한 게라……"

그런데 그때 무실 아재가 비실비실 웃으며 구계 할머니에게 말했다.

"구계 아지매요, 아지매는 당편이 아랫도리 봤니껴?"

구계 할머니가 무슨 소리냐는 듯 무실 아재를 바라보며 받았다.

"내가 그걸 어예 보노? 저게 저래도 얼매나 그 행신은 조신하다꼬. 같은 여자라도 속살은 절대로 안 내빈다(보인다)."

"그럼 한번 볼라이껴?"

"택도 없는 소리 마라. 저 황소 고집에 무신 수로?"

"좋니더. 구계 아지매. 내하고 내기하시더. 내가 당편이 아랫도리 열어비게 할 테이께는 술 한 말 낼라이껴?"

"한 말 아이라, 열 말이라도 내꾸마. 글치만 니가 무신 재주로."

그때쯤 해서 우리도 분분히 끼여들었다.

"무실 아재가 그래 하믄 안주는 우리가 냄씨더(내지요). 우리 하나이 한 근씩 고기 닷 근 내제요."

그때 무실 아재가 고향 사람들에게 듣는 악평 중에는 '자발없다'는 게 있었다. "자발없는 귀신은 무랍도 못 얻어먹는다"는 속담의 그 자발인데, 이제 와서 돌아보면 그런 종류의 재치는 있지만 야박한 데가 있는 잔머리를 폄하해 한 말이 아닌가 싶다. 그러나 그때는 우리도 무슨 짓을 하는지 모르면서 그의 자발없음에 기꺼이 동참했다.

"좋다. 그럼 내기가 된 거데이. 구계 아지매도 그래 아소."

무실 아재가 무슨 자신이 있었던지 그렇게 말해 놓고 큰소리로 당편이를 불렀다. 그녀가 그새 평온을 회복한 얼굴을 비죽이 내밀었다.

"날 왜 불렀노? 무신 일이고?"

"니 여 좀 들어온나. 보자 의논할 게 있다."

"의논은 무신 의논?"

당편이가 그러면서도 별로 싫지 않은 표정으로 들어왔다. 무실 아재가 금세 심각한 표정이 되어 착 가라앉은 목소리로 말했다.

"니, 아까 순사 봤제? 저 아래 지서 김 순경 말이라."

"으으, 그래……."

당편이가 이내 겁먹은 표정이 되어 받았다.

"실은 말이라, 니 잡으러 온 거를 내가 말 잘해 보냈다."

"날 왜? 요새는 어울쏘, 동의하미야(옳소, 동의합니다)도 안 했는데……."

"글세, 그게 아이라 카이. 니 간첩 알제? 간첩은 자수하라, 자수하여 광명 찾자, 카는 그 간첩 말이라. 그런데 요새 여자 간첩이 하나 장터 들어왔다 안카나? 아까 김 순경이 여다 온 거는 그게 바로 니라는 소문이 있어 물어볼라 칸 게라."

실제로 김 순경이 무슨 일로 왔다 갔는지는 모르지만 무실 아재는 그렇게 둘러댔다.

"치이, 그거라믄 아이따. 나는 또 뭔 소리라꼬. 내가 간첩 아인 거는 너어가 잘 안 아나?"

워낙 엉뚱한 소리라 자신을 되찾은 당편이가 기세 좋게 나왔다. 무실 아재가 더욱 걱정스러운 목소리로 말했다.

"그게 아이라 카이. 그 여자 간첩은 말이라, 아랫도리 거게(거기에) 까만 테가 있다 안 카나? 그런데 내 전에 보이 니도 까만 테가 있는 거 같데."

"무신 소리 하노? 거다 꺼면 터래기는 몇 개 있다마는 테가 어딨노? 테가?"

당편이가 아직도 기세를 잃지 않고 받아쳤다. 우리는 그제서야 무실 아재가 당편이에게 하려는 짓이 무엇인지 알았다. 단순하게 보면 정수동인가, 봉이 김선달의 원용(援用)이었다. 하지만 그가 노리는 당편이의 공포가 웃음으로만 돌아볼 수 없는 끔찍한 기억에 바탕한 것이라, 벌써 흥은 반이나 죽었다.

"아인데, 전에 보이 까만 테가 있던데…… 틀림없이 봤는데……."

무실 아재가 이제는 눈까지 지그시 감고 걱정스럽다 못 해 안타깝기까지 하다는 표정으로 말했다. 당편이가 벌컥 화를 냈다.

"그런 거는 없다 카이. 그래고 니가 보기는 뭘 봐? 풍(거짓말)도 풍도 참……."

"그카이 어쩔 수는 없다마는 이 일을 어예믄 좋노? 그래도 순사들은 그래 알고 니를 끌고 갈라카이…… 니 옛날에 순사한테 끌래 지서 가봤제? 6·25 때, 여맹 선동부장 해 가주고…… 그때 어예드노?"

그러자 당편이의 얼굴이 다시 시퍼렇게 질렸다. 무실아재는 집요했다. 여전히 표정 하나 바꾸지 않고 긴 한숨과 함께 말했다.

"결국 뚜디리 맞을 거 다 뚜디리 맞고, 비줄 거 다 비주고사(보여주고야) 풀래날 낀데…… 그 일을 어예믄 좋노? 엉이?"

"……."

무엇을 떠올렸는지 당편이의 어깨가 다시 떨리기 시작했다. 그때 벌써 우리 중의 일부는 그 내기를 후회하기 시작했다. 하지만 화살은 이미 시위를 떠난 뒤였다. 한편으로는 알지 못할 무력감으로, 다른 한편으로는 그래도 남은 천박한 호기심으로 우리는 말없이 그들을 지켜보았다. 한참이나 침묵으로 뜸을 들인 무실 아재가 가장 생각해 주는 체 말했다.

"글치만, 아는 정에 어예 그냥 볼 수가 있노? 당편아, 우리 이래 보자."

"……?"

당편이가 겁먹은 눈길로 물음을 대신했다.

"니가 정(정히) 까만 테가 없다 카믄 그걸 우리한테 한번 비다고. 그래 하믄 우리가 보고 순사한테 증거 서 주꾸마. 우리 여럿이 증거 서믄 순사 글마들도 믿어줄 께라."

"싫다. 그걸 어예……"

그녀는 떨리는 목소리지만 확고하게 거부했다. 무실 아재가 무겁게 고개를 저으며 다시 한번 한숨을 짓고 말했다.

"끌래가도 결국은 남한테 다 비줄 껀데…… 그럼 이래자. 여기 이 구계 아지매하고 나한테만 실쩍 비다고. 야들 다 내보내고…… 그래고…… 나중에 아무한테도 니 꺼 봤다는 말 안하꾸마."

그래도 당편이는 완강했다. 그런 마음가짐을 정숙(貞淑)이라고 말할 수 있다면 실로 감격해 마땅한 정숙이었다. 하지만 그보다 더 강한 것은 옛날의 처참한 경험이 그녀의 의식에 각인한 공포인 듯했다. 그로부터 한동안의 줄다리기가 이어졌지만, 결국 그녀는 그 공포에 지고 말았다. 얼마 뒤 그 방에서 쫓겨났던 우리가 오래잖아 다시 불려왔을 때 무실 아재가 빙글거리며 말했다.

"너어(너희들)도 알고 있거래이. 당편이는 거다 까만 테가 없다. 내가 테라꼬 본 거는 당편이 말마따나 꺼먼 터래기 몇 개라. 그러이 너어(너희들)도 허뿌(허투루) 밖에 나가 딴소리 마래이. 특히 김 순경 묻거든 당편이는 절대로 까만 테 없다꼬 증거 서 조야(줘야) 된데이."

그 곁에는 끝내 참지 못한 구계 할머니가 허리를 부여잡고 웃고 있었다. 하지만 우리는 결코 따라 웃을 수 없었다. 그제서야 어떤 의심의 눈길을 번득이는 당편이의 눈물 가득한 검고 깊은 눈 때문이었다.

그렇지만 사람의 의식과 기억은 얼마나 이기적이고 간사한 것인가. 자신에게 불리하면 의식은 마비되고 기억은 지워진다. 오래잖아 그날 우리가 뭔가 몹쓸 짓을 도왔다는 느낌은 사라지고 눈물 가득하던 당편이의 검고 깊은 눈도 잊었다. 다만 우리도 그녀를 재료 삼아 한 토막 웃음의 전설을 보태는 데 기여했다는 엉뚱한 자부만 남아, 오히려 한동안은 그 일을 되뇌며 우리끼리 킬킬댔다.

세 번째로 우리가 보탠 어두운 웃음의 전설은 그해 가을 볕 좋은 날에 동네의 작은 축제처럼 벌어진 일이 된다. 그 연출자는 능청스럽기로 이름난 또래의 숙항(叔行)이었다. 의무병으로 군복무를 마쳐 주사쯤은 놓을 줄 알게 된 그는 가끔씩 기력이 떨어지는 구계 할머니에게 바쁜 공의를 대신해 링거 주사를 꽂아준 적이 몇 번 있었다. 당편이는 그때마다 겁먹어 하면서도 신기한 눈으로 그가 구계 할머니의 정맥을 찾아 주사바늘을 꽂는 걸 지켜보곤 했는데, 어느 날 그녀가 그를 한구석으로 불러내 슬그머니 물었다.

"니 의사가? 딴 병도 아나?"

그런 그녀의 얼굴을 보니 무언가 긴히 의논할 일이 있는 듯했다. 그가 능청맞게 받았다.

"음, 그래 의사지. 그런데 왜? 니 어데 아프나?"

"아이, 으으, 그, 글치마는…… 쫌……."

당편이가 갑자기 망설이는 표정이 되어 평소보다 더 심하게 말을 더듬거렸다. 뭔가 있다, 싶어진 숙항이 이제는 삼엄한 얼굴로 권위까지 내비치며 유도했다.

"뭐로? 말해 봐라. 의사한테는 뭐든동 말해도 된데이. 니도 전에 보건소 가봐 알잖나? 의사한테는 젖통도 아랫도리도 비달라 카는 대로 다 비조야(보여줘야) 병이 낫는데이."

그의 말이 아픈 곳을 바로 맞췄는지 그녀의 얼굴이 갑자기 벌게졌다.

"그기, 그기 말이라…… 내 참, 부, 부끄러버서……."

한참이나 그렇게 우물거리며 몸을 꼬다가 그래도 사정이 다급했던지 결국은 털어놓았다.

"내 거다 말이라. 그기 자꾸 간지럽다. 그래서 긁어뿌맀디, 인제는 따거워 죽겠다. 진물도 찔찔 나고오…… 그기 무신 병이꼬? 그래고 어예믄 될로?"

"겉이가? 속이가?"

숙항은 그때 이미 터져나오는 웃음을 억지로 참고 오히려 더욱 근엄한 의사 흉내를 냈다.

"겉이라. 속도 쪼매씩은 그런 같지마는……."

당편이도 완연히 진료받는 환자가 되어 사실대로 털어놓았다. 그 말을 들은 숙항은 갑자기 장난기가 발동했다. 겉이라면 피부병의 일종일 것이고, 그거라면 자신이 제대할 때 가지고 나온 미제(美製) 연고로 낫게 할 수 있다는 자신이 섰기 때문이었다. 그는 갑자기 심각한 표정을 지으며 무거운 목소리로 말했다.

"으음, 그래? 글타 카믄, 그거 참 큰일이라. 내 그 병 잘 아는데 그거 옳게 치료 안하믄, 거다가(그곳이) 썩어 문드래져 폭삭 둘러 빠져뿌는 병이라꼬."

"뭣이라? 그래 되믄 나는 어예노? 거다가(거기가) 폭삭 둘러 빠져뿌믄……."

"그러이 내가 이래 걱정 안하나? 길이 아주 없는 거는 아이따마는……."

그 말에 당편이가 근심스러운 중에도 반가운 표정을 지으며 물었다.

"길? 무신 길이고? 어예믄 나을 수 있노?"

"그보다 먼저 하나 물어보자. 니 그거 언제 한번이라도 햇볕에 쐰 적 있나?"

"아이, 그걸 어예 햇볕에 쐬노? 그랠라믄 뻘가(발가)벗고 밖에서

……."

"바로 그게라. 니, 일광욕이라꼬 들어봤나? 햇볕에 쐬는 거 말이라. 니 병은 그거 일광욕을 안 씨게(시켜)조 생긴 병이라꼬. 그래이 지금이라도 햇빛 한번 쐬봐라. 아매 한나절이믄 다 나을 게라."

"글치만 그걸 어예…… 해가 버얼건 대낮에…… 다 내놓고…… 남사(우새)시럽구로……."

"니같이 그래다가 서울 여자들 마이 죽었데이. 미아리 공동묘지에 가봐라. 거다 묻힌 여자들 절반은 그래서 죽은 거데이."

그 숙항은 서울이 어딘지, 공동묘지가 미아리에 있는지 망우리에 있는지도 모르는 당편이에게 그렇게 겁을 주었다. 오히려 그래서 더 효과가 있었던지 그녀가 다시 수그러들었다.

"글타 카믄 그래지 뭐. 그래, 그, 그래꾸마."

그렇게 대답을 해 놓고도 이내 그녀 특유의 수치감에 시달리는 표정으로 웅얼거렸다.

"글치만 어다(어디) 가서 그래꼬오…… 전신만신이 사람 눈인데……."

그때 그 숙항이 마지막 능청을 떨었다.

"하기는 행실 조신하기로 소문난 우리 당편이이 글키도 할 게라. 보자, 글타 카믄…… 아, 있다, 있어. 니 그래기 마춤한(마침맞은) 장소 한 군데 알래줄까?"

"어디로? 어디가 좋을로?"

"내 보기에는 안채 뒤 채전(菜田) 지나 둔천(언덕) 밑이 어떨로? 거기가 양지바르이(바르니) 햇볕 쐬기 좋고, 집 뒤라 오는 사람도 없고오…… 오는 사람이 있다 캐도 앞에다 발 같은 걸 치면 남한테 안 빌 게고…… 양쪽이 다 담이고, 거다가 뒤는 둔천이라 지절로 막혀 있으이……."

그러자 그 장소를 잘 아는 당편이도 고개를 끄덕였다. 정말로 장터거리에서는 가장 한적하면서도 햇볕이 잘 쐬는 남향받이 같았다.

"오늘은 파이고(틀렸고), 내일은 해만 들믄 꼭 거다 가서 그래야 된데이. 그거 늦추믄 병이 더 커진다꼬. 그래서 그게 아주 쑥 둘러 빠진단 말이라. 알았제?"

그 숙항은 그렇게 다짐까지 받고 당편이와 헤어졌다. 사실 그가 일러준 곳은 얼른 보기에는 사람의 눈길이 미치지 않는 곳이었다. 그런데 문제는 바로 그 둔천(언덕)이었다. 거의 수직으로 깎아지른 높지 않은 청석(靑石) 언덕인데 바닥에서 두 길쯤 되는 곳에는 작은 오솔길이 나 있었다. 당편이가 청석 언덕에 바짝 기대 앉는다 해도 그 오솔길에서는 그녀의 벗은 아랫도리를 다 내려다볼 수 있었다.

다음 날은 정말로 볕 좋은 초가을 날이었다. 느지막한 아침들을 먹고 동구 정자나무 아래 모이기는 했지만 도가 안채 사랑방에 처박히기에는 너무 아까운 날씨라 의논들이 구구한데 뒤늦게 나타난 그 숙항이 빙글거리며 우리에게 말했다.

"먼저 도가 뒤 둥천으로 갔다가 고기를 잡으러 가든동 밤을 따러 가든동 하자."

"거기는 왜."

그가 해 놓은 짓을 알 길이 없는 우리가 입을 모아 물었다. 그가 뭔가 으스대는 듯한 표정으로 말했다.

"하여튼 가보믄 안다. 내 좋은 거 비(보여)주께."

평소 그의 엉뚱함과 능청스러움을 익히 아는 우리는 그 이상의 설명을 기대 않고 따라갔다. 오솔길로 접어들며 보니 이미 당편이는 일광욕을 시작하고 있었다. 우리는 누가 당부할 것도 없이 발소리를 죽이며 바로 그녀의 머리 위쪽으로 갔다.

속곳을 입지 않고 치마를 가슴께까지 걷어올린 당편이는 원하는 곳에 햇볕이 더욱 잘 들게 두 다리를 한껏 벌린 채 청석 언덕에 등을 기대고 앉아 있었다. 그런 그녀 앞 서너 발자국 떨어진 곳에는 고두밥 말리는 데 쓰는 싸리발이 둘러쳐져 벗은 몸을 남에게 보이지 않으려는 나름의 고심을 드러내 보였다. 하지만 아래위로도 옆으로도 성한 사람의 절반밖에 돌려지지 않는 굳은 목이 시야를 제한해 온 탓인지 등뒤나 머리 위의 오솔길에는 전혀 신경을 쓰지 않고 있는 듯했다.

당편이의 두 다리는 그녀의 걸음걸이만큼 뒤틀려 있거나 좌우가 짝지지는 않았다. 살결도 어두운 회색에 가까운 그녀의 낯빛으로는 상상하기 어려울 만큼 희고 윤기 있었다. 그런데 참으로 알 수 없는 일은 쨍쨍한 햇볕 아래 아무 가린 것 없이 드러난 여자의 아랫도리가 전혀 성적인 자극을 주지 않는다는 점이었다. 그저 기괴하고 별난 것을 보고 있다는 느낌이 들었다가 곧 들뜨고 과장된 장난기가 우리를 내몰았다.

갈 때와 같이 발소리를 죽이며 오솔길을 빠져나온 우리는 장터거리로 내려갔다. 그리고 거기서 만난 우체부에게 슬며시 귀띔해 주었다.

"도가 뒤 둥천길에 함 가보소. 좋은 구경거리 있을 께씨더."

우리는 그 길로 무슨 대단한 소임을 끝낸 사람들처럼 개울로 고기잡이를 떠났는데, 듣기로 그날 장터거리 남자들은 거의 모두, 그리고 언덕 위 문중마을 남자들도 태반은 그 청석 언덕에 난 오솔길을 지나갔다고 한다. 우체부가 편지와 함께 당편이가 그러고 있다는 소식도 고루 배달한 탓이었다.

그런데 그 시절의 얘기를 맺으려 하고 보니 문득 은밀한 죄의식 같은 게 인다. 그것은 우리가 개입된 세 가지 이야기가 모두 성(性)과 연관되어 있기 때문이다. 당편이는 용모가 아름답지도 않고 무슨 특별한 성적인 매력이 있는 것도 아니며, 생식 능력이 결여되었을 뿐만 아니라 감각적으로 성을 향유하지도 못하는 여자였다. 그같이 여성으로서 거의 아무것도 갖지 못한 불쌍한 여자를 유독

성적인 측면으로만 접근하여 우스갯거리를 만드는 것은 아직 철이 덜 든 시절의 일이라 할지라도 자발없고 모질어 보일 수도 있다.

하지만 좀 억지스럽기는 해도 우리는 진작부터 우리가 받게 될지 모르는 그런 혐의에 대해 변명을 준비해 놓고 있다. 우리가 성적인 측면에 집착한 것은 그녀의 불행을 즐기는 잔혹 취미가 아니라 불완전한 그녀의 성적(性的) 기호를 보완해 주는 의미가 있었다고. 우리는 진심으로 그녀의 여성성을 승인했으며, 방법은 달랐지만 틀림없이 그녀를 한 여성으로 사랑한 것이라고. 그 때문에 우리는 기꺼이 그녀에게 여왕의 칭호를 바치고 스스로 그 마지막 기사임을 자처할 수 있었다고.

오히려 한스럽게 돌아보아야 할 게 있다면, 그것은 우리가 오래도록 그 불우한 여왕을 둘러싸고 있도록 허락해 주지 않는 시대에 그토록 쉽게 굴복해 버린 일일지 모른다. 제법 고정된 패거리를 이루며 도가 안채를 드나든 지 일 년 남짓이나 되었을까, 우리 중 하나가 신문사 시험에 합격해 서울로 올라간 것을 시작으로 여왕을 지키던 마지막 기사단은 해체되기 시작했다. 다시 새봄이 오자 누구는 중단한 학업을 마치러, 누구는 일자리를 찾아, 그리고 누구는 그냥 버티지 못해, 하나둘 도회로 돌아가, 그해가 다 가기도 전에 우리는 모두 고향을 떠났다. 이윽고는 그곳까지 삼켜, 자신에게는 수난의 형태로 드러날 것임에 분명한 새로운 시대를, 불길한 예감조차 없이 기다리고 있는 여왕만 홀로 남겨두고.

영락(零落)의 세월

이제 다시 우리 당편이의 삶을 재구성하는 일은 전설과 후문(後聞)의 몫으로 돌아간다. 고향을 떠난 우리가 고단한 도회의 삶에 자신들을 뜯어맞추느라 잊고 있는 사이 그녀의 삶은 다시 중대한 고비를 맞았다. 그녀가 성채처럼 의지하고 있던 도가가 급속한 내리막길을 걷게 되면서 일어난 일이었다.

　서민들이 알코올 도수를 낮추고 화학 조미료를 첨가한 소주에 맛들여가고, 거리마다 생맥주집이 들어서면서 시골 술도가는 이미 옛날의 그 '황금알을 낳는 거위'가 아니었다. 막걸리 수요가 줄어들수록 인접 업소간의 경쟁은 치열해져 70년대 후반에 접어들자 술도가 중에는 이미 주인의 애물단지로 변해 버린 것도 있었다. 당편이가 몸담고 있던 고향의 술도가도 그것들 가운데 하나였다.

장군이 죽은 뒤 사장은 중고 오토바이 한 대와 젊은 일꾼을 고용해 배달 속도를 늘이고 이듬해는 우마차를 경운기로 바꿔 배달량도 늘렸다. 우리가 안채 사랑방을 떼지어 들락거릴 무렵에는 세무 장부를 맡은 박 서기 말고 다시 영업사원 하나를 두어 수금을 겸한 판촉을 맡겼으며, 직판장(直販場)도 확대했다. 우리가 떠난 뒤에는 발효실 쪽을 강화해 막걸리의 맛을 개선하고 생산을 확대하는 쪽으로 설비와 인력을 늘였다.

그러자 경쟁력은 틀림없이 높아졌고 겉으로는 규모도 커졌지만 문제는 그 유지비용이었다.

대량 생산과 대량 판매로 유지할 수밖에 없는데 시골 면의 막걸리 수요는 한계가 있었다. 도가 셋이 나누어 대던 수요를 혼자 독점한다고 해도 확대된 설비와 인력을 유지하기 어려웠다. 거기다가 경쟁 업소의 살아남기 위한 저항도 만만치 않아 70년대 말로 접어들면서는 벌써 적자를 내는 달까지 생겼다.

그럴 때 들어온 인수 제의는 사장에게는 구원의 복음과도 같았다. 해방 전 징용으로 일본에 끌려갔다가 빠찡꼬로 한몫 잡은 타성(他姓) 한 사람이 자기들 가문의 장손이자 형의 외아들인 조카를 위해 그 술도가를 매입하겠다고 나섰다. 곤궁했던 시절 부러운 눈으로 바라봤던 추억 때문에 그랬던지 그가 쳐주겠다는 값도 기대 이상으로 좋았다.

진작부터 임자만 있으면 그 도가를 팔고 서울로 올라가 적당한 사업이나 해 보았으면 하던 사장이었다. 마침 처남 중에 하나가 서울에서 중소기업으로 재미를 보고 있었고, 아이들도 셋 모두 서울에 유학중이었다. 매매 광고라도 낼 판에 저쪽에서 찾아오니 사장이 마다할 리 없었다.

인수 금액 외의 조건 역시 사장에게는 더할 나위가 없었다. 시설물의 하자에 대한 담보를 요구하지 않았고, 고용인들도 모두 승계받아 주어 그럴 때 지게 되는 인정상의 부담도 모두 덜어주었다. 당편이도 처음에는 다른 일꾼들과 마찬가지로 도가에 그대로 남아 일하게 되어 있었다.

그런데 인수가 끝난 뒤 그 재일동포의 젊은 조카가 사장이 되어 도가를 운영하게 되면서 문제가 생겼다. 겉보기와는 달리 적자나 다름없는 경영 실태가 파악되자 젊은 새 사장은 전 사장이 지나치게 키운 업체의 몸집을 줄여야 할 필요를 느꼈다. 무엇보다도 인건비 절감이 먼저 논의되고, 당편이는 당연히 불필요한 인력으로 분류됐다.

새 사장도 고향에서 나고 자란 사람이었다. 그러나 초등학교만 고향에서 다니고 나머지 학교를 외지에서 마쳤을 뿐만 아니라 그동안 고향 쪽으로 발길이 뜸해 당편이를 잘 알지 못했다. 거기다가 돈 많이 번 재일동포 삼촌이 나타나기까지는 그 자신도 남 밑에서 어렵게 지내와 옛 고향의 여유와 인정을 익힐 틈이 없었다.

따지고 보면 당편이에게 드는 인건비는 별 게 아니었다. 그저 먹여주고 입혀주고 어쩔 수 없이 필요한 경우가 생길 때 잡비 명목으로 몇백 원씩 집어주는 정도였다. 그러나 사장은 현실의 지출보다도 좁은 부엌에 식모가 셋이나 들락거리는 게 공연히 못마땅했고, 그중에도 몸이 성치 않은 당편이가 끼여 있는 게 더욱 그랬다. 왠지 자신의 업체에 불완전하고 이물(異物)스런 인상이 붙은 듯한 느낌 때문이었다.

하지만 젊은 새 사장도 당편이를 내보내는 일이 다른 일꾼들을 해고하는 것과는 다르다는 것쯤은 알고 있었다. 별로 절실한 느낌은 아니지만 그냥은 내쫓을 수 없다는 기분이 들어 그녀를 내보내기 전에 장터에 널리 그 일을 알렸다. 그런데 다행히도 그녀를 받겠다는 집이 있었다. 옛날 녹동댁에서 드난살이하던 곽산이네 둘째아들이 장터거리에 새로 연 정육점 식당이었다.

곽산이네 둘째아들이 당편이를 데려간 데는 옛정도 작용했으리라 짐작된다. 당편이와 비슷한 또래인 그는 옛날 어머니가 드난살이하던 녹동댁을 자주 찾아갔을 것이고 거기서 그녀와 더러 마주쳤을 것이다. 철없을 때는 틈나는 대로 그녀를 놀리고 괴롭히기도 했을 것이지만 나이 들고 살 만해진 그때로서는 딱한 처지가 된 그녀를 그냥 둘 수 없다는 정이 앞섰을 만도 하다. 거기다가 당장은 불완전하나마 그녀의 노동력도 필요했다.

정육점 식당이란 한쪽은 생고기를 저울로 달아 파는 정육점이고 다른 한쪽은 그 고기를 요리해 파는 식당인 복합 점포를 말한다. 요즘도 도시에서 더러 재미보고 있는 집도 있지만, 처음 그런 형태의 식당이 고향 장터거리에 나타났을 때는 인기가 대단했다. 정육점 진열장 안에 주렁주렁 매달린 쇠갈비 돼지다리가 보기에도 푸짐했을 뿐만 아니라 왠지 그 식당에서 고기를 시켜 먹으면 값도 무척 쌀 것 같은 느낌 때문이었을 것이다.

하지만 당편이가 그 정육점 식당으로 옮기는 일도 처음부터 순조롭지만은 않았다. 곽산이네 둘째아들이 당편이를 데려오자고 했을 때 셈 빠른 그의 아내는 펄쩍 뛰었다.

"아니, 그 병신을 여기 데려다 뭐 하게요?"

"뭐 하기는 뭘 해? 일 쫌 씨겠고(시키고) 밥이나 믹이믄(먹이면) 되지."

"제 몸도 제대로 건사하지 못하는 거한테 일은 무슨 일을 시켜요?"

"헤에이, 참. 하루 종일 그 종종걸음을 치면서 참말로 몰라서 묻나? 점심 저녁 나불(나절)에는 고깃간(정육점)이고 홀(식당)이고 모자래는 게 일손인데…… 하다못해 반찬 그릇만 날라조도 지 밥값은 안할라?"

"뭐라구요? 당편이를 홀에서 서비스 시킨다구요? 당신 지금 제정신이에요?"

"나도 다 들은 게 있다. 당편이도 옛날 그 어리백이 빙신이가 아이라. 하마 오십이 다 되가는데 홀에서 잔심부름 하나 몬할 줄 아나? 그길이(그동안 혹은 그렇게) 구박구박 받으미 닦이(닳아) 인제 언간한(웬만한) 정지일(부엌일)은 한다 카더라. 온 일꾼은 아이지만, 반찬 그릇 엎지는 않는다 카이."

"지금 그 얘길 하는 게 아니에요. 이 식당 이거, 촌구석에 차려 놨어도 버젓이 유흥 음식점이라구요. 예쁜 색씨를 데려다 놔도 시원찮을 판에 당편이를 데려다 서비스를 시켜요? 그 모양 보면 일껏 나던 밥맛도 싹 가시겠어요."

"왜, 당편이 모양이 어때서?"

곽산이네 둘째아들은 무심코 그렇게 받았다. 하지만 그래놓고 나니 비로소 그에게도 퍼뜩 드는 생각이 있었다. 자신에게는 익숙한 모습이지만 다른 사람에게는 그녀가 혐오스럽게 느껴질 수도 있었다. 더구나 그 무렵 장터거리는 당편이를 잘 모르는 외지인들이 많아졌고, 특히 그 식당을 찾는 손님들은 더욱 그랬다. 할 수 없이 양보하고 얼른 달래는 어조로 나왔다.

"그래, 좋다. 니 말도 맞다…… 글치마는, 정(정히) 안 되믄 주방에서 쓰지 뭐."

"주방에서는 뭘 시켜요? 주방장 내보내고 당편이 앉힐래요?"

"그거사 안 되지마는 그렇게도 씨겔 일이 없을라? 점심 저녁 나불(무렵)은 주방도 뽁닥난리를 치더라마는."

"그때 잠시 반짝한다고 사람을 하나 더 써요? 그것도 몸이나 성하다면 몰라."

"설거지라도 거들게 하믄 안 되나? 설마 지 밥값 못할라?"

기어이 정육점 식당 주인은 목소리를 높였다. 그러나 아내의 빈틈없는 셈에 십여 년 당해 온 게 있어 이번에는 인정에 호소했다.

"그래도 사람 정이 그런 게 아이라. 당편이가 저래 빙신이라도 어매 살아 고생할 때 한솥밥 먹고 지낸 사람이라꼬. 어매 심청(심술) 니 알제? 그래도 당편이를 얼마나 거뒀는지(보살펴주었는지) 아나? 당편이도 어매를 따랐고……."

남편이 죽은 시어머니까지 들먹이고 나오자 아내가 조금 수그러들었다.

"사람 하나 쓰는 데 옛날 얘기는 왜 해요?"

"지금도 눈에 선하다. 어릴 때 하도 배가 고파 어매를 찾아가 보믄 당편이 저게 칠래닥팔래닥거리며 나와 봉다리(봉지)에 싼 누룽지나 시루떡 같은 거를 손에 쥐에(쥐여)주는 게라. 물론 어매가 씨게이(시키니) 한 거지마는 그때는 그게 얼매나 맛있든동…… 그런데 인제 그 당편이가 갈 데가 없어 길바닥에 나앉게 생겼는데 가마이 보고 있으란 말가? 밥술이나 먹게 됐다꼬 옥구구(잘못된 셈)나 대면서……."

그렇게 해서 당편이를 데려간 것까지는 좋았으나 끝이 시작과 같지 못했다. 세상이 이미 정과는 멀고 셈에는 가까워져 그녀를 그곳에 오래 머물 수 없게 했다.

당편이는 처음 또래의 아주머니와 곽산이네 둘째며느리가 함께 맡아보는 주방 쪽에서 일했다. 술도가에서와 마찬가지로 부엌 허드렛일이었다. 술도가 부엌에서 그녀가 주로 하던 일은 불을 때주는 것과 음식의 재료를 다듬고 장만하는 것과 이미 조리중인 음식의 과정을 지켜보고 있다가 지나치거나 모자라지 않도록 하는 것, 그리고 식사 뒤의 설거지 따위였다.

그러나 그 사이 또 세상은 변해 정육점 식당 주방에서 당편이가 할 수 있는 일은 별로 없었다. 불 때는 일은 연탄과 석유 곤로가 대신하고 있었고, 나중에는 가스까지 거들었다. 음식 재료를 다듬거나 장만하는 일도 한꺼번에 대량의 수요가 몰리는 상황이 되면 당편이의 어둔하고 굼뜬 손놀림은 아무 도움이 되지 못했다. 조리 과정에서의 보조도 식구 많은 가정집 부엌에서의 일이었고, 바쁜 식당 주방에서는 필요가 없었다.

결국 그녀가 할 수 있는 것은 설거지를 거드는 일과 청소 정도였는데 그것도 그전 일터가 얼마나 여유 있었고, 함께 일한 사람들이 얼마나 너그러웠던가를 깨닫게 해 줄 뿐이었다. 음식 그릇에 밥풀이 말라붙어 있거나 접시에 고춧가루 색깔이 남아 있어 손님들로부터 몇 번 항의를 받은 뒤로 당편이가 씻은 그릇은 다시 씻어야 했고, 식당 바닥이 나날이 지저분해지는 것 같다는 소리를 듣고는 청소하는 일도 당편이에게만 맡길 수가 없었다.

거기다가 그때까지 별 불편없었던 용모와 차림도 그 식당에서

236

는 문제가 되었다. 아무리 주방에서만 일한다 해도 손님 눈에 띄게 되는 것만은 어쩔 수가 없었는데, 그때마다 안팎 주인은 그들의 못마땅해하는 눈치에 마음 써야 했다. 그리고 어떤 때는 당편이의 용모와 차림에 익숙한 토박이들까지도 한마디씩 던지고 갔다.

"이 사람아, 생긴 꼬라지사 할 수 없다 캐도 옷인따나(옷이나마) 옳게 입해라."

"안주인요. 여기가 이래도 이 고을에서는 하이칼래들이 오는 식당인데 분위기가 이게 뭐이껴? 꼭 당편이가 저래 칠래닥팔래닥 홀 안을 휘젓고 댕기며 입맛을 떠라야(떨어뜨려야) 될리껴?"

그렇게 되고 보니 일껏 정을 내어 당편이를 불러들인 곽산이네 둘째아들도 후회막급이었다. 갈수록 기승을 부리는 아내의 셈에 밀리어 야박하지 않게 당편이를 내보낼 궁리만 했다.

표현은 못해도 당편이 또한 자신의 처지를 알고 있는 눈치였다고 한다. 외지에서 온 넥타이 맨 손님들로 그 식당이 북적거리는 저녁 같은 때, 주방 뒤 쪽문을 나와 저문 밤하늘을 우두커니 바라보며 쪼그리고 앉은 당편이를 본 사람이 여럿이었다. 그중에 어떤 사람은 그녀의 깊고 어두운 눈 가득 괴어 번쩍이는 눈물을 보았다고 증언하기도 했다.

다행히도 오래잖아 그런 당편이에게 한 구원이 왔다. 그 정육점 식당에서 멀지 않은 여인숙 안주인이 바로 그 구원의 천사였다. 시골 면 소재지에서는 규모가 큰 편인 건평 오십 평에 방이 열한 개나 되는 ㄷ 자 한옥을 사들여 여인숙을 하는 그녀는 고향 사람들에게 외지에서 들어온 돈 많은 과부로 알려져 있었다.

이웃에 살아 당편이의 그 같은 처지를 알게 된 그녀는 당편이를 데려다 그린 듯 들어맞는 일거리를 주었다. 내실(內室) 앞의 서너 평 마루와 열 개 객실 앞의 좁은 툇마루를 먼지 없이 건사하고, 열 개 객실 아궁이의 연탄을 가는 일이었다. 그리고 그 대가로 당편이에게 편안히 먹을 수 있는 밥과 따뜻한 잠자리를 주었다.

당편이를 불쌍히 여기던 사람들은 가슴을 쓸며 그 여인숙 안주인의 인정에 소리없는 감사를 보냈다. 하지만 그녀는 결국 구원의 천사도 인정의 화신도 아니었다. 당편이가 그 여인숙으로 옮겨 산 지 몇 달 안 돼 작은 여행 가방 하나만 들고 장터거리에서 사라진 그녀는 그뒤 다시 돌아오지 않았다.

여인숙 안주인이 그렇게 사라진 다음 날부터 하나둘 모여들기 시작한 빚쟁이와 피해자들이 그녀의 참모습을 밝혀주었다. 그녀는 외지에서 정착하러 들어온 돈 많은 과부가 아니라 그런 방면으로 전문인 사기꾼이었다. 끊임없이 자신의 재력을 과시하며 그녀가 끌어들인 빚은 그녀가 샀다는 여인숙 건물 값의 몇 배가 되었는데, 그나마 그 건물은 진작부터 은행에 저당잡혀 있었다.

피해자들은 주로 장터거리에서 가게를 열고 있는 집의 아낙네들이었다. 그러나 초등학교 교장 부인에 면장 부인까지 들어 있어

면 소재지 동네의 아낙네들에게서 긁어낼 수 있는 돈은 다 긁어낸 것 같았다. 당편이는 한동안 매일같이 떼지어 몰려들어 은인의 행방을 묻는 그녀들의 악다구니에 얼이 빠져 지냈다.

그때 그 여인숙에는 당편이 말고 한 사람의 고용인이 더 있었다. 하숙인들의 식사를 맡아 하던 식모였는데, 넉 달째나 월급을 받지 못했다. 그녀는 밀린 월급을 받기 위해 한동안 있는 쌀과 반찬으로 밥을 지어먹으며 안주인을 기다렸다. 그러다가 그녀마저 단념하고 여인숙을 떠나자 당편이는 다시 밥을 먹을 데가 없어져 버렸다.

딱한 사정을 아는 장터거리 사람들이 불러 먹여주면 한 끼라도 때우고 그렇지 못하면 굶는 날이 여러 날 이어졌다. 거기다가 채권자들의 재촉에 서둘러 달려온 집달리가 잠자는 방마저 뺏어버리자 당편이는 그대로 장터거리 길바닥에 나앉게 되었다. 모든 게 술도가 주인이 바뀌고 일 년도 되기 전에 일어난 재앙과도 같은 변화였다.

그뒤로도 몇 번 어떻게든 당편이를 한 구성원으로 유지시키려는 장터거리의 시도가 더 있었다. 면사무소 앞 국밥집에서도 얼마간 그녀를 데리고 있었고, 시세가 옛 같잖은 한약국집도 얼마간 그녀를 돌봐주었다. 집 안에 들이지는 않았지만 장터거리에 하나 있는 어물전도 알게 모르게 그녀를 불러 먹였다.

하지만 이미 토박이들보다는 외지에서 들어온 사람들이 더 많

아진 장터거리가 당편이를 부양하는 데는 한계가 있었다. 오래 그
녀를 알고 지내와 특별한 정감을 품은 사람들도 지쳐 떨어지고,
그렇지 못한 외지 사람들도 무심해지자 그녀는 차츰 적극적인 구
걸 아니면 목숨을 부지할 수 없는 상태로 빠져들어 갔다. 멀리서
듣기만 해도 처참한 영락이었다.

당편이의 그 같은 처지를 부락공동체의 구조와 연관지어 설명
하면, 고향에서 또 한 겹의 동심원이 해체되고 있는 과정이라고도
할 수 있다. 그 동심원을 이루는 심신 미약자들과 경증(輕症) 장애
인들은 그 훨씬 전부터 둘 중 하나의 선택을 강요받아 왔다. 몸과
마음의 완전성을 보강하여 보다 안쪽의 동심원으로 편입되어 가
든가 사회 미화 작업에 순응하든가였다.

당편이의 선택은 두말할 것도 없이 앞엣것이었다. 어찌 보면 그
녀는 보다 성한 사람들이 이루고 있는 공동체의 중심부를 지향해
자신을 일생 동안 단련해 왔고, 어느 정도 성취도 있었다. 거기다
가 고향에 남아 있는 옛 심성도 보탬이 되어 그때까지는 원래 그
녀가 속한 동심원보다 안쪽에서 버텨낼 수 있었으나 이제 드디어
한계에 이른 듯했다.

당편이가 장터거리를 떠나 언덕 위 문중마을로 돌아갔다는 소
문을 들은 것은 술도가 주인이 바뀐 이듬해 가을이었다. 그녀가
왜 떠나온 지 이미 십 년이 다 되어가는 그 마을로 되돌아갈 마

음을 먹게 되었는지는 알 길이 없다. 짐작으로는 일종의 귀소 본능에 이끌려 잔뼈가 굵어지고 젊은 날 꿈이 어린 그곳을 찾아간 게 아닌가 한다.

그때 녹동댁은 비운 지 오래인 데다 그 주손(冑孫)에게는 아직 옛집을 돌볼 여력이 없어 폐가처럼 되어 있었다. 문중마을로 돌아온 당편이는 처음부터 작정이나 한 듯 그 녹동댁으로 갔다. 그리고 비어 있는 온전한 방은 두고 예전에 자신이 거처하던 외양간 곁 헛간 방을 치운 뒤 거기 들어앉았다.

그새 사람이 사는 집은 스물을 채우지 못할 만큼 줄어들었지만 그래도 문중마을은 돌아온 당편이를 모른 체 하지 않았다. 장터거리랬자 오리도 안 되는 거리라 그러지 않아도 당편이의 급속한 영락을 보고 들으면서 안쓰러워하던 참이었다. 비록 불러올리지는 못했어도 스스로 돌아오자 반겨 맞고, 집집마다 돌아가며 그녀를 불러 형편대로 먹여주었다.

당편이가 편하게 밥을 먹을 수 있도록 일거리도 만들어 보려 애썼다. 처음 두어 차례 손님으로 불러 먹인 뒤로는 무언가 구실을 만들어 그녀를 불렀다. 그러나 장터거리와 마찬가지로 그곳에서도 그녀가 온전한 몫을 하고 밥을 먹을 수 있는 일은 별로 없었다. 거기다가 문중마을도 결국은 세상 인심에서 크게 벗어나지는 못해 몇 달이 지나자 그녀는 다시 끼니의 태반을 구걸을 통해야만 해결할 수 있게 되고 말았다. 다만 여느 구걸과 다른 게 있다면 그 방식일까.

밥을 얻어먹을 만한 일거리를 얻지 못한 날 끼니 때가 되면 당편이는 자신이 정한 순서에 따라 문중마을의 집들을 돌았다. 대개 그 집 식구들이 밥상을 받고 있을 무렵인데, 그들이 사람 기척에 방문을 열어보면 그녀는 누구에게랄 것도 없이 말했다.

"너어 밥 먹고 있구나. 나도 쫌 다고. 배고프다."

그러면 그 자리의 누군가가 그녀를 무안하지 않게 맞아주었다.

"아이고, 당편이 왔네. 잘 왔다."

그래놓고는 아직 부엌에 있는 주부나 상머리에 앉은 딸아이에게 이르게 마련이었다.

"어이, 보래이. 여기 당편이 밥죽 하나 말아조라."

당편이 밥죽은 언덕 마을에 오래 산 사람이라면 다 말 줄 알았다. 그날 밥상에 있는 반찬대로 커다란 사발에 조금씩 거둬 담고, 국밥 부어 만 뒤 숟가락 하나 걸쳐 주면, 당편이는 방안에 들지도 않고 축대나 마루 끝에 걸터앉은 채로 달게 비우고 갔다.

"잘 먹었데이. 나는 고마 간다."

그러한 구걸 형태는 자칫 고향 사람들의 좋은 인심을 과장하여 자랑하는 것처럼 들릴지 모르겠다. 그러나 솔직히 말하면 그게 반드시 우리 고향 사람들의 좋은 인심 때문만은 아니다. 그때는 이미 70년대도 후반이라 농촌도 먹을 것에 그리 아둥바둥하지 않았다. 꼭 우리 고향이 아니더라도 당편이 같은 존재가 있는 마을이었다면 그 비슷한 주고받음은 얼마든지 가능했으리라 본다.

오히려 그 무렵의 일로 들어 믿기 힘든 것이 있다면 그것은 당편이가 한 또다른 형태의 구걸이 될 것이다. 문중에 제사가 드는 집이 있으면 그녀는 꼭 그 집을 찾아 젯밥으로 늦은 저녁을 대신했는데, 그 신통함은 멀리서 소문으로 듣는 우리들마저 으스스하게 했다.

"나도 제삿밥 좀 다고. 그거 얻어먹을라꼬 안죽 저녁도 안 먹었다."

막 제상을 물리고 식구대로 젯밥을 비비고 있을 무렵 당편이가 비죽이 얼굴을 내밀며 그렇게 말했을 때, 처음 당한 집 사람들은 별다른 느낌 없이 그녀를 받아들였다. 그녀에게 남의 집 제삿날을 기억할 만한 지능은 없어도, 한 마을에 살며 어느 집에 제사가 드는지 알아볼 눈치는 있다고 보았기 때문이었다. 눈에 띄기 쉬운 제사 장보기나, 집집마다 다 갖추지 못해 일부는 서로 빌려쓰게 마련인 제기(祭器)의 이동, 떡쌀을 담그거나 떡을 찌는 따위 제물을 장만할 때의 특별한 분위기와 제사를 맞는 가장이나 주부의 언동 같은 것들은 조금만 주의를 기울여도 어느 집에 제사가 드는지는 알아볼 수 있게 해 준다.

그런데 그런 일이 여러 번 되풀이되면서 문중마을 사람들은 차츰 이상한 기분이 들었다. 그 많은 제사를 하나도 빠뜨리지 않고 알아보기도 쉽지 않거니와, 별로 드러내고 싶지 않아 조용히 제상을 차린 날도 당편이는 어김없이 찾아왔기 때문이었다. 어느 날 그런 집을 당편이가 또 용케 찾아오자 궁금함을 참지 못한 그 집 주인이 물었다.

"그런데 당편아, 내 하나 물어보자."

"뭐를?"

당편이가 방금 받은 밥죽을 뜨다 말고 멀뚱히 건너다보았다.

"니 오늘 우리 집에 제사 든 거 어예 알았노?"

"히잉, 그거. 그거사 뻔하제. 아까 저녁 나불에 감천 할배가 들어가는 거 봤다."

당편이가 댄 것은 방금 태운 지방(紙榜)의 주인이 살았을 적 택호(宅號)였다. 집주인은 처음 당편이가 제삿밥 얻어먹으러 온 걸 무안히 여겨 둘러댄 것으로 여겼다. 그러나 그녀에게는 무얼 감추기 위해서 웃기거나 능치기 위해서 말을 둘러 할 재주가 없었다. 거기다가 예전 처녀적 뱃속에 든 아이를 성별까지 알아맞혀 소동이 난 일을 떠올리자 집주인은 갑자기 섬뜩한 느낌이 들었다.

"니, 니가…… 우리 할배를 봤다꼬?"

"등이 꼬꾸장(꾸부정)하고…… 가마이 걸어가도 해암시러워(성깔 있어) 비는 게 멀리서 봐도 그 할배 맞더라."

"뭐라? 그 할배 돌아가신 지 하마 삼십 년이 다돼 간다. 그라믄 니 눈에는 귀신도 빈단 말가? 니가 그래 용케 남우 제삿날 알아맞추는 게 그 때문이가?"

그러자 당편이는 별난 일도 아니란 듯 대답했다.

"몰라, 그게 귀신인동 모리겠다마는 저녁답(무렵)에 뒷골 둥천에서 마(마을)를 낼따(내려다)보고 있으믄 그러매이(그런 종류의) 사람들이 있다. 막 어둑어둑할라 카는데 하얀 조선옷 채리 입고 기척도 없이 솔방솔방(슬금슬금) 댕기는 사람들 말이라. 아는 사람도 있고 모리는 사람도 있고오, 그중에 어떤 사람이 가마이(가만히, 조용히) 들어가는 집이 있으믄 그게 바로 그날 제사 드는 집이드라꼬. 나도 첨에는 몰랐는데 몇 번 따라가 보이 글터라."

그 집주인으로부터 그 같은 당편이의 말을 전해들은 사람들은 대강 두 패로 나뉘었다. 한 패는 당편이의 그 같은 능력을 신비적으로 해석하고 믿어주는 사람들로, 근거로는 그녀가 처녀 시절에 잠깐 보인 적이 있는 그 특별한 인지 능력을 댔다. 다른 한 패는 무엇이든 과학과 합리로 설명할 수 있다고 믿는 사람들로, 그녀의 그 별난 능력을 이십 년 가까이 한 마을에 살면서 무의식 속에 축적된 기억이 현재의 절실한 필요에 의해 재생된 것으로 보았다.

하지만 그 뒤로도 몇 번 되풀이된 실험의 결과는 아무래도 신비적인 해석을 하는 사람들의 편일 듯싶다. 한번은 이런 일이 있었다. 제삿밥을 나눠준 제주(祭主)가 당편이에게 그날 보고 따라온 사람을 묻자 그녀는 다시 눈앞에서 본 듯 대답했다.

"젊은 여자드라. 하얀 소복을 입었는데 억시기 서러분(서러운) 동…… 뒷모양이, 울고 있는 것 같기도 하고. 너어 집 앞에 오디(오더니) 몇 번 주척(쭈뼛)거리기도 하는 눈치라. 손에 명주 띠 같은 걸 감고 있던강⋯⋯."

그런데 그날 저녁 사른 지방의 임자는 집주인의 두 분 증조비(曾祖妣) 중에서 전취(前娶) 되는 이였다. 젊어 남편에게 소박맞은 것을 슬퍼하다 명주 띠에 목을 매어 자살했는데, 그게 하마 백 년도 더 지난 일이었다. 거기다가 그 사연도 떠들고 자랑할 만한 게 못 돼 집안 사람들조차 잘 모르는데, 당편이가 보거나 들었을 리는 더욱 없었다.

"참말로 그 눈에 뭐가 비기는 비는 모양이구마는. 글치만 애들다(애닯다). 남우 뱃속에 든 알라나 제삿밥 찾아 먹으러 오는 귀신 같은 거 말고 딴 게 비문(보이면) 안 되나? 점(占)이라도 터져주문 그걸로 밥인따나(밥이나마) 얻어먹겠구마는⋯⋯."

어떻게든 당편이를 과학과 합리로 설명하려고 애쓰던 사람들도 마지막에는 그렇게 결론지었다고 한다.

그게 구걸의 한 형태이든 말든 당편이에게는 한동안 평온하고 불편 없는 날이 흘렀다. 무언가 시킬 일이 있어 찾아주는 사람이 없으면 그녀는 폐가가 된 녹동댁을 손보는 일로 시간을 보냈다. 비가 새는 기와나 기우는 기둥은 어쩔 수 없었지만 마당 가득하던 잡초나 집안에 켜켜이 앉은 먼지들은 몇 달도 안 돼 깨끗이 쓸려 나갔다.

그 일을 고맙게 여긴 닭실댁이 여러 해 만에 고향에 돌아와 당편이에게 정식으로 그 집의 관리를 맡겼다.

"당편아, 쪼매만 더 고생해래이. 인제 아 애비도 정교수 되고 서울에 집도 한칸 장만했다. 당장은 기진맥진이다마는 곧 힘 모옜는(모이는) 대로 이 집도 수리할라 카더라. 그래 되믄 나도 여다 와서 니하고 살란다. 서울 거기 공기만 탁하고, 나도 하마 칠십객을 바라본다. 손자들 다 컸고, 짐만 되이, 여다 내려와 조용히 살다 죽는 것도 한 모양 아일라(아니겠나)? 그러이…… 그때까지만 어예 삐쳐(끌어, 버텨)봐라."

석유 곤로며 냄비에 밥그릇 몇 개를 갖춰주고 쌀 말까지 들여주며 그렇게 말하고 떠날 때는 당편이의 작은 낙원이 다시 회복될 것도 같았다. 그 소문을 들은 문중마을 사람들도 한시름 놓은 기분이었다.

하지만 한 번 사라진 낙원이 되살아나기란 쉬운 일이 아니다. 고향을 다녀갈 때만 해도 정정하던 닭실댁이 갑작스레 밝혀진 암으로 그해를 넘기지 못하고 죽자 그녀의 약속과 다짐도 함께 사라졌다. 연년생인 삼남매 잇달아 대학에 보내는 것도 힘겨운, 사립대학의 융통성 없는 교수에게 육십칸 가까운 고향 옛집은 그저 애물단지일 뿐이었다. 하물며 벌써 십여 년 전에 인연이 끊어진, 몸도 성치 않은 옛 고용인이랴.

거기다가 그해 겨울이 깊어지면서 당편이가 힘겹게 얽어온 그런 삶이 얼마나 근거 없고 불안한 것인가가 점차 뚜렷하게 드러났다. 먹는 것 외에 누군가 그녀가 겨울 추위를 견뎌낼 옷과 아무런 난방 장치가 없는 잠자리도 보살펴주어야 했는데, 그게 간단하지 않았다. 당장은 동네의 헌옷을 거둬 입히고, 집집마다 형편대로 난방을 돌봐주어 겨울을 넘기고 있었지만, 문중마을 누구도 그런 부담을 두고두고 되풀이 떠맡고 싶지는 않았다.

면사무소에서 계장으로 일하는 집안 아저씨가 사회복지 시설에 눈길을 돌리게 된 것은 그런 문중마을 사람들의 속마음에 밀려서였다. 때는 80년대 초라 벌써 수많은 장애자 수용 시설이 설립되어 있어 경쟁적으로 사람을 거둬들이고 있었다. 수용비용을 대줄 사람도 없고 달리 생산 능력을 가진 것도 아닌 장애자들을 맡는 것은 그대로 자선 사업에 지나지 않는데도 그 어떤 이유에선지 그들은 시골 면까지 수용자를 찾는 협조 요청 공문을 보내왔다.

그 협조 요청 공문 중에 하나를 본 집안 아저씨는 몇몇 문중마을 어른들과 의논한 뒤 당편이를 찾아갔다. 유난히 추위 견뎌내기 힘들었던 그 겨울이 끝나갈 무렵이었다.

"당편아, 니 여기서 이래 고생하지 말고 좋은 데 안 갈래?"

그가 그렇게 묻자 사랑채 쪽마루에 앉아 해바라기를 하고 있던 당편이가 눈을 번뜩이며 물었다.

"좋은 데라꼬? 어데?"

"장애자 복지 시설이라꼬, 너어 같은 사람들 모아 잘 믹이고 입히고 재워주는 데 있다."

"너어 같다는 게 무신 말이고?"

"안 있나…… 몸이 성치 않아 일도 잘 못하고……."

그러자 당편이의 얼굴에 무언가 경계하는 듯한 기색이 떠올랐다.

"그래문 별안간이 만고강산이 실리간 곳이라?"

'별안간이'는 오래전에 정신병원으로 실려간 미치광이의 별명이고, '만고강산이'는 그 몇 해 전에 입원한 뒤 그때껏 돌아오지 않고 있는 알코올 중독자의 별명이었다. 그제서야 당편이가 불안해하는 것이 무엇인지를 알아차린 그가 얼른 말을 바꾸었다.

"아이다. 거기는 정신병원이고, 여다는 그냥 사는 데다. 맘대로 왔다갔다하며 놀기도 하고, 또, 전부 병신이만 모인 곳도 아이고."

"그런 데가 어딨는데?"

"니 대구 아나? 대구 근처라 카는데, 여기서 차 타고 가믄 한나절 길밖에 안 된다."

"거기 가믄 내 아는 사람들도 있나?"

"글치는 않을 께라. 안죽 여다서 거기 간 사람은 없으이께는."

그런데 그게 실수였다. 갑자기 당편이의 눈길이 실쭉해지더니 목소리가 강해졌다.

"싫다. 거다는 안 갈란다."

"아이, 왜? 당편이 니 왜 그래노?"

"아는 사람 없다 카믄 내 혼차나 마찬가지라. 아무리 좋다 캐도 내 혼차 어예 가서 사노?"

그 말을 듣자 그 아저씨는 다시 아차, 싶었다. 초등학교 하급반 정도의 지능이라도 오랜 세월 삶에 부대끼다 보면 어떤 면은 정상의 성인 못지않게 섬세하고 예민해질 수도 있다. 그런데도 예전같이 사실만 가지고 그녀를 설득하려다 뜻밖으로 강한 거부를 당한 셈이었다.

그날 그 아저씨는 이런저런 좋은 말들로 자신의 실수를 만회해 보려 했지만 끝내 당편이의 동의를 받아내지 못했다. 아무리 급식이 좋고 시설이 편리하게 되어 있다고 해도, 또 착한 사람들이 도와주고 나라가 돌본다 해도, 그녀는 왼고개만 내저었다. 그런데 그가 낭패한 기분으로 그 일을 문중마을 사람들에게 전했을 때였다. 듣고 있던 사람들 중에서 나이 든 새댁네 하나가 나섰다. 동네에서도 말 잘 둘러대기로 소문난 아주머니였다.

"듣고 보이 그거는 아지뱀(아주버님)이 말 잘못했구마는. 어리(어릿)할수록 겁 많은 법인데 설 건드려놓은 게라. 글치만 내한테 매끼소. 내가 함(한번) 달래봄씨더."

그렇게 자청해서 일을 떠맡은 아주머니는 다음날 당편이를 찾아가 죄 없는 면사무소 계장 흉부터 늘어놓은 뒤 물었다.

"그런데 말이라, 어제 그 앞뒤 꽉 막힌 아지뱀 여기 안 왔드나?"

"왔다 갔다."

"그래 니한테 뭐라 카드노?"

그러자 당편이가 떠듬떠듬 기억나는 대로 전날 들은 말을 전했다. 얘기가 기다리던 부분에 이르자 그 아주머니가 짐짓 짜증스런 표정으로 끼여들었다.

"하, 그 양반이 일타(이렇다) 카이. 거기 없기는 왜 아무도 없어? 아지도(알지도) 모르고 그저 아무따나(아무렇게나) 너불너불······."

"그럼 니는 가봤나? 거다 있는 사람들도 만내봤나?"

그 아주머니가 워낙 그 수용 시설을 잘 아는 척하는 바람에 넘어간 당편이가 조금 풀린 얼굴로 넌지시 물었다. 아주머니가 기다렸다는 듯이 받았다.

"그라문. 글코 말고. 지난 가을에도 갔다 왔다."

"거다 내 아는 사람 누가 있드노?"

"우선 칠보네가 있고, 맞다 창길이도 봤다. 종가 옆에 살던 박곡댁네도 거다 있고······ 장터 박상(튀밥) 튀굿든(튀기던) 눈까재기(애꾸눈)도 봤다. 언덕 밑 유기쟁이네도 비는 것 같고······."

그녀는 당편이가 알 만한 사람 중에 고향을 떠난 사람은 죽었거나 살아 있거나를 가리지 않고 있는 대로 댔다. 당편이의 표정이 좀 더 밝아졌다.

"그렇게나 마이······ 더구나 칠보 아지매하고 창길이까지······."

"그래, 그만하믄 가보고 싶은 마음 있나?"

"어예믄 여다(여기)보다 내 아는 사람이 더 안 많을라? 글타 카믄 가볼란다."

그렇게 어렵사리 동의를 받아내자 그다음은 일사천리였다. 몇 차례 서류와 행정 전화가 왔다갔다한 뒤 당편이가 떠나는 날이 왔다. 집집마다 한 끼씩 정성 들여 차려 먹이고, 가진 옷 중에서 가장 마뜩한 옷을 입힌 뒤 돈까지 몇만 원 거둬 쥐여주었지만 보내는 사람들의 마음은 왠지 편치 않았다.

전날까지도 히잇, 거리며 마을을 돌던 당편이도 막상 떠나는 날이 되자 어둡고 불안한 표정이 되었다. 버스를 타기 위해 장터거리로 내려갈 때는 곁에 따라오던 집안 아주머니에게 넌지시 묻기까지 했다 한다.

"내 꼭 거다 가야 되나? 지금이라도 안 가믄 안 되나?"

그러다가 끝내 버스에 올라서는 굵고 쉽없는 눈물을 흘리기 시작했는데 그걸 본 사람들은 녹동 어른 세상 떠났을 때에 못지않은 느낌이었다고 한다. 그날 눈물을 보인 것은 당편이뿐만이 아니었다. 당편이를 데리고 대구 근교에 있는 복지 시설까지 갔다온 면사무소 계장도 그랬다. 저녁 막차로 돌아온 그는 장터거리에 내리자마자 가장 가까운 술집에 들어가 술을 재촉하며 연신 두 눈을 훔쳤다. 그리고 소주 한 병을 비우기도 전에 취해 술집 주인을 잡고 넋두리처럼 말했다.

"내 마음이 왜 일노(이렇노)? 당편이를 들라주고(넣어주고) 철문을 나오는데 꼭 키우던 강생이(강아지)를 범 아가리에 디밀고 오는 기분이라. 참말로 우리 알라를 고아원에 매삘고 와도 기분이 일치는(이렇지는) 않을 게라……."

따지고 보면 그때 고향은 그 마지막 껍질을 벗고 있었다. 바로 당편이가 속한 동심원이었다. 순서로는 심신 모두 온전한 사람들이 만드는 중심과 당편이가 속한 동심원 사이에 경미한 지려천박자(智慮淺薄者)나 편집증후군(偏執症候群)이 만드는 원이 하나 더 있었다. 그러나 그것은 이탈과 편입이 쉽고 잦은 그 특성으로 진작에 해체되고 없었다. 곧 보다 악화되어 벗겨져 나갔거나 온전함을 위장하여 중심에 편입되고, 그들을 가리키던 환유들은 더 쓰이지 않게 되었다.

어떤 공동체가 불구나 흠결의 껍질을 벗고 온전한 성원들로 이루어진 중심만 남았다는 것은 발전이나 진보로 해석될 수도 있다. 하지만 그 중심이 일체감으로 융합된 실체가 아니라 양파의 속처럼 쪼개진 동심원들의 집합일 뿐이라면 그 바깥의 동심원들이 벗겨져 나간 것은 크기의 축소와 보호막의 상실을 뜻할 뿐이다.

그런데 오늘날 중심의 형태로만 남아 있는 부락공동체의 본질은 갈수록 양파의 속을 닮아간다. 위장된 온전함으로 덩이져 있지만 그 실질은 능력으로 구분되고 이기로 쪼개진 동심원들의 집합일 뿐이다. 한겹 한겹 벗겨가면 결국은 아무것도 남지 않을, 어쩌면 그날 면사무소 계장 아저씨가 흘린 눈물도 떠나간 당편이를 위한 것이 아니라 그렇게 한겹 한겹 벗겨가 결국은 아무것도 남지 않게 될 고향을 위한 것이었는지도 모른다.

번잡한 도회에 겨우 뿌리를 내린 우리가 눈코 뜰 새 없이 휘몰리며 서른 고개를 넘기고 있던 80년대 초반 어느 이른 봄날의 일이었다.

멀리서, 그것도 몇 달이나 늦어서야 그 소식을 들었지만 우리도 마음속으로는 울었다. 왠지 그녀가 떠난 것이 아니라 고향과 우리가 그녀를 버린 것 같았고, 그 때문에 끊어진 그녀와의 인연은 이 세상에서는 다시 이어질 것 같지 않는 예감이 들었다.

그런데 아니었다. 느닷없이 날아든 중공군 전투기에 방공경보를 울려 온 나라가 법석을 떤 어느 일요일 우연히 모여앉게 된 종로통의 술자리에서 우리는 당편이가 돌아왔다는 놀라운 말을 들었다. 그 무렵 무슨 일인가로 고향을 다녀온 동항(同行: 같은 항렬) 녀석 하나가 날라온 최신 뉴스인 셈인데, 그녀가 떠날 때에 못지않게 듣기에도 가슴 아픈 귀환이었다.

당편이가 고향으로 되돌아온 것은 떠난 지 삼 년이 조금 지났을 때였다. 그날 장터거리 초입에서 잡화상을 열고 있던 최씨는 멀리서 아이들을 줄줄이 뒤딸린 채 장터거리 쪽으로 오고 있는 어떤 미친 여자를 발견했다. 그 무렵 들어서는 이미 보기 힘들어진 광경이라 목을 빼고 자세히 바라보던 그는 이내 놀라 소리쳤다.

"어억, 저거 당편이 아이라?"

그러자 맞은편에서 가구점을 하는 남씨가 나와 그쪽을 바라
보다가 이내 별난 당편이의 걸음걸이를 알아보고 맞장구를 쳤다.

"아이고, 참말로 글네요(그렇네요). 저게 어데서 오는 길이로?"

그러나 그들을 빼고는 앞뒤 가게 모두 당편이를 잘 알지 못하
는 사람들이라 더 이상 맞장구를 치는 사람이 없었다. 모두 신기
한 구경거리 삼아 당편이가 장터거리로 드는 것을 멀거니 바라보
기만 했다. 최씨와 남상만이도 아는 척은 했지만, 당장은 어떻게
해야 할지 몰라 다른 사람들과 마찬가지로 당편이가 하는 양을
지켜보았다.

멀리서 볼 때는 곧 쓰러질 듯 다리를 끌며 오던 당편이가 장터
거리에 접어들면서 갑자기 힘을 얻은 사람처럼 걸음을 빨리했다.
거지 중에도 저런 거지가 있을까 싶을 정도로 남루한 차림에 때
묻고 그을은 얼굴이었지만 떠날 때와 크게 달라진 데는 없었다.

그녀가 기우뚱, 철퍼덕 하며 먼저 달려간 곳은 술도가였다. 영
문도 모르는 채 신이나 와, 하는 함성까지 지르며 따라붙는 아이
들을 무시하고 안채 대문께에 이른 그녀는 그제서야 무얼 생각해
냈는지 멈칫 섰다. 그리고 한동안 도가 안채를 들여다보다가 비통
한 신음 같은 소리와 함께 울음을 터뜨렸다.

"으어, 으흐흐…… 으어어, 으흐흐흐……."

그러자 그때껏 신나 따라왔던 장터 아랫마을 아이들은 멀뚱

해져 한발 물러나고 놀란 술도가 사람들이 뛰어나왔다. 일꾼 둘과 식모였는데 당편이를 알아본 것은 그중에 발효실 김씨 하나뿐이었다.

"아이, 이게 누구로? 당편이 아이라? 니가 웬일이로? 어디서 오는 길고?"

반가움 반 놀라움 반으로 그렇게 물었지만 그녀는 그저 엉머구리같이 울기만 했다. 한참이나 붙잡고 물어도 대답 없이 울기만 하자 김씨도 엉거주춤 물러나 구경꾼들 사이에 끼여 섰다. 그 뒤 몇 사람 소문을 듣고 온 장터거리 사람들도 마찬가지였다. 김씨와 비슷한 감정에 비슷한 물음을 던지다가 대답이 없자 머쓱한 얼굴로 물러나 구경꾼 수만 보탰다.

무인지경에 홀로 버려진 듯 섧게섧게 울기만 하던 당편이가 비로소 다른 사람의 말에 반응을 보인 것은 면사무소 계장으로 있으면서 그녀를 복지 시설까지 데려다준 집안 아저씨가 나타나고 나서였다. 그때는 부면장이 되어 있었는데, 언덕 위 문중마을 사람들 중에는 가장 먼저 소식을 듣고 달려와 당편이의 손을 잡고 무안한 듯 더듬거렸다.

"당편아, 니…… 왔구나. 고생했제? 거다서…… 지내기 어렵다는 거…… 니 보내는 날 하마 알았다라…… 글치만 어옐 수가 있어야제……."

"이 손 치와라."

갑자기 당편이가 손을 뿌리치며 소리쳤다. 어느새 눈물을 훔쳐 내고 부릅뜬 그녀의 두 눈에는 전에 보지 못했던 흉흉한 불길 같은 게 이글거렸다.

"그래, 알았다. 우리가 잘못했다. 얼마나 고생했노? 그래도 여다서 이랠 게 아이라 우리 마(마을)로 올라가자. 녹동댁으로 가 짐 풀고 옛날같이 사는 게라."

부면장이 무안함을 감추며 다시 달래듯이 말했다. 당편이가 한층 더 이글거리는 눈길로 그를 노려보며 목소리를 높였다.

"인제 너어한테는 안 간다. 너어는, 너어는…… 날 쐬였다(속였다). 그때 뭐라 캤노? 거다 가믄 모도 다 있다꼬 했제? 칠보 아지매하고 창길이하고…… 다 밸간(새빨간) 거짓말이라. 가보이 아무도 없더라. 내 혼차뿐이더라."

그래놓고는 다시 섧게섧게 울며 넋두리처럼 말했다.

"거다가 내가 일로(이곳으로) 돌아올라 칸다꼬 뚜디리고(때리고) 굶겠고(굶기고) 가둣고(가두고)…… 그게 다 너어가 씨겐(시킨) 짓이제? 그런데 이케(이렇게) 애먹고 도망튀온 내가 또 왜 너어한테 가노? 너어한테 갔다가 무신 꼬라지 날라꼬? 또 어디다가 날 꺼다 매뻴라꼬?"

실제로 그랬다. 그 뒤 그녀는 다시 고향에서 사라질 때까지 언덕 위 문중마을에는 한 번도 발을 들여놓지 않았다.

풍문과 추측으로 재구성한 것이지만 당편이가 그 악명 높은 장애자 수용 시설을 탈출해 고향으로 돌아오기까지의 과정도 눈물겨움을 넘어 처참한 데마저 있다. 그녀가 어떻게 그런 수용 시설의 삼엄한 울타리를 벗어날 수 있었는지에 대해서는 알려진 바가 없다. 어떤 이는 그 무렵에 있었던 집단탈출에 묻어서 나왔다고 하고, 또 어떤 이는 뱃속에 든 아이를 보거나 제삿날을 알아내는 것과 같이 우리가 알 수 없는 어떤 비상한 방법을 써서 빠져 나왔을 것이라고 한다.

하지만 용케 수용 시설은 벗어나도 당편이의 지능과 기억력으로는 곧바로 고향으로 돌아올 수가 없었다. 행정상의 지명만 정확히 알고 있으면 물으며 걸어와도 닷새면 될 길을 돌아오는 데 그녀는 꼬박 일 년이나 걸렸다. 온전치 못한 몸에 아무것도 지닌 것 없이 온갖 낯선 땅과 사람들 사이를 헤매고 떠돌아야 했던 그녀가 겪었을 결핍과 모멸은 듣지 않아도 짐작이 간다. 끝내 언덕 위 문중마을 사람들을 용서할 수 없게 한 그녀의 분노와 원한은 그 고통스런 일 년 동안에 더욱 굳게 다져진 것임에 틀림이 없다.

마지막 봄

당편이가 장터거리에 자리잡는 데는 그곳 사람들의 남은 정이 큰 몫을 했다. 먼저 곽산이네 둘째가 그녀를 데려다가 기력을 회복할 때까지 먹여주었고, 그녀를 아는 또다른 사람들은 옷가지를 모아 그동안 그녀에게 더께앉은 노숙과 걸식의 때를 벗겨냈다. 거처도 그녀의 뜻에 따라 장터거리 안에 마련되었다.

고향 초등학교 정문 맞은편에 향군회관이라고 불리는 건물이 하나 있었다. 60년대 후반 울진 삼척 지구 공비 침투로 향토예비군의 활동이 한창 왕성할 때 지은 것인데, 거창한 이름에 비해 건물의 내용은 빈약하기 짝이 없었다. 외겹으로 시멘트 벽돌을 쌓아올린 벽에 슬레이트 지붕을 덮고 미장과 도색만 그럴듯하게 처바른 여남은 평의 한일자 날림 집이었다.

그 향군회관에도 좋았던 한때는 있었다. 아직 인적 자원이 많이 남아 있는 데다 예비군으로 편성돼 있는 기간이 길었던 시절, 고향에는 꽉찬 대대 병력이 훈련과 지역방어의 임무를 수행했다. 바로 그 시절 대대본부로 쓰였던 그 건물은 한때 고향에서 손꼽히는 공공시설로서의 성가를 누렸다. 그러나 향토예비군의 인원과 활동이 차츰 줄어 마침내는 중대만 남고, 그나마 중대본부가 현대식으로 잘 지어진 면사무소 부속 건물로 옮겨가 버린 그 무렵에는 거의 버려지다시피 했다.

그 건물을 당편이의 거처로 착안한 것은 술도가 김씨였다. 그는 당편이를 아는 몇몇 사람들의 도움을 받아 옛날에 당직실로 쓰였던 방과 그 곁 헛간을 손질해 그녀가 기거할 수 있도록 꾸며주었다. 그 건물의 관리권을 가진 예비군 중대도 그런 전용(轉用)을 묵인했다.

하지만 무엇보다도 당편이의 삶을 안정시키는 데 도움이 된 것은 면사무소로부터 생활보호대상자로 지정된 일이었다. 규정을 엄격히 적용하면 원래 그녀는 자활보호(自活保護)에 해당했다. 그런데 부면장이 힘을 써 보다 보조가 많은 거택보호(居宅保護)를 받게 되니 구걸하지 않아도 굶어죽는 일은 면하게 되었다.

그렇게 삶이 안정돼 가면서 고향을 떠나 있던 동안 그녀가 받았던 마음의 상처도 아물어갔다. 그녀가 돌아온 지 일 년도 안돼 그 검고 깊은 눈가에 번쩍이던 경계와 의심의 눈빛은 사라지고 옛날의 부족과 원망을 모르는 히죽거림이 되살아나기 시작했다. 아이들에 대한 전에 없던 유별난 적대감이 가라앉은 것도 그 무렵이었다.

누가 시키지 않아도 무언가 자신이 할 수 있는 일거리를 찾아다니는 습성도 되살아났다. 아무도 오지 않는 향군회관 주위를 번쩍거릴 정도로 쓸어놓고, 남는 시간은 장터거리를 돌아다니며 자신이 끼여들 수 있는 기능의 틈새를 찾았다. 그러다 보니 밥 한 끼 얻어먹을 만한 일거리는 더러 남아 있어 면에서 보조받는 쌀 한 말과 몇 푼 생활비가 오히려 남아돌 지경이었다.

우리가 어떤 사람의 삶에 특별히 유의하거나 어떤 행동을 주목하는 것은 거기서 드러나는 문제가 흔치 않고 그 해결도 간단하지 않을 때가 된다. 소설의 주인공을 달리 '문제적 인간'이라 부르는 것도 그 때문일 것이다.

그렇지만 그 무렵부터 당편이가 고향사람들의 주목에서 비껴나 앉게 된 것이 반드시 그녀가 안고 있던 모든 문제의 소멸을 뜻하는 것은 아니다. 일견 그녀는 그 생애에서 드물게 평온하고 자적한 모습으로 그녀의 오십대 중반을 넘기고 있었지만 그녀의 문제들이 본질적으로 해결된 것은 거의 없었다. 따라서 그 문제들로부터 빚어지는 그녀만의 별난 신호도 그 강도는 다소 약화되었겠지만 계속 발신되고 있었을 것이다.

그런데 시대는 이미 대중매체를 통한 신호의 폭발적인 증가로 수신자(受信者)들의 의식이 포화 상태로 빠져들던 80년대 중반이었다. 고향이라고 다를 바 없어 그곳 사람들도 당편이가 보내는 신호를 받아들일 의식의 여분이 없었다. 따라서 절박한 상황이 종료되자 다시 무관심과 둔감이 그녀와 장터거리 사람들 사이에 되살아났다. 그리고 거기서 자란 그들의 불통(不通)은 멀리 떨어져 있는 우리에게도 그대로 적용돼, 당편이가 그렇게 장터거리에 온전히 자리잡고 난 뒤 한동안 우리는 그녀를 거의 잊고 지냈다.

당편이의 마지막 봄은 고향 장터거리까지 일로삼김(一盧三金)이 불지핀 대통령선거 열기로 후끈 달아 있던 그해 가을에 첫 조짐을 보였다. 마른 고목이 느닷없이 한가지 아름다운 꽃을 피워올리듯, 어느덧 육십 고개를 바라보는 그녀 앞에 또 한 사람 운명의 남자가 나타난 일이 그랬다. 고향 사람들을 한동안의 무관심과 둔감에서 깨어나게 하고 오히려 예전보다 더한 주의로 그녀의 삶을 살피게 한 건어물장수 영감이 바로 그였다. 하지만 여기서는 그보다 먼저 흔히 '마른고기쟁이'라 불리는 건어물장수 일반에 대한 우리의 독특한 인상과 기억부터 얘기하는 게 좋을 듯싶다.

고향과 가장 가까운 어촌은 고향 면소재지에서 대략 백이십 리 길이 된다. 그러나 그것은 산 만나면 산 피하고 물 만나면 물 피해 구불구불 돌아가는 신작로로 가면 그랬고, 샛길로 재를 넘으면 칠십 리를 크게 넘지 않았다.

우리가 어렸을 적 어촌의 해산물은 크게 두 가지 경로로 유입되었다. 하나는 장날 장차(場車)에 실려 들어오는데, 이때는 얼음에 재거나 소금을 친 생물이 주종을 이루었다. 다른 하나는 봇짐에 지고 재를 넘어오는 것으로 이때는 대개 저나르기 가볍고 날을 끌어도 잘 변하지 않는 건어물이 되었다. 물론 고등어 자반이나 삶은 문어, 영덕대게같이 물기 있는 것들이 등짐에서 나올 때도 있었지만 그것은 어디까지나 예외적인 경우였다.

그런데 어린 날의 기억에도 이상한 것은 등짐을 메고 오는 건어물장수들의 공통점이었다. 마른 오징어나 명태, 가자미, 미역, 멸치 따위를 지고 와 돈이나 곡식과 바꾸어 가는 그들에게는 정도는 가벼워도 한결같이 신체적인 흠결(欠缺)이 있었다. 이를테면 미역과 멸치를 주로 지고 오는 중년은 한쪽이 곰배팔이였고 영덕대게를 주로 지고 오던 사람은 애꾸였다. 나중에 사람이 바뀌어도 가볍게 다리를 절거나 목이 굳어 몸을 돌려야만 뒤를 볼 수 있는 반(半)불구라는 점에서는 변함이 없었다.

그렇게 등짐을 지고 칠십 리 길을 걸어오는 건어물장수들이 온전히 사라진 것은 자동차가 온 나라를 뒤덮기 시작한 70년대 말쯤으로 기억된다. 하지만 지금도 '마른고기쟁이'란 말만 들으면 우리는 무의식적으로 한 떼의 경증(輕症) 장애자들을 떠올리게 된다. 짐작으로는 어촌에 살면서도 배를 탈 수 없는 사람들이 건어물 장사를 나서 그런 인상을 굳혀주게 된 게 아닌가 싶다.

우리 당편이에게 마지막 운명의 사람이 된 그 영감도 젊어서부터 건어물 등짐을 지고 고향을 찾던 사람이었다. 왼쪽 다리가 짧아 등짐이 위태롭게 보일 정도로 절름거렸지만 고향 사람들은 그보다 말을 알아듣기 어려울 정도로 짧은 그의 혀를 더 특징적인 것으로 여겼다.

그가 아직 총각이었던 어느 해의 일이었다고 한다. 그가 마른 고기를 지고 왔는데 계절은 마침 보리가 누렇게 익어갈 무렵이었다. "보리(이삭)끝이 노릿노릿하구나"라는 말을 고향 사투리로 하면 "보리끝이 놀놀하구나"가 된다. 그도 한창 익어가는 보리밭을 바라보며 제딴은 맥추(麥秋)의 감회를 못 이겨 그렇게 한마디를 했는데 곁에 있는 사람에게는 이렇게 들렸다.

"보지끄치 요요하구나."

그 뒤로 고향 사람들은 그를 부르는 호칭 앞에 반드시 '혀짜래기'란 관형어를 붙여 그 일을 상기하며 빙글거렸다. 그래서 '혀짜래기 총각'에서 시작해 '혀짜래기 양반'을 거친 뒤 '혀짜래기 영감'이 되도록 고향을 드나들다가, 한 십 년 보이지 않는가 싶더니 홀연히 옛날의 등짐을 지고 고향 장터거리에 나타났다.

많지는 않아도 영감을 알아본 사람들은 그가 예전처럼 등짐만 풀어 먹이면 곧 고향을 떠날 것으로 여겼다. 하지만 그런 사람들의 예상은 빗나갔다. 영감은 등짐은 풀어 먹일 생각도 않고 장터거리 여기저기를 기웃거리며 빈 점포를 알아보고 있었다.

장터거리 사람들은 그런 영감을 어이없어했다. 그사이 도로가 포장되고 교통편이 늘어 마음만 먹으면 한 시간 안에 없는 게 없는 어물전이 즐비한 읍내 시장을 다녀올 수 있게 세상이 변해 있었다. 장터거리에 하나 있는 어물전도 파리를 날리고 있는 판에 말린 가자미 몇 두름, 오징어 몇 축 지고 와 건어물전을 열겠다니 웃을 수밖에 없었다.

거기다가 더욱 한심한 것은 영감의 장사밑천이었다. 장터거리에 몇 군데 비어 있는 점포가 있었고, 보증금도 월세도 상가 같지 않게 헐했으나 영감은 구경만 하고 고개를 내저었다. 나중에 알고 보니 그에게는 몇 푼 안 되는 그 보증금조차 감당할 만한 돈이 없었다.

"할 수 어찌 머(없지 뭐). 예일(내일) 대처 나가 아야(알아) 보얀다(볼란다)."

그래도 그렇게 큰소리 치며 장터거리에서 점포 얻기를 단념한 영감이 그날 해 질 무렵 향군회관을 찾아든 것은 숙박비 없이 하룻밤을 나기 위해서였다. 영감은 한때 향토예비군 대대본부 사무실로 쓰였던 방에 등짐을 풀었다. 오래 손보지 않아 미장이 헐고 출입구 유리창은 다 깨져 있었지만 그새 싸늘해진 가을바람과 새벽이슬을 막아주기에는 넉넉한 곳이었다. 그런데 그 곁에 붙은 옛날 숙직실이 바로 당편이가 거처로 꾸며 쓰는 방이라 그녀와 영감의 운명적인 첫 대면이 이루어졌다.

"니 누고? 왜 여다 있노?"

라면이라도 끓여 먹으려고 영감이 풀어놓은 등짐에서 냄비를 꺼내고 있는데 인기척을 듣고 달려온 당편이가 물었다. 경계어린 눈빛에 한 손을 허리에 얹어 도전적인 태도를 보이는 것으로 보아 그런 영감을 탐탁잖게 여기고 있음에 분명했다. 영감은 영감대로 공연히 저자세가 되어 웃음부터 흘렸다.

"헤에, 하유밤(하룻밤) 묵어 가야꼬(갈라꼬) 그예이더(그래니더, 그럽니다). 왜 안 되이껴(될리껴, 되겠습니까)?"

"안 된다, 여다는. 딴 데로 가라."

매일 앞뒤 마당을 쓸면서 향군회관 전체를 저만의 영역으로 여겨온 탓인지 그녀가 무겁게 고개까지 저으며 말했다. 영감이 그런 그녀를 찬찬히 살피다가 무엇 때문인가 자신을 얻은 듯 뻗대었다.

"보이 이역도(이녁도) 집 쥔 같지는 안쿠마연(않구마는). 배찌로(백지로=공연히) 얌(남) 보고 가야 마야(가라 마라) 카지 마소."

"우리 집은 아이지만 내가 산다. 여다가 어지러브믄 내가 치아야 되고, 뭐가 뿌사지고 없어져도 내보고 머라 칸다."

"어진 거사(어지럽힌 것이야) 시우고(치우고) 가믄 되고…… 뭐, 보이 어시(억시기) 뿌사질 것도 이야쁠(이라쁠=잃어버릴) 것도 엇서비연구마연(없어뵈는구만은)."

"그래도 대장(예비군 중대장)한테 물어봐야 된다. 꼭 여다 잘라 카믄 허락 맡아 온나."

당편이가 한층 강경한 어조로 그렇게 받고, 그 지나친 텃세에 화가 난 영감이 그녀를 노려보며 발딱 몸을 일으킬 때만 해도 그들 사이에는 일촉즉발의 험한 기운이 일었다고 한다. 그런데 참으로 알 수 없는 것은 그다음의 변화였다. 장돌뱅이 등짐장수로 늙으면서 터득한 나름의 처세술에서인지, 아니면 그때 이미 어떤 특별한 끌림을 느껴서인지 영감이 갑자기 태도를 바꾸었다.

"에이, 우이(우리) 이애지(이래지) 말고 좋게 하시더. 없이 사는 사얌끼이(사람끼리)."

영감은 사람이 달라진 듯 다시 웃는 얼굴이 되어 그렇게 말해놓고 등짐을 뒤지더니 꼭 아이들 손바닥만 한 마른 가자미새끼 두 마리를 꺼냈다.

"자아, 이거 저역(저녁) 찬으요(으로) 쓰소. 잿불에 후저저(휘저어서) 째 머믄(먹으면) 멀만 하께야(할게라)."

영감이 마른 가자미를 내밀며 그렇게 말하자 그에게서 무엇을 보았는지 당편이도 갑자기 태도를 바꾸었다. 허리에 얹었던 한 손을 내리고 한동안 멀거니 영감을 바라보다가 슬그머니 돌아섰다.

"그거는 안한다. 글치만 내일 아침에는 일찍이 가거래이."

그러는 당편이의 목소리는 이미 반 넘게 풀려 있었다. 영감이 절뚝거리며 뒤따라가 기어이 마른 가자미를 쥐여주었는데, 마지못해 받는 그녀의 얼굴이 유별나게 벌겠다고 한다.

누가 그 광경을 그렇게 소상하게 보고 장터거리 사람들에게 전했고, 그것이 또 어떻게 문중마을을 거쳐 멀리 서울에 있는 우리 귀에까지 들어오게 되었는지 알 수 없지만, 마침 그 얘기를 듣던 날 자리를 함께하고 있던 우리 중의 하나가 웃으면서 말했다.

"그랬다믄 당편이 그거 와이로 먹은 거 아이가? 인제 당편이도 베렸구나(버렸구나). 와이로 먹고 공공건물 불법 점용을 눈감아 주고……."

그 말에 왁자하게 웃음을 터뜨려도 기실 우리 대부분은 그와 생각이 달랐다. 우리는 당편이가 영감이 내미는 것을 받았다는 사실보다 그때 그녀의 얼굴이 유별나게 벌개지더라는 그 관찰에 더 주목했다. 그래서 그녀 역시 그 영감 못지않은 특별한 끌림을 느껴서가 아니었을까 추측했는데, 다음의 전개를 보면 그 추측이 전혀 틀린 것 같지는 않다.

당편이의 묵인 아래 하룻밤을 보낸 건어물장수 영감은 다음 날 일찍 떠나는 대신 엉뚱한 발상으로 당편이의 방문을 두드렸다.

"보소. 보소. 머 하나 무어(물어) 보시더."

"뭐를?"

문을 열고 영감을 바라보는 당편이의 눈길은 전날과 달리 사뭇 풀려 있었다.

"어제 대장이야(이라) 캤이껴? 그게 무신 대장이껴? 이 집 쥔 마이씨더(말이시더)."

"중대장이라 카든강. 예비군 중대장. 그런데 대장은 왜 찾노?"

"여다 세(貰) 비일(빌릴) 수 있으믄 비이(빌리) 마른고기전 피보야꼬요(펴볼라고요)."

장사를 조금이라도 아는 사람이 그 말을 들었다면 실소부터 먼저 했을 것이다. 틀림없이 향군회관은 장터거리에 속해 있기는 하지만 맞은편의 초등학교 후문과 마찬가지로 장터거리의 번잡과는 한참 멀고 외진 끄트머리였다. 거기다가 건물은 또 앞을 가린 것은 없어도 큰길에서 집 한 채만큼은 들어앉아 있었다.

당편이도 막연하게나마 그곳이 점포 터로 맞지 않다는 느낌은 있었던 듯했다.

"에이구, 여다 무신 점방을⋯⋯."

하면서도 얼굴에는 뭔가 반가워하는 기색이 뚜렷했다. 뿐만 아니라 영감이 진정으로 하는 소린가를 확인한 뒤에는 적극적으로 돕기까지 했다.

장터거리 사람들의 주의를 당편이에게 되돌리게 한 유명한 '쌍절행진(雙絶行進＝두 빼어난 이들의 함께 걷기)'은 거기서 시작됐다. 그날 당편이는 자신이 직접 나서 영감을 예비군 중대장에게 안내했는데, 뭐가 급했는지 서두는 바람에 두 사람이 걷는 모습은 그들의 불구에 어지간히 익숙한 사람도 걸음을 멈춰 서서 바라볼 정도로 별난 데가 있었다.

영감은 왼쪽 다리가 오른쪽보다 한 뼘은 짧아, 오른편 다리로 섰을 때도 작은 키가 왼발로 서면 당편이보다 더 작아졌다. 그런 영감이 걸음을 빨리 하니, 뒤에서 보면 절름거린다기보다는 차라리 아래위로 깜박깜박 솟았다 내려앉았다 한다는 편이 옳았다. 거기 비해 당편이의 기우뚱, 철퍼덕은 서둘면 서둘수록 좌우의 공간을 많이 쓰게 된다. 따라서 그런 둘이 나란히 장터거리를 걸으니 좌우상하로 요란스러울 수밖에 없었다.

어떤 이는 그런 그들을 보고 처연한 마음으로 눈길을 돌렸다. 그러나 모진 세월에 부대껴 무심하고 둔해진 대부분의 장터거리 사람들은 속없이 웃어댔다. 뿐만 아니라 나중에는 그들의 그 같은 동반에 '쌍절행진'이란 이름을 붙였는데, 여기서 쌍절은 뒷날 고향 사람들이 당편이와 건어물전 영감을 묶어 부르던 '장터 쌍절'이란 외호(外號)의 준말이다.

다행히도 그들의 행진은 성과가 있어 영감은 원한 대로 향군회관 옛 사무실을 빌릴 수 있었다. 중대장은 이왕 쓰지 않는 건물이니 나쁠 것도 없다 싶어 한 달 담뱃값이나 될까 말까 한 월세로 영감이 그 건물에 건어물전을 여는 것을 허락해 주었다. 향토예비군 후원비란 애매한 명목의 월세였다.

점포를 얻자 그날부터 영감은 바쁘게 돌아다녔다. 먼저 토수(土手)를 불러 갈라진 벽과 미장이 헐어 떨어진 곳을 시멘트로 대강 바르고, 점포 한 구석에 꼭 사람 하나 누울 만큼의 구들을 놓아 숙소까지 곁들였다. 출입문과 창문의 유리가 깨진 데는 한지를 발라 바깥바람을 막았다. 그런 다음 송판으로 된 사과 상자 몇 개를 바닥에 두 줄로 이어놓아 진열대를 대신하고 그 위에 지고 온 등짐을 풀어놓았다.

그런 영감의 개업은 당연히 장터거리 사람들의 이목을 끌었다. 먼저 그들이 어이없어한 것은 점포의 위치였다. 중심 상가 지역과는 거의 상관이 없을 정도로 멀리 떨어진 곳일 뿐만 아니라 기껏해야 등하교하는 코흘리개들이나 오락가락하는 곳에, 그것도 큰길에서 한참이나 들어간 헐어빠진 사무실 터를 골라 점포를 연 까닭이었다. 무엇보다도 목을 중하게 여기는 그들에게는 그것부터가 도무지 이해가 되지 않았다.

상품은 더욱 한심했다. 그래도 한때 대대본부로 쓰였던 곳이라 여덟 평이 넘는 사무실 터에 영감이 풀어놓은 것은 마른 가자미와 노가리가 각기 다섯 두름, 오징어포가 세 축, 미역 서너 오리와 고등어 자반 대여섯 손에 멸치 몇 됫박과 이름도 모를 잡어 말린 것 한 채반이 전부였다. 그나마 가자미는 어린애 손바닥만 한 데다 노가리와 오징어는 언제 적 것인지 마르다 못해 만지면 뚝뚝 부러졌다. 잡어들은 요새도 저런 것이 잡히며, 말려 상품으로 내놓는가 싶을 만큼 볼품없었고, 고등어 자반은 어디서 용케도 구해다 놨다 싶을 만큼 작고 짤아 빠진 것이었다.

영감이 어떤 연유로 거기까지 흘러들어와 그렇게 형편없는 밑천으로 자리를 잡아야 되었는지는 알 수 없었으나 장터거리 사람들은 오래잖아 그 가게가 문을 닫으리라 예상했다. 어업의 발달에 양식업과 원양어선까지 가세해 어종(魚種)마다 커지고 풍부해진 시대였다. 거기다가 건조 기술과 포장술이 발달해 같은 건어물이라도 일반의 유통 경로를 통해 공급된 장터거리 복판 어물전의 상품은 크기와 때깔에서 영감의 그것과 비교가 안 될 만큼 월등했다.

그런데 참으로 알 수 없는 게 장사의 이치였다. 사람들의 예상과는 달리 몇 달이 지나도 영감의 건어물전이 문을 닫기는커녕 갈수록 등짐으로 물건을 떼어오는 간격이 짧아졌다. 처음에는 거의 세 장(場)에 한 번 꼴이었는데 나중에는 장마다 물건을 채워넣어야 했다.

사람의 입맛에는 추억이 차지하는 몫이 있다. 어렸을 적 손바닥만 한 참가자미 새끼 말린 것을 할머니가 잿불에 휘저어 찢어주면 고추장에 찍어 먹던 기억을 가진 세대나, 밥솥에 찐 고등어 자반을 젓가락으로 집으면 하도 짤아빠진 것이라 살이 푸슬푸슬 흩어지고 입안에 넣으면 단백질의 부패를 암시하는 알싸함까지 느껴지던 기억을 가진 세대에게는 그때의 맛이 바로 마른 가자미와 고등어 자반의 진정한 맛이다.

그런데 일반 어물전의 마른 가자미나 고등어 자반은 아무리 크고 보기 좋고 싸도 그런 어린 날의 추억이 없다. 따라서 우연히 영감의 점포에 그런 것들이 있다는 걸 안 사람들은 입맛이 없거나 옛 맛이 그리우면 굳이 그리로 찾아가 좋은 고객이 되어주었다. 영감이 처음부터 노린 것은 아닐지 몰라도 일종의 틈새를 파고든 장사였다.

하지만 장사가 된다는 게 그저 문 닫지 않고 버텨간다는 뜻이지 무슨 떼돈을 번다는 뜻은 아니었다. 처음 한동안 예상이 빗나간 충격 때문에 주목을 받던 영감의 건어물전은 곧 좀 별나긴 해도 계속 주목할 필요까지는 없는 장터거리의 풍경 중에 하나로 자리 잡아갔다. 대신 장터거리 사람들의 관심은 차츰 그사이 진전된 당편이와 영감의 관계로 옮겨져 갔다.

우리의 기대와는 달리 당편이와 건어물전 영감이 어떤 경과를 통해 뒷날의 관계로 발전해 갔는지 소상히 알려진 바는 없다. 또 모든 남녀의 만남이 언제나 특별한 계기를 갖는 것도 아니다. 굳이 그들을 얽은 기연(奇緣)을 찾는다면 그것은 세상의 하고많은 장소 중에서 장터거리 끄트머리의 버려진 건물을 골라 함께 쓰게 된 일 그 자체일 것이다.

어쨌거나 영감의 점포가 자리를 잡아갈 무렵이던 그해 겨울부터 장터거리 사람들은 두 사람의 일을 본격적으로 입에 올리기 시작하였다. 그때까지는 향군회관의 넓은 마당을 쓸 때나 같이 보이던 두 사람이었다. 겨울이 와서 당편이가 마땅히 갈 만한 곳이 없어진 탓이겠지만 언제부터인가 사람들은 그들 두 사람이 하루 종일 영감의 점포에 나란히 앉아 있는 모습을 먼발치로 보고 묘한 기대를 품었다.

비록 예순을 넘겼다 해도 그 영감은 남자였고, 쉰을 훨씬 넘겨도 당편이 역시 여자였다. 특히 당편이는 이십대에도 서른인지 마흔인지 나이를 가늠할 수 없는 모습이었는데 그때도 별로 변한 게 없어 이제는 오히려 나이보다 십 년은 젊게 보였다. 한 올 센 머리칼이 없는 데다 몸이 피둥피둥해져 살색에 윤기를 더해 준 까닭이었다.

사람들이 한번 관심의 눈길을 모으자, 살던 곳이 멀지 않은 영감의 과거도 조금씩 밝혀졌다. 영감은 고향에서 가장 가까운 바로 그 어촌에서 나고 자란 사람이었다. 짧은 혀는 날 때부터 그랬고, 기형으로 짧은 다리는 어렸을 적 독사에게 발목 힘줄을 물렸는데 지혈(止血)과 해독(解毒) 과정에서 무엇이 잘못돼 그리되었다고 한다.

원래 가난한 집에서 태어나 교육을 전혀 받지 못했고, 뜨내기인 부모가 일찍 죽어 형제자매도 없었다. 고생고생 자랐으나 그 다리로는 배를 타기가 어려웠다. 그렇다고 농사 지을 땅이 있는 것도 아니어서 일찍부터 장삿길로 나섰다. 하필 우리 고향과 인연을 맺게 된 것은 그곳이 그가 사는 마을에서 가장 가까운 내륙(內陸) 장터였기 때문이었다.

장사에서는 꾀죄죄한 겉보기보다 재미를 보았다. 건어물 등짐을 지고 나선 뒤로는 배를 곯은 적이 없고, 한때는 돈을 모아 논밭까지 샀다. 또 중년에는 살던 어촌에 제법 큰 창고를 가지고 건어물을 모아 도시에서 온 수집상에게 도매로 넘긴 적도 있었다.

영감의 이력 중에 단연 이채를 띠는 것은 결혼과 여성에 관련된 부분이다. 그는 육십 평생에 세 번 결혼했고 그 밖에 이래저래 만난 여자와 살림을 차린 게 또 세 번 있었다. 그런데 어찌된 셈인지 여자들은 모두 삼 년을 채우지 못하고 떠나 버렸으며, 자식도 남겨주지 않았다. 뿐만 아니라, 그 여자들이 떠날 때마다 그에게는 빈주먹만 남게 되기 일쑤였다.

영감이 오래 살던 곳을 등지고 우리 고향으로 옮겨앉게 한 것도 마지막으로 얻은 그의 아내로 알려졌다. 예순이 되어 얻은 젊은 과부가 뱃사람과 눈이 맞아 달아나면서 온갖 수단으로 영감의 재산을 한푼 안 남기고 거덜내 버린 탓이었다. 거기다가 서로 물밑 들여다보듯 빤한 동네에서 정부(情夫)와 무슨 짓을 어떻게 하며 돌아쳤는지 영감이 더는 그곳에서 낯 들고 살 수 없게 만들어 놓았다.

영감은 살던 곳을 떠나면서부터 자신에게는 그곳 다음으로 익숙한 우리 고향을 마음에 두었다고 한다. 그러나 워낙 맨주먹이라 바로 오지 못하고 다시 등짐 장수로 인근의 장 마당을 떠돌지 않을 수 없었다. 작은 밑천이라도 장만해 터를 잡으려 한 것인데, 이미 몸은 늙고 셈은 어두워져 그만한 밑천을 모으는 데도 여러 해가 걸렸다. 삼 년 전에 살던 곳을 떠난 영감이 그해 가을에야 고향 장터거리를 찾아들게 된 것은 그 때문이었다.

그 같은 이력들이 속속 밝혀지는 동안에도 영감과 당편이의 결합은 간단없이 진행되었다. 어느 날부터인가 장터거리 사람들은 그들 둘이 함께 밥을 끓여먹는 것을 보게 되었고, 다시 얼마 뒤에는 밤이 되면 잠자리도 함께한다는 소문이 언덕 위 문중마을까지 돌았다. 그러다가 이듬해 봄이 되면서 두 사람은 드러내놓고 한 방을 썼다.

옛적 황 장군의 전설에 젊은 그가 방황하는 동안 전처인 번호댁을 꾀어 달아난 사람이 애꾸눈이 마른고기장수였다는 말이 있다. 만약 그게 사실이라면 황 장군은 전처 후처를 모두 마른고기장수에게 빼앗기는 셈이 된다. 그러나 전설이란 게 대개 시간의 앞뒤를 정하지 않고 가감되는 것이라, 어쩌면 오히려 뒤에 일어난 당편이와 건어물전 영감의 그 같은 얽힘이 전처의 정부까지 마른고기장수로 만들어 버렸는지도 모른다.

당편이와 영감이 어울려 빚어낸 삶의 희비극은 그 뒤로도 '쌍절속보(雙絶續報)'란 이름으로 서울에서 고달프게 삼십대를 마감하고 있던 우리에게도 이따금씩 전해져 왔다. 일이 있어 상경하는 족인(族人)들과 고향에서 치러져도 빠질 수 없는 각종의 관혼상제에 참석했다 올라온 우리 중 누군가가 그 소식통이었다.

그들에 따르면, 당편이와 영감이 서로 끌린 것은 그들에게 유별났던 삶의 신산함과 외로움이었던 것 같다. 그런 삶의 체험을 교환하고 그 기억을 공유하게 되면서 먼저 정신적인 결속이 이루어졌다. 그리고 그 정신적인 결속은 마침내 오래전부터 예정된 일을 실현해 가듯 그들의 몸마저 자연스럽게 결합시켰다는 게 그들이 동거하게 되기까지의 과정을 곁에서 지켜본 사람들의 해설이었다.

그런데 참으로 알 수 없는 일은 그런 그들 삶의 체험을 연결하고 그 기억들을 공유하게 하는 매개체가 말이었다는 점이다. 말은 둘 모두에게 의사를 전달하는 도구로서는 불편하기 짝이 없었다. 이미 얘기했듯, 영감은 언어 장애에 가까울 만큼 혀가 짧았고 당편이는 말을 조직하는 능력에 문제가 있었다. 따라서 그런 둘이 만나면 소통의 어려움은 곱이 될 것 같은데 실은 그렇지가 않았다. 그중에서도 뒤늦어서야 어렵게 재생되어 멀리 우리에게까지 전해진 첫 번째 정신적인 대면에서의 소통이 특히 그랬다.

"거다 머 하이껴? 여다 잠깐 드여오소(들어오소). 한 집에 사며 우이(우리) 얘기나 쪼매 하시더."

영감이 향군회관에 자리 잡은 그해 늦가을의 일이었다고 한다. 장터거리로 나가 거들 잡일도 없고, 그렇다고 밝은 대낮부터 방안에 처박혀 있기도 싫어 향군회관 주위를 서성거리는 당편이에게 점포를 지키고 있던 영감이 그렇게 말을 걸었다. 쭈뼛거리던 당편이가 두 번 세 번 권유를 받고 점포 안으로 들어서자 마침 따라놓고 있던 소주를 홀짝 들이켠 영감이 깊은 한숨과 함께 지그시 눈을 감으며 말했다.

"야도요(나도요), 이에비도(이래뵈도) 차암 한 만코 셔음(서름) 만은 몸이야꼬요(몸이라꼬요). 인생 대꾸보꾸(굴곡)도 마이 겨꼬요…… 단편예(당편네)라 캤이껴? 단편예, 애(내) 얘기 함 드여보야이껴(들어볼라이껴)? 이예(이래) 보믄 기맥히고 저예(저래) 보믄 하염언는(하염없는) 이 애(내) 신세 마이씨더(말이씨더)."

기연이라면 그것도 기연이랄 수 있었다. 어지간한 사람도 알아듣기 어려운 영감의 발음을 말귀 어두운 당편이는 어찌된 셈인지 처음부터 아무 어려움 없이 알아듣는 눈치였다. 다소곳이 그의 말에 귀를 기울였고, 필요할 때는 표정이나 외마디 말로 자신이 남김없이 알아듣고 있음을 나타냈다. 뿐만 아니라 영감이 한바탕 신세타령을 끝내자 이번에는 자신이 받기까지 했다.

"그 등신이 같은 게 왜 해필(하필) 거다로? 왜 거다 가서 자빠지노? 눈은 한자나 싸옛는데(쌓였는데), 바람은 불고, 그 높은 산대백이(산등성이)에…… 그것도 꼴값 한다꼬 어옛는지 아나? 구루마를 떠억 끌고 가가주고(가서는), 소도 끌기 힘든 구루마를 말이라…… 자빠져 있는 꼬라지 쫌 봤이믄. 똑 저 안방맨키로(처럼), 내 활개 있는 대로 다 뻗치고오……."

황 장군의 일을 잘 아는 사람도 그게 눈 덮인 산 위에서 얼어죽은 그의 마지막 모습을 얘기하고 있다는 것을 얼른 알아듣기는 힘들었을 것이다. 그런데 신기하게도 영감은 알아들었다.

"그게 다 이여이야는(인연이라는) 게씨더. 사얌(사람)이 죽고 사는 이연(일은) 하우(항우)장사라도 어예 모한다 안 카이껴."

그렇게 맞장구까지 쳤다. 그날이 시작이었다. 그로부터 그들은 틈만 나면 마주 앉아 남이 들으면 동문서답 같은 말을 밑도 끝도 없이 주고받았다. 바로 '쌍절 노변정담(爐邊情談)'이었는데, 고향 사람들이 그런 이름을 붙인 것은 그들이 주로 영감의 점포에 놓인 양철판으로 두껑을 덮은 이동식 연탄 화덕 곁에서 애기를 나눈 까닭이었다.

나중에 한솥밥을 먹고 한 이불 밑에 자게 된 뒤에도 그들의 대화는 줄지 않았다. 오히려 함께 살수록 할말도 늘어가는지 한 방에 들어서도 밤늦도록 애기를 나누었고, 새벽잠을 설친 날은 밖이 아직 깜깜한 새벽부터 애기를 시작했다. 그들을 무시하는 추측이 아니기를 바라지만, 아마도 그 화제들 중 추억에 해당되는 부분은 되풀이가 많았던 듯하고, 현재를 대상으로 삼는 것은 그야말로 '말하기 위한 말'이 대부분이었던 것 같다.

"그 얘기 한 분(번) 더 들으믄 백 분이따."

끝까지 재미있게 들어놓고도 이따금 당편이가 그런 말을 했다는 것은 영감의 추억담에 되풀이가 많았다는 근거가 된다. 또 말로 조직하고 표현할 필요가 없는 것을 길게 늘어놓거나 무지와 무의미가 뒤섞여 쓴웃음을 자아내게 할 때, 그 무렵 고향 사람들은 흔히 되물었다.

"그게 뭔 소리고? 당편이 내외 선(禪)문답하나?"

그걸로 미루어보면 당편이와 영감이 현실의 삶에서 새로 개발한 화제의 성격이 어떤 것이었는지 대강 짐작이 간다. 그중에서도 약간의 윤색을 거쳐 서울에 있는 우리에게까지 전해진 것 몇 가지만 살펴보자.

한번은 둘이서 점포에 마주보고 앉았는데 길가 미루나무 위에서 까마귀가 울었다. 마침 뭔가 말할 차례가 된 당편이가 불쑥 영감에게 물었다.

"보래이, 저 까마구 니가 불렀나?"

"아이."

"그래도 — ."

"야, 이 등시야(등신아), 사얌(사람)이 어예 까마구를 부유노(부르노)? 그코(그렇고) 또 까마구는 부윤다꼬(부른다고) 오야(오나)?"

"나는 니가 부른 줄 알고. 히잇, 아이문 그만이지 머."

당편이가 그러면서 재미있다는 듯이 웃었다. 영감도 무엇이 보기 좋은지 그런 당편이를 바라보며 따라 한동안이나 빙글거렸다.

또 어느 날은 가게문을 닫은 영감이 돈을 셈하고 있는 것을 멀거니 바라보고 있던 당편이가 갑자기 감탄스런 표정으로 영감을 불렀다.

"꼭쟁아, 꼭쟁아."

꼭쟁이란 장터 사람들이 '마른고기쟁이 영감'이란 말을 줄여 '고기쟁이 영감' 혹은 '고기쟁이'라고 했는데 그걸 잘못 들은 당편이가 영감을 부르는 소리였다. 돈을 헤아리던 영감이 의아한 눈길로 돌아보았다.

"애(왜)?"

"세상에 차암 돈이 많겠제? 그제?"

"그치여(그렇지)."

"다 합치믄 십만 원도 넘겠제 그제?"

"그코마고(그렇고 말고)."

"백만 원도 넘꼬?"

"그야문(그럼)."

"글치만 천만 원이사(이야) 넘으까?"

그게 아마도 당편이가 셈할 수 있는 십진법 단위의 상한이었던 듯싶다. 영감이 그런 당편이를 악의 없이 쏘아보다가 엄숙하게 선언했다.

"이역(일억)도 염연다(넘는다). 이역도 염어(넘어). 이 숙맥아."

숙맥이란 말은 당편이가 등신이란 말보다 더 싫어하던 말이었지만 영감의 입에서 나오면 애칭으로 들리는 모양이었다. 이제는 감탄을 넘어 신비감까지 느끼는 듯한 표정으로 영감을 보며 말했다.

"니 참말로 어예 그꾸(그토록) 마이(많이) 아노? 세상 다 돌아댕기미 일일이 히알래(헤아려) 밨(봤)나?"

그 밖에 무의미해서 오히려 경구처럼 인용되는 말도 많았다.

"니 어디 갈 때는 꼭 니 신 니 신꼬 댕겨래이."

"걸을 때는 땅바닥 매매(단단히, 꼭꼭) 디뎌라."

"숨 쉬는 거 잊지 마래이. 그거 이자뿌고(잊어 버리고) 죽은 사람
도 있다 카더라."

"밥을 국에 말 때는 국그릇에 밥을 말지 밥그릇에 국을 말지
마래이."

그들 사이에서는 어떤 절실함이 있었는지 모르나 성한 사람들
이 듣기에는 너무 뻔한 일을 당부하고 있어 농담처럼 들리는 말
들이었다.

이제 그들의 성(性)을 얘기할 때가 된 것 같다. 그들의 어울림
이 본질적으로는 이성(異性)의 결합이며, 공식적으로 말하면 일종
의 부부 관계고, 함께 얽은 삶의 제도도 가정이라 불러 마땅하다
는 데에 대부분의 고향 사람들은 동의한다. 하지만 행위로서의 성
이 그들 사이에 어떤 기능을 하고 있는가에 대해서는 의견이 엇
갈린다.

그중 좀 뜻밖이지만 보다 강력한 주장은 둘 사이에 행위로서의
성은 없다는 쪽이었다. 그들은 그 근거로 먼저 당편이의 불임성(不
姙性)과 불감증(不感症)을 댄다. 그녀가 성을 몸으로 누릴 줄도 모

르고 아이를 낳지도 못한다는 것은 황 장군과의 만남을 통해 널리 알려진 바 있다. 그다음으로 그들이 드는 근거는 영감의 이력에서 추측되는 성적인 부전(不全)이다. 여섯이나 되는 여자가 한결같이 만난 지 삼 년도 안 돼 그를 버리고 갔다면 그게 어떤 종류건 그에게는 거의 불구에 가까운 성적 부전이 있다고 보아야 마땅하다고 주장했다.

거기다가 두 사람이 만날 때 영감은 이미 육십대도 중반을 넘겼고, 당편이는 오십대 후반이었다. 우리가 보기에도 그런 당편이와 영감이 다 늙어서야 새삼 성에 대한 욕구로 그렇게 앞뒤 없이 어울린 것 같지는 않았다. 따라서 우리 중에 어떤 녀석은 그런 그들 둘을 불도(佛道)의 도반(道伴)으로 한 집에 살아도 잠자리를 같이하지 않았다는 신라 적 광덕(廣德) 부부에 비유하기도 했다.

"그들에게 온전한 종생(終生)은 광덕 부부의 득도(得道)만큼이나 어렵고 의미가 큰 일일 게라. 그래서 둘이 힘을 모아 남은 삶의 마지막 힘든 국면을 함께 관통하려 하고 있는 것인지도 모르지. 내게는 왠지 그들의 '노변정담'이 광덕의 처(妻)가 남겼다는 것보다 더 애절한 원왕생가(願往生歌)로 들리네."

누가 젊은 날에 시인 지망생이 아니었다 할까 봐 녀석은 제법 진지한 표정까지 지으며 그렇게 덧붙였다. 어쩌면 신문사 문화부 기자로 있어 그 무렵 향가(鄕歌) 특집이라도 꾸미고 있었는지도 모를 일이었다.

하지만 그 반대를 주장하는 사람들도 만만치 않았다. 그들은 어떤 형태이건 당편이와 영감 사이에는 행위로서의 성이 있고, 거기서 비롯된 육체적 친화(親和)는 정신적 공명(共鳴)에 못지않게 그들을 결속시키는 요인이 되고 있다고 단언했다. 그리고 그 근거로는 상대편의 근거를 뒤집어 활용했다.

영감이 여자들로부터 당한 여섯 번의 배신은 오히려 그의 예사 아닌 호색(好色)을 증명해 주는 이력이 되었다. 설령 영감에게 치명적인 단소(短小)나 조루(早漏) 같은 증상이 있었다 해도, 여섯 번이나 여자를 바꾸고 예순이 되어서도 새 여자를 얻을 만큼 세차고 꺼질 줄 모르는 그의 욕망을 부정하지는 못한다. 그런 색골이 나이 몇 살 더 먹었다고 해서 제 버릇 남 주었을 리는 없으며, 따라서 영감이 당편이에게 다가간 것은 무엇보다도 그 욕망에 이끌린 것이라는 게 그들의 주장이었다.

당편이의 온전치 못한 성도 그녀와 영감 사이에 행위로서의 성이 개재할 가능성을 높여주는 근거로 활용됐다. 성을 향유할 수 없는 몸에 가해지는 상대방의 일방적인 성행위는 고통이나 혐오감을 줄 뿐이다. 그럴 때 특별히 가학적인 변태로 발전하지 않은 한 상대방의 성적 부전은 오히려 그 고통과 혐오감을 덜어주게 되는데, 영감이 바로 그랬다. 견뎌내기 쉬우면서도 육체적 친화를 축적해 갈 수 있다면 그게 바로 그녀가 향유할 수 있는 최선의 성이고, 그 때문에 그녀는 황 장군 때보다 더 기꺼이 영감의 성을 받아들였을 것이라고 추측됐다.

그 두 가지 상반된 견해의 옳고 그름을 가리기 위한 노력이 없었던 것은 아니었다. 할일 없고 짓궂은 장터거리 청년들이 당편이와 영감이 자는 방 창틀에 붙어 몇 날이고 귀를 기울여봤다. 그러나 밤늦도록 새어나오는 것은 끝간데 없이 이어지는 그들의 추억담이거나 동문서답이었다. 간혹 영감의 거친 숨소리나 당편이의 키들거림이 새어나올 때도 있었지만 짧고 느닷없어 어느 쪽의 근거가 될지 애매했다.

호기심 많은 장터거리 아주머니들 중에는 당편이에게 직접 물어본 사람도 있었다. 그러나 황 장군 때와는 달리 그녀는 제법 능청스럽게 답을 피해 갔다.

"그런 거는 왜 묻노? 다 늙어가는 사람보고…… 또 너어끼리 둘러앉아 무신 소리 할라꼬?"

자잘맞은 노인들은 영감을 상대로 탐색을 해 보았다. 영감은 당편이보다 한술 더 떴다.

"우리도 자야꼬요(자나꼬요)? 자제요. 자고 마고. 그것도 꼬옥 안고 자이더. 무엽꼬뱅이(무릎골뱅이)에 찬바얌(찬바람) 돌고 옆구이(옆구리) 시열(시릴) 때는 야무(남의) 살 대고 자연 거(자는 거)보다 더 나연(나은) 게 없다 안카이껴?"

그렇게 대답해 양쪽 모두가 근거로 삼으려는 바람에 공방만 더 치열해지고 말았다.

그런 공방의 속보는 계속 이어졌지만 멀리서 듣는 우리에게는 그 논의는 아무런 실익이 없어 보였다. 당편이와 영감의 관계가 본질적으로는 이성간의 결합임을 인정한다면 행위로서의 성이 개재되었는가 아닌가를 따지는 일은 별로 큰 의미가 없기 때문이다. 오히려 우리가 유의한 것은 그녀의 생에서 처음으로 보여주는 새로운 생산의 의미였다.

여성의 생산은 크게 둘로 나누어질 수 있다. 그 하나는 인간으로서, 특히 사회의 구성원이며 한 소비 주체로서 요구받는 기능적 생산이다. 이때 그 수단은 노동이고 생산되는 것은 보통 재화(財貨)라고 일컬어진다. 다른 하나는 남성의 배우자로서 그와 함께하는 성적인 생산이다. 이때는 감각과 정서가 더 중요한 수단이 되고, 가족은 제도화된 그 생산이다. 재화가 개입되기는 하지만 매음 또한 성적인 생산일 것이다.

남성 중심의 세계는 오랫동안 여성의 기능적 생산을 무시하고 성적인 생산만을 강조해 왔다. 여성 교육의 핵심은 남성들이 독점한 기능적 생산에 경외심을 품고 스스로를 가족 제도 속에 유폐하도록 유도하는 것이었다. 여성성은 오직 성적인 생산으로만 인정되고 보호받았다.

하지만 이제 시대는 변했다. 여성들은 기능적 생산에 참여하는 것을 주체성 회복의 지름길로 삼았다. 성적인 생산에만 종사하는 것은 매음으로 격하되었고, 여성들에게 그걸 강요하는 것은 폭력과 억압으로 규정되었다. 그리고 더 나아가 여성성 자체가 한 의제(擬制)로 간주되더니 드디어는 해체에 직면해 있다는 느낌까지 든다.

그런데 당편이의 삶을 돌이켜보면 그녀의 생산은 묘하게도 시대와는 뒤바뀌어 있다. 온갖 불리한 신체적 조건에도 불구하고 그녀가 어릴 적부터 줄곧 종사해 온 것은 기능적 생산이었다. 삶의 굴곡은 그 생산과 사회의 수요가 이루는 균형에 따라 결정되었으며, 그 때문에 그녀의 삶은 기능의 전문화가 진행될수록 결핍과 불안으로 내몰렸다.

물론 당편이에게도 여성성은 살아 있었고, 때로 그것은 나름의 빛을 뿜었다. 그러나 황 장군과의 만남에서 볼 수 있듯 성적인 생산에는 이르지 못했다. 그녀는 감각적인 쾌락을 일시 제공했을지는 모르나 누린 바는 없고, 말없는 정서의 소통이 있었다 해도 제도적으로 정착하지는 못했다. 그녀는 가정도 이루지 못했고 자식도 가지지 못했으며 심지어는 배우 관계의 지속조차 확보하지 못했다.

그런 면에서 보면 당편이에게 건어물전 영감과의 만남은 그녀 생애에서 처음 있는 성적인 생산이라고 할 수도 있다. 그때까지 그녀는 한 번도 이성(異性)의 전(全)인격적 보호와 배려 아래 서 있어 본 적이 없고, 그로부터 불완전한 기능적 생산을 보완받아 보지 못했다. 따라서 우리는 설령 그것이 그녀의 육체적 여성성을 제공

한 대가이며, 그래서 용감하고 능력 있는 동성(同性)들에 의해 매음으로 규정받는다 하더라도, 그 무렵의 그녀가 누리던 평온과 자족이 오래오래 지속되기를 바랐다.

'당편이 법석'은 격에 맞지 않고 요란스럽기만 한 행사를 가리키는 고향 사람들만의 우스갯소리다. 그러나 실제에 있어서는 그녀 일생에 단 한 번 있었던 화려한 잔치와도 같은 어느 초여름날의 일을 고향 사람들의 비정(非情)과 둔감이 희화화시킨 말이다.

당편이가 영감과 살림을 차리고 난 이듬해 단옷날이었다고 한다. 고향에는 탁족(濯足)을 나서거나 창포(菖蒲)물에 머리를 감고 그네를 타는 일반적인 풍습 외에 단옷날을 골라 약수를 마시러 가는 풍습이 더 있었다. 각자의 형편과 가진 증상에 따라 어떤 이는 백 리가 넘는 이름난 약수터를 찾아가 하루를 묵었다 오고 어떤 이는 도시락 하나만 차고 가까운 약수터를 찾아 한나절 일삼아 약수를 퍼마시고 돌아오는 식이었다.

그날 아침 장터거리 사람들은 거의 비명에 가까운 감탄사로 단오 나들이를 나온 당편이와 영감을 바라보아야 했다. 동네에서 모아준 헌옷을 계절에 따라 더께 입거나 벗거나 하던 당편이와 회색인지 흰색인지 모를 꾀죄죄한 한복을 무슨 제복처럼 걸치고 있는 영감만 보아온 그들에게는 낯설어도 너무 낯선 그들 한 쌍의 차림 때문이었다.

당편이는 붉은 인조 비단 치마에 자주 고름 남(藍)끝동 달린 녹색 나일론 수단(繡緞) 저고리를 입고 있었다. 갓 시집온 새댁네에게나 어울릴 색조에 화학섬유 특유의 번쩍거림이 더해지니 그 요란스러움은 보는 사람의 눈이 어질어질할 지경이었다. 영감은 눈부시도록 하얀 포플린으로 지은 한복 차림이었는데 두루마기까지 갖추고 있었다. 거기다가 어디서 구했는지 중절모까지 머리에 얹고 있으니 그 낯설기가 결코 당편이의 차림에 못지않았다.

옷차림뿐만이 아니었다. 옷차림보다 오히려 더한 게 당편이의 화장이었다. 한 자(尺)가 넘는 그녀의 얼굴은 바람이 불면 허옇게 분가루가 날릴 정도로 분을 뒤집어쓰고 있었다. 유난히 두툼한 입술에는 진하게 루즈를 발라 얼굴 삼분의 일이 시뻘게 보였고, 굵고 길게 그린 눈썹은 그러잖아도 좁은 이마를 더 좁아 보이게 했다. 어떤 사람은 그녀가 기괴한 탈바가지를 맞춰 쓴 게 아닐까 생각했을 정도였다.

품목은 하나지만 그런 당편이의 화장에 화답하고도 남는 게 영감의 선글라스였다. 햇살 밝은 초여름 나들이라 마음먹고 장만했는지 영감은 선글라스를 끼고 있었는데 어찌된 셈인지 얼굴의 절반을 검은 유리가 가리고 있는 형국이었다. 영감의 얼굴이 여느 사람들보다 작고 좁은데다 선글라스는 또 유별나게 유리면이 넓은 걸 골라 그리 된 듯했다.

그들 한 쌍이 각기 휴대한 것들도 극적인 효과를 더했다. 당편이는 울긋불긋한 양산을 가지고 있었는데 마음대로 되지 않는 걸음걸이 때문에 머리 위를 가려줄 때보다는 따로 놀 때가 많았다. 영감은 도시락 보따리를 대신해 가까운 도시의 백화점 쇼핑백을 들고 있었는데 거기 현란한 색채로 디자인되어 있는 영어 철자들이 선글라스보다 더한 이질감을 주었다.

그런 그들이 행복하기 그지없는 표정으로 장터거리를 휩쓸 듯 가로지르는 모습을 사람들은 한동안 무슨 감당 못할 기습이라도 당한 기분으로 말문이 막혀 그저 바라보고만 있었다. 그러다가 그들이 장터거리를 다 지나갈 무렵 해서야 겨우 정신을 수습한 칼국수집 아주머니가 물었다.

"아이고, 당편아, 니 어데 가노?"

"히이잇, 신촌에 약물(약수) 먹으로 간다, 우리."

그러면서 영감을 바라보는 당편이의 표정은 수줍은 새색시의 그것이었다. 영감이 그런 당편이를 거들어 한마디 보탰다.

"에헴, 우이야꼬(우리라꼬) 맨얄(맨날) 집구석에 트에박혜(틀어박혀) 있을 수사 있예껴(있니껴)? 돈 얌가(남겨) 죽을 때 싸가지고 갈 거도 아이고오……."

그제서야 칼국수집 아주머니는 그전 장날 그들 한 쌍이 그토록 분주하게 장터거리를 짝지어 행진한 까닭을 짐작할 수 있었다. 그때 그들이 포목전에서 한복 좌판으로, 화장품 대리점에서 잡화 가게로 요란하게 들락거린 것은 바로 그날의 나들이를 위해서였다. 또 전날 향군회관 옆집 아낙에게서 당편이가 하루 종일 무언가를 지지고 볶고 했다는 말을 들은 것도 헛소문이 아님을 알았다. 영감이 든 어울리지 않는 쇼핑백을 가득 채우고 있는 것은 그녀가 일생 처음으로 자신만을 위해 지지고 볶은 별식(別食)들임에 틀림없었다. 짐작으로 그들은 그 하루를 위해 그동안의 비축을 모두 투입한 것 같았다.

원래 그 아주머니의 물음은 기막힌 느낌에서 막 벗어난 사람의 실소와도 같은 것이었다. 그러나 당편이와 영감의 대답을 듣자 갑자기 코끝이 찡해졌다. 밝고 잔정 많은 성품인 데다 어렸을 적부터 당편이를 잘 알고 있는 탓도 있었을 것이다.

"아, 글나? 그럼 하루 잘 놀고 오너래이. 영감도 참 잘 생각했니더. 가서 약수물 잘 잡숫고 오래오래 잘 사소. 부디 우리 당편이한테 잘 해 주고……."

좋은 것은 모두 '잘'이란 한마디로 뭉뚱그렸지만 그래도 진심 어린 축원에 가까운 말로 그들을 보냈다.

장터거리를 벗어난 당편이와 영감은 곧 강변들을 지나고 약수터인 신촌 쪽으로 넘어가는 앞산 마루로 올랐다. 그런데 그날 그런 그들을 눈길로 뒤좇고 있던 사람들은 이상한 감정의 변화를 경험했다고 한다. 울긋불긋한 차림이나 기괴한 느낌을 주는 화장은 멀어질수록 화사한 색감의 조화로만 비쳤고, 오르락 내리락, 기우뚱, 철퍼덕 하는 두 사람의 걸음걸이는 경쾌하고 우아한 춤처럼 느겨졌다. 그리하여 그들이 앞산 마루를 넘을 때쯤은 세상에서 가장 사랑스럽고 행복한 한 쌍이 춤추며 봄 꽃놀이를 가는 모습을 보고 있는 것 같아 절로 마음들이 흐뭇해졌다는 게 그들의 과장 없는 회상이었다.

그들은 그날 해 질 무렵 해서 돌아왔다. 갈 때와 달리 접은 양산을 영감이 든 대신 당편이는 오는 길에 영감이 꺾어준 듯한 철쭉 한 다발을 안고 있었다. 어디서 골라 꺾었는지 밝은 연분홍으로 활짝 핀 철쭉이었는데, 그 철쭉보다 더 화사하게 피어 있는 것은 가끔씩 향내를 맡고 있는 당편이의 낯빛이었다고 한다.

서울에 있던 우리가 그날의 일을 듣던 날, 아직은 신문사 차장으로 건재하던 시인 지망생 친구가 또 나름대로 윤색한 향가 한 구절을 흥얼거렸다.

붉고 험한 바위벼랑이라도
끌고 가던 소 고삐 놓고라도
나를 아니 부끄러워하신다면
저 꽃을 꺾어 바치오리다.

어떤 이에게는 그런 헌화가(獻花歌)를 남긴 저 신라 적 이름 모를 멋쟁이 늙은이(老翁)에 건어물전 영감을 비유하는 게 엉뚱하게 들릴지도 모르겠다. 하지만 그 자리에 있던 우리 대부분은 기꺼이 동조했다. 뿐만 아니라 취한 녀석이 당편이를 용(龍) 같은 신물(神物)도 탐내 잡아갔다는 그 수로부인(水路夫人)의 환생임에 틀림없다고 단언했을 때조차 아무도 그의 지나친 감정의 과장을 나무라지 않았다.

  옛일을 더듬어가다 보면 얼른 이해할 수 없는 기억의 단절 또는 불연속선(不連續線)을 만나는 수가 있다. 한때 불같은 열정으로 집착했던 사물에 관한 기억이 어느 날 문득 칼로 도려낸 듯 끊어지고 다른 열정, 다른 집착의 기억이 아무런 접점(接點) 없이 연결되는 경우가 그러하다. 어렸을 적 그렇게 기를 쓰고 재주와 기술을 다해 따 모았던 딱지나 유리구슬들이며, 갖은 위험을 무릅쓰고 있는 대로 머리를 짜내서도 어렵게 잡을 수 있었던 다람쥐나 부엉이의 행방을 우리는 아무도 알지 못한다.

  비유가 적절했는지는 모르지만, 돌이켜 보면 당편이에 관한 우리의 추억에도 그런 단절 또는 불연속선이 있다. 어찌된 셈인지 당편이에게는 일생에 단 한 번 있었던 한바탕 흥겨운 잔치와도 같은 그 단옷날의 일을 마지막으로 '쌍절속보(雙絕續報)' 끊어지고, 그 뒤 오랜 세월 우리의 기억은 접점 없는 딴 사물들로 채워진다. 그리하여 초등학교 동창회가 우리를 다시 고향으로 불러모았을 때는 그녀의 생사며 행방조차 알 수 없게 되고 말았다.

  그때 고향이 왜 송신을 멈추었는지는 알 길이 없지만, 그 뒤 우리의 기억에서 당편이가 그토록 철저하게 밀려난 원인에 대해서는 짐작 가는 바가 있다. 뒤이어 닥친 것은 나라 안팎이 요란스러웠던 그전 시대를 추수하느라 속 골병이 들었던 90년대였고, 우리는 그 안에서 살아남기 위해 그러지 않아도 고단한 마흔 고개를 더욱 고단하게 넘겨야 했다. 우리가 직접 나서 당편이의 뒷일을 알아보기커녕 궁금해하는 것조차 낡은 감상으로 여겨 마침내는 까마득히 잊기에 이른 것은 그 같은 세월과 무관하지 않을 것이다.

기호(記號)의 행방,
혹은 이별의 의식

우리가 당편이의 행방을 알게 된 것은 졸업 후 삼십 몇 년 만의 동창회로 과장된 감상과 객기가 이취(泥醉)의 하룻밤을 지낸 다음날 점심때였다. 전날 밤 마지막까지 술자리를 같이한 예닐곱은 고향에서 이십 리쯤 나온 국도가에 새로 지은 모텔 특실에 함께 널브러졌다. 그리고 이튿날 대낮이 되어서야 일어나 가까운 식당에서 날라온 해장국을 저마다 시답잖게 께적이고 있는데, 부면장을 끝으로 여러 해 전에 퇴임한 집안 아저씨가 갑자기 방문을 열고 소리부터 질렀다.

    "야, 이 숙맥 같은 것들아. 너어가 여다 와서 뭐 하는 짓들이고? 방이 쫍으믄 쫍은 대로 등이 시러부믄 시러븐 대로 우리 집에라도 와 잔단 말이지. 여관이라이 이게 웬 말이고? 떠났다 떠났다 해도 대소가(大小家)가 아직도 여남은 집이나 되는데 그래, 장바닥 국밥 씨게다(시켜다) 해장국이라꼬 퍼먹고 앉았나?"

간밤의 술이 덜 깨 흐릿해진 눈길에도 서슬 푸르러 보이는 게 그냥 해 보는 소리가 아니었다. 넉살 좋은 시청 과장놈이 우리를 대신해 총대를 멨다.

"아이고, 솔밤[松夜] 아재요. 그게 아이씨더. 술 먹다 보이 밤은 깊고, 마침 차도 여러 대 있어 우리 편한 대로 하다 보이 이래 됐니더. 안 그래도 정신 나는 대로 찾아뵐라 캤디더."

"촤라, 고마. 듣기 싫다. 그걸 말이라꼬 하나? 명색 글줄이라도 배웠다 카는 것들이 염량(炎凉)이 어째 그 모양이로?"

여전히 찬바람이 도는 얼굴로 자리에 앉은 아저씨는 우리를 나무라는 건지 우리가 잠시 떠난 서울을 걱정하는 건지 모르게 한동안이나 한탄으로 서운한 속을 달랬다.

"저런 물건이 과장으로 있으이 서울 시청이 어예 되겠노? 작년에 서울시 큰 탈 본 거 니 때문 아이가? 그 염량 가주고 서울시가 되는 일이 뭐 있을로? 거기 니도 글타. 니, 그래 가주고 아아들 갈채(가르쳐)내나? 너어 대학 총장 속도 좋다. 니도 교수라꼬 때 되믄 척척 월급 갈라주나? 아이고, 씩씩 웃기사 한다마는 니는? 아이에무에푸도 났고 하는데 너 회사 안 말아먹었나? 그라고 거짝(그쪽) 모팅이, 니는 왜 빼족(뾰족)하게 앉았노? 내가 이카는 게 심하나? 니 소가지(속)가 그러이 편집국장도 함 못해 보고 신문사 쫓게

나왔제. 그런데 저기 저 안죽도(아직도) 엎어져 있는 물건은 뭐로? 저거는 되잖은 언문(諺文) 소설 가주고 용이라도 잡을 듯 나대던 (설처대던) 섬들[島坪]댁 셋째 아이라? 물건이 저 모양이이 마흔이 넘어도 안죽 그 이름을 못 듣제.”

그런 다음 고향에 터잡고 사는 둘을 쥐잡듯 했다.

“그레고 욜마들(요놈아들) 너 둘이. 너어가 인간 덜 된 거는 진작부터 안다마는 어예 그래노? 정 안 되믄 너 안방에라도 델따(데려다) 재운단 말이제, 명색 지방 유지로 뿌리내리고 산다는 것들이 고향 온 집안 아아들 떼로 몰고 와 남우 여관에 재운단 말가? 그래고도 잠이 오드나? 엉이?……”

그 둘로 봐서는 공연히 거기까지 묻어 왔다가 마른날에 날벼락을 맞은 꼴이었다. 그런데 세상살이 요령은 역시 공무원이었다. 그새 방을 빠져나간 시청 과장이 비닐봉지에 맥주 몇 병을 떨그럭거리며 가져오고 이어 모텔 종업원이 마른안주와 잔을 들고 따라왔다. 길거리에서 남에게 들었으면 시비거리가 돼도 참한 시비거리가 됐을 욕을 한 바가지씩 얻어먹고 얼떨떨해져 있던 우리들은 그걸 보자 길을 찾은 기분이었다. 저마다 잔을 들어 그 아저씨에게 권했다. 그 바람에 모텔 방에서는 대낮부터 술자리가 벌어졌다.

매 앞에 장사 없다는 말이 있지만 술 앞에도 장사 없기는 마찬가지였다. 심하다 싶게 꾸짖어도 넉살 좋게 웃으며 내미는 우리의 잔을 번갈아 받던 아저씨는 차츰 풀려갔다.

"아이고, 우리 문중도 다 망했제. 너어 대여섯 편하고 뜨뜻하게 재울 방 하나 안 남았으이…… 하기사 도시에서 편케편케 살아온 너어를 머라칼(야단칠) 염치도 없다."

그 말을 마지막으로 더는 우리를 몰아대지 않았다. 그래서 또 다른 종류의 감회어린 술자리로 변해 가는데 문득 한때의 시인 지망생이 물었다.

"그런데 솔밤 아재요. 아재는 여다(이곳) 일이라 카믄 누구 집에 숟가락이 몇 자루 있는지도 다 잘 알제요? 면사무소에서 일한 것만도 삼십 년이 넘잖니껴?"

"그건 왜 묻노?"

"당편이 말이씨더. 당편이는 어예 됐니껴? 저 희왕한 것들한테 물으이 죽었는지 살았는지도 잘 모르디더."

시인 지망생이 고향에 뿌리내리고 사는 둘을 가리키며 일러바치듯 말했다. 그 아저씨의 표정이 묘하게 흐려지며 갑자기 축축해진 감이 드는 목소리로 받았다.

"당편이가 죽기는 왜 죽어?"

"그럼 어예 됐니껴? 어디 갔니껴?"

"베다니 재활원이라꼬, 그런 사람들 모예 있는 데로 갔다. 대구 근처에."

"언제요?"

그건 또 처음 듣는 소리라는 듯 고향에 살고 있는 녀석 중의 하나가 물었다. 아저씨가 한층 감회어린 표정이 되어 받았다.

"하마 여러 해 된다. 내가 안죽(아직) 부(副)면장질 할 때이께는. 보자, 그 영감 죽고 한달쯤 지내서이(니) 그럭저럭 한 십 년 되나……."

"글타 카믄 죽지도 않은 김일성이 죽었다꼬 난리치던 해가 아이네. 어예튼 그런 데는 글케 안 갈라 카든 당편이 아이껴? 옛날에 아재가 한 번 다리를 놓다가 그 때문에 당편이가 아재하고는 조면(阻面: 절교)까지 한다꼬 들었는데."

다시 시인 지망생이 호기심어린 눈길로 물음을 계속했다. 그 아저씨가 황급히 술잔을 비우고 느릿느릿 받았다.

"나도 그 일 생각하믄 안죽도 가슴이 찡하다. 너어가 믿을 동 몰따마는 영감 죽은 뒤에 갈라 칼 때는 당편이가 지 발로 찾아왔드라 카이. 어디든동(지) 무의탁 장애자 수용 시설로 보내달라꼬…… 전에 한 번 딘(덴) 적이 있어 내가 오히려 말렸제. 그런데 안 되더라. 옛날에 우리가 글로(그리로) 보냈을 때, 지가 그래 용을 쓰고 돌아온 거는 그래도 여다가 지 있을 자리라꼬 믿었기 때문이라는 게라. 그런데 인제는 다 파이라(끝났다, 아니다) 카미 다부(도로) 글로 보내달라 카다라꼬."

"그게 왜 글타 카디끼? 왜 여다가 지 있을 땅이 아이라 카디껴?"

"인제는 장터거리고 언덕 마(마을)고 지가 아는 사람이 없다는 게라. 나는 안죽도 몇 있다 싶은데 지는 하나도 없다고 쎄우더라(우기더라). 그래고는 어차피 아는 사람이 아무도 없을 바에 야 저 같은 매이(부류)가 모예 사는 그런 데가 낫다꼬 보내달라 는 게라."

그 말에 우리도 잠깐 혼란스러웠다. 거의 이십 년을 떠나 있다 돌아온 우리도 알아볼 수 있는 사람이 적잖은데 고향에 붙박여 산 당편이가 갑자기 아는 사람이 하나도 없어졌다고 느낀 까닭은 무엇이었을까. 그리고 설령 아는 사람이 모두 없어졌다 하더라도 그게 오래 정 붙여 살던 땅을 떠날 이유가 될까. 그때 시인 지망생 이 다시 물었다.

"그래고 보이 아재, 우리도 이상한 게 있니더. 당편이 얘기 말이 씨더. 옛날에는 서울에 있어도 눈으로 보는 듯 당편이 사는 얘기 를 들을 수 있었는데, 어느 날 딱 소리나듯이 끊어지고는 아무도 그 얘기를 않더라꼬요. 맞니더. '당편이 법석' 떤 그 얘기 뒤라. 그 래고도 당편이가 몇 년은 여다 더 살았는 것 같은데……."

거기서 그 아저씨는 잠시 옛 기억을 더듬는 듯했다. 한참이나 잡고 있던 술잔을 말없이 바라보다가 갑작스레 목말라진 사람처 럼 벌컥벌컥 비운 뒤에 대답했다.

"그거사 당연하제. 그 단옷날 우리가 마이(많이) 웃기도 웃었지 마는 한편으로는 마음도 놓은 게 사실이라. 이제 당편이 좋은 영 감 만나 잘살게 됐으이 특별히 다르게 봐줄 게 없다 싶었던 게제. 그때부터는 그냥 장터거리에 사는 아무개일 뿐이랬다꼬. 성한 우리하고 다를 게 없는…… 사람들이 필요없다 캐싸 나중에는 거택보호(居宅保護)까지 끊었다 카이. 거다가 모도 지 살기 바쁜 세상이 됐고, 온갖 요란한 게 다 사람 혼을 빼놓는 세상이 됐으이 누가 당편이를 딜따(들여다)보고 앉아 싱거운 얘기를 맹글어내고 있겠노?"

그때 우리는 고향을 떠나는 당편이의 심경을 섬뜩하게 이해했다. 누군가 말했듯, 존재한다는 것은 그저 '거기에 있다'는 것뿐만 아니라 '거기에 속한다'는 것을 의미한다. 그리고 거기에 속한다는 것은 달리 말하면 거기 있는 다른 존재들과 관계를 맺고 있다는 것이 된다. 어디에도 소속되지 않은 존재, 누구 또는 무엇과도 관계를 맺고 있지 않은 존재는 없다.

그중에서도 특히 사람의 존재를 존재답게 해 주는 소속과 관계는 소통에 바탕한다. 타자(他者)와 소통이 없이는 소속도 관계도 없다. 그런데 그 소통은 대개 기호(記號)와 인지(認知)의 형태로 이루어진다. 기호는 존재의 발신(發信)이며 인지는 타자의 수신(受信)이다.

어떤 아프리카인들에게는 남에게 기억되는 시간이 곧 살아 있는 시간이라고 한다. 이는 인지를 기억으로 갈음하며 존재를 존재답게 만들어 주는 소속 혹은 관계를 소박하게 표현한 듯한데 우리들의 당편이에게도 그랬던 것이 아니었는지.

한 번 형성된 기호는 스스로 파괴되거나 지워지는 법은 없다.

타자의 수신 거부나 기억 혹은 저장의 인출불능(引出不能)만이 그 기호를 파괴하고 지울 수 있다. 그런데 우리가 무관심 혹은 둔감이라 부르는 주의 소홀은 바로 그 수신 거부의 효과를 가지고, 보다 뒤에 수신된 강력한 신호들의 간섭[逆行干涉]은 기억의 쇠잔이나 불용(不用)과 마찬가지로 그 인출을 불가능하게 만든다.

고향 사람들에게 당편이라는 기호의 특징은 문제적(問題的)인데 있었다. 그런데 그녀 생애의 절정과도 같은 그 단옷날 하루가 그런 특징을 지워 버렸다. 장터거리 사람들이 이제 당편이도 성하고 똑똑한 자기들과 다름없는 삶으로 편입되었다고 안도하는 순간, 무관심과 둔감이 그들을 덮쳐 당편이란 기호는 수명을 다했다. 거기다가 현대성이란 말로 뭉뚱그릴 수 있는 여러 강력한 신호들이 사람들을 간섭해 이미 저장된 기억도 인출이 불가능해졌다.

따라서 마지막 몇 년 동안 당편이는 분명 장터거리 한 모퉁이에 존재하고 있었지만 수신되지 않아 무의미해진 기호였다. 그녀가 살아 있었던 것은 오직 한 사람 영감에게뿐이었다. 그러다가 어느 날 홀연히 그가 죽자 철저하게 홀로임을 깨닫게 된 그녀는 늙고 병든 코끼리가 스스로 무덤을 찾아가듯 제 갈 곳을 찾아간 것임에 틀림없었다…….

그렇게 당편이가 이해되자 처음 노여워하는 집안 아저씨를 달래기 위해 벌인 그 술자리는 뒤늦은 이별의 의식으로 바뀌었다.

해장술과 낮술이 어우러져 빚어내는 독특한 취기에다 십 년이나 무의식 속에서 숙성된 추억의 취기가 상승 작용을 일으켜 꼭지가 돈 우리는 틀림없이 우리의 그런 어처구니없는 일탈을 벼르며 기다리고 있을 서울을 까맣게 잊고 대낮부터 삼거리 방석집으로 옮겨 앉았다. 그리고 밤늦어 제자리에 꼬꾸라질 때까지 마시며 저마다 당편이에게 때늦은 별사(別辭)를 바쳤는데, 그중에서도 가장 일품은 아무래도 시인 지망생이 부른 노래일 듯싶다.

달이여, 너는 내 사랑을 알고 있는가
무덤도 없이 떠난 그녀를
어느 하늘가를 떠도는지
부서진 가슴으로 내 사랑을 찾아 한없이 헤매었네
만일 그녀를 만나거든 내가 울고 있다고 전해 다오.

달무리 슬픈 그 밤 이별의 눈물
안녕히, 안녕, 내 사랑아
다시 만날 날을 믿으며
헤어져 멀리 있더라도 언제까지나 잊지 않으리라
달빛 속에 사위어가는 희미한 옛사랑의 그림자

만약 그 이국(異國) 민요의 가사가 그가 번안(飜案)한 것이고,

그 밤 그것이 진정으로 우리 당편이에게 바쳐진 것이라면, 그는 젊은 한때의 지망생이 아니라 진작부터 시인이 되어 있었는지도 모른다.

〈끝〉

아가

개정 신판 1쇄 인쇄 2021년 10월 25일
개정 신판 1쇄 발행 2021년 11월 5일

지은이 이문열

발행인 양원석
편집장 최두은 **디자인** 김유진 **영업마케팅** 양정길, 강효경

펴낸 곳 ㈜알에이치코리아
주소 서울시 금천구 가산디지털2로 53, 20층 (가산동, 한라시그마밸리)
편집문의 02-6443-8844 **도서문의** 02-6443-8800
홈페이지 http://rhk.co.kr
등록 2004년 1월 15일 제2-3726호

ISBN 978-89-255-7918-4 (03810)